本书由教育部人文社会科学研究一般项目（青年基金项目）"战争文化语境下现代小说叙事抒情化的可能与限度研究（1937—1949）"（项目批准号：18YJC751069）资助，系该项目的最终成果。

战争文化语境下

现代小说叙事抒情化的 可能与限度研究

赵双花 著

（1937—1949）

山东人民出版社·济南

国家一级出版社 全国百佳图书出版单位

图书在版编目（CIP）数据

战争文化语境下现代小说叙事抒情化的可能与限度研究：1937—1949 / 赵双花著． —— 济南：山东人民出版社，2025．3． —— ISBN 978-7-209-15294-5

Ⅰ．Ⅰ207.42

中国国家版本馆 CIP 数据核字第 20257UZ894 号

战争文化语境下现代小说叙事抒情化的可能与限度研究：1937—1949

ZHANZHENG WENHUA YUJING XIA XIANDAI XIAOSHUO XUSHI
SHUQINGHUA DE KENENG YU XIANDU YANJIU: 1937—1949

赵双花 著

主管单位 山东出版传媒股份有限公司
出版发行 山东人民出版社
出 版 人 胡长青
社   址 济南市市中区舜耕路517号
邮   编 250003
电   话 总编室（0531）82098914
          市场部（0531）82098027
网   址 http://www.sd-book.com.cn
印   装 山东华立印务有限公司
经   销 新华书店

规   格 16开（169mm×239mm）
印   张 12.5
插   页 1
字   数 195千字
版   次 2025年3月第1版
印   次 2025年3月第1次
ISBN 978-7-209-15294-5
定   价 68.00元

如有印装质量问题，请与出版社总编室联系调换。

序

　　战争时期的文学会有怎样的变化，战争会给文学创作带来什么呢？不少文学读者和研究者一定会联想到一些反映战争题材的文学作品。事实上，战争除了在文学作品中作为题材、内容，进入文学作品的表现视野外，还有很多内在的东西会在文学中生长出来，如黑色幽默，如焦虑、绝望和荒诞等。西方现代文学史上的《西线无战事》《永别了，武器》《第二十二条军规》等，以文学的独特方式，展现了战争状况下人的精神状态。那么，对于 20 世纪的中国而言，持续的大规模的战争爆发，在文学内部引发了哪些值得关注的变化呢？

　　赵双花博士的《战争文化语境下现代小说叙事抒情化的可能与限度研究：1937—1949》，以 20 世纪 40 年代的中国现代小说为研究对象，主要是凸显战争条件下一些小说家笔下的表现内容以及表现形式出现了哪些新的变化。她之所以将 40 年代中国小说作为研究对象，有她自己的考虑，正如她在研究缘起中所说的，对 40 年代中国文学（通常将 1937 年 7 月全面抗战爆发至 1949年 7 月全国第一次文代会召开这一时间段的文学通称为"20 世纪 40 年代文学"）的研究，相对于对五四时期以及 30 年代的文学研究，要薄弱得多。或许在一些研究者眼里，这一时期不像五四时期那样是一个催生"大家"的文学时代，也不像 30 年代，茅盾、巴金、曹禺等精品不断。40 年代，一些人的情绪不像战争初始阶段那样热烈，而是被战争的残酷和恐惧缠绕，血淋淋的战争现实刺激着普通人的神经，也深深刺痛着文学家的心灵。在这种情况下，一方面是持续不断地奋起抗日，各种抗战文学从没有停息过；另一方面，新的文学力量在悄悄生长。这股悄悄生长的文学力量，在赵双花博士的研究视野中，有沈从文的《芸庐纪事》、巴金的《寒夜》、老舍的《四世同堂》、萧红的《呼兰河传》、废名的《莫须有先生坐飞机以后》、鹿桥的《未央歌》、卞之琳的《山山水水》、冯至的《伍子胥》等一批作品。有关这些作家作品的评论和研究，改革开放以来，海内外研究者在文学史研究中均有涉及，有些还不乏精彩论述，但作为综合的文学史论述，尤其从审美层面展开对这些作家创作的论述，成果并不是很多。赵双花博士注意到这一点，并尝试从文学史角度以及审美层面展开综合性研究。所谓综合性研究，可能在她看来，不能仅仅局限于对一个作家或一部作品的分析，而是要集中起来看，相互之间有什么特点，或者进行某种美学上的归类。她从小说人物、地域影响和文化几个方面进行归类，并结合作家作品的审美特点予以解读。我以为她的学术思考和学术努力是有价值的。最近这些年，大数据发展迅速，对于资料的搜集和挖掘有较大起色，但在这一过程中，文学史研究并没有发生根本性的变化，而是变得有点琐碎了。原因之一是一些研究者把文学史研究与资料库建设简单地当作一回事了，似乎资料库建成，文学史研究就完成了。事实上，文学史研究要通过对史料的解读，形成对文学发展历史深入的思考和认识，这是一个不断建构的研究过程，需要一定的理论做铺垫，并获得视野上的突破。赵双花博士的研究，从40年代小说人物平民形象的抒情诗意，到地方视野中的诗意提炼，以及古典传统的现代抒情方式的转换等几个方面来提炼40年代中国现代小说中的抒情特色，可以说是一种新的小说诗学。这种理论构想和文学史研究，是很有学术价值和探索意义的。

当然，在我看来，这一工作也只是刚刚开始，有很多现象以及作家作品可以列入她的研究范围，进行深入研究。譬如40年代小说研究中，抒情倾向的探讨可以有一章专门研究大学人文教育与小说的抒情问题。因为像沈从文、废名、卞之琳、冯至等，多少是与大学的人文教育背景有联系的。还有城市与现代抒情传统的探索，也可以有一章，40年代中国现代小说的抒情探索，在某种程度上不是向传统田园山水的回归，而是城市现代主义的审美取向受到外来现代主义理论的影响，因而在价值观上是将自然与人的世界作了二分世界来观照，而不是传统意义上的天人合一的世界。所以，对中国40年代现代小说抒情问题的研究，还是有很多内容可以进一步拓展的。

赵双花博士的这一专著，是她教育部人文社会科学研究项目（青年基金）的重要成果，我向对此问题感兴趣的读者和研究者推荐这部论著，也借此呼吁更多的研究者加入对 40 年代中国现代文学的研究行列之中，以便有更多的这方面的成果出现。

是为序。

中国茅盾研究会会长

上海作协副主席　　　杨 杨

上海戏剧学院教授

2025 年 3 月于沪西寓所

目
CONTENTS
录

绪 论

一、"现代小说叙事抒情化"释义

叙述故事是小说的基本特性。多数情况下，小说的审美魅力来自作家叙述故事时采用的诸种技巧，如叙述人称的设定、叙述视角的变换、叙述语态的描摹等。除此之外，小说对诗歌、散文等文体常用的表现手段极为包容，常常融抒情、描写、议论乃至说明于叙述中。这些手段在增强故事表现力的同时，亦获得了一定的审美自主性，与故事内容构成应和、延伸、升华乃至悖反等多重关系，甚至主导了整个叙事的风格。其中，尤以抒情最为显著。围绕叙事中情感抒发较为浓郁这一重要特征，根据抒情具体方式的不同，学者们做出了诗化小说、散文化小说、写意小说乃至心象小说等概念界定。这些概念的内涵指向各有侧重，外延所覆亦有分差，但不可否认，它们都以"情"为核心，与情节紧凑生动、人物鲜活立体的故事型小说区分鲜明。对它们的差异做更细微的讨论，不在本书研究任务之列，故在此以"抒情小说"这一能够统纳"诗""意""象"等核心质素的称谓做统一命名，整体视之。

目前，学界对"中国现代抒情小说"的研究已经取得了丰硕的成果[①]，这为笔者研究任务的顺利展开奠定了深厚的学理基础。但是，需要特别指出的是，本书所说的"现代小说叙事抒情化"与"中国现代抒情小说"的内涵与

---

① 相关研究成果如凌宇：《中国现代抒情小说的发展轨迹及其人生内容的审美选择》，《中国现代文学研究丛刊》1983 年第 2 期；凌宇：《中国现代抒情小说的形式美》，《上海师范大学学报》（哲学社会科学版）1984 年第 2 期；解志熙：《新的审美感知与艺术表现方式——论中国现代散文化抒情小说的艺术特征》，《文学评论》1987 年第 6 期；吴晓东等：《现代小说研究的诗学视域》，《中国现代文学研究丛刊》1999 年第 1 期；吴晓东：《现代"诗化小说"探索》，《文学评论》1997 年第 1 期；郑家建：《中国文学现代性的起源语境》，上海：上海三联书店 2002 年版；等等。

外延虽有叠合之处，但锚定的问题重心不同，其所指与能指的分殊更为明显。因此，涵盖的作家作品有所不同，关涉的思想、审美问题更是去之千里。

当"抒情"作为修饰词置于"小说"之前时，突出的是"抒情"为整体叙事的一个组成部分，只不过因为它影响了叙事的发展偏向与整体风格而显得过于突出。换言之，是在叙事内部谈论抒情的具体表现、价值意义，文本解读偏静态。"抒情"后置，且补以动词性的"化"，主要是试图勾勒这一倾向的嬗变过程，属于起于风格但不止于风格的动态解读。本书的研究重点在于考察特定历史情境下作家是如何在叙事中进行抒情实践的，着眼的是文本内外的互动关系。除此，着重考量小说中的抒情话语与其他叙事话语之间的关系，进而重估抒情在叙事中所承担的审美、思想、社会等多重功能。因此，本书涉及的作品，一是与传统意义上的抒情小说研究有叠合之处的作品，如冯至的《伍子胥》、萧红的《呼兰河传》等；二是以讲故事为核心，将诗意之升华、情感之流动作为叙事潜结构的作品，如老舍的《四世同堂》等。总之，"现代小说叙事抒情化"侧重将文本置于纵向的作家叙事探索中，置于横向的社会、文化错动中，探究作家是如何在特定的历史语境中展开多元抒情实践的。

二、选题理由、研究现状及反思

（一）选题理由

本书的研究重心是 20 世纪 40 年代文学的前半段，即全面抗战爆发至抗战胜利这一时间段中国现代小说的叙事抒情化实践。以卢沟桥事变爆发为标志的全面抗日战争，距今已有 80 余年。80 余年来，小说家对全面抗战的讲述从未停歇过。这充分证明日本帝国主义的肆虐侵略给中国人造成的精神创伤之深刻。民族危亡激发出的爱国主义热情及英雄主义气概深深感染、激励着不同世代的作家，唯有不断书写，方能表达对无数抗战英雄的诚挚敬意，以及赓续英雄精神品格的决心。这一简要、鲜明的总主题却呈现出内容多元、走向多歧、风格丰富的美学形态。这固然是因为不同时期、不同秉性的作家文学观念与审美趣味有所区别，但从根本上讲，是源于全面抗战本身的复杂性。与新中国成立后任一阶段的抗战文学创作相比，几乎与战争进程同步的 40 年代小说具有独特而多元的审美趋向，其叙事抒情化实践更是表现出作家前路未知的复杂心态与对国家、民族命运的重构、想象。尽管与二三十年代的小说相比，这种抒情性在整体上已经减弱，甚至发生变异，但是，与新中国成立后书写全面抗战的小说，如《铁道游击队》《战争和人》等相比，抒情性却分外鲜明，并呈现多向度蔓延、异姿态生发的特征。

导致审美风格如此不同的缘由在于，新中国成立后的书写是作家在战争胜负成定局后的重叙与再释，他们对于推进时代向前的力量了然于胸。即便箍制历史发展的因素盘根错节，但也因着相当程度的后见之明，而在叙事中表现得较为明了。由此，渗透在文本中的远景想象总是充满无可置疑的胜算，乐观、昂扬的情绪漫溢其间。即便是 80 年代中期之后兴起的先锋叙事及 90 年代之后盛行的新历史小说，如莫言的《红高粱》、刘震云的《温故一九四二》等，虽在相当程度上解构了 1949—1966 年社会主义建设时期的历史叙事态度及叙事逻辑，发掘出不为正史所记的另一面向，亦为重新想象抗战开出新解，但内含于叙事理路中的笃定感却是 40 年代小说叙事所缺乏的。由此反观，40 年代小说叙事抒情化的多元实践蕴含了一代作家叙事探索的可能与限度，其所包孕的社会学意义与审美价值有待深究。

不过，要说明的是，若要充分理解这种叙事抒情化的多元实践之所以可能的原因、条件、具体的审美形态，并究其表达局限，必须将全面抗战与随之而来的国共内战联系起来。这两场战争性质不同，但规模都很大，在中国人，尤其是知识分子内心引起震荡的深度与广度都极具相似性。作家们在经历两场不同的战争时，始终怀有对民族、国家前途命运的热忱思考，不断追问自己在时代剧变中该如何担当起知识分子的责任。表现在小说创作中，即持续探索小说叙事的形式、功能与性质。在这两个历史阶段中，这一探索既有前后相连、不断推进的一致性，也有原有叙事惯性的停止与新的创造。因之，若要厘清现代小说在全面抗战爆发之后的叙事抒情化实践问题，深究其表现的可能性与限度，势必要将持续八年的全面抗战与为期三年的国共内战做整体观，将 1937—1949 年的小说创作做整体观。

因之，将 1937—1949 年小说叙事抒情化的多元实践作为研究对象，在描述其具体表现形态的基础上辨究其得以生成的可能性要素，并在社会环境的转变与作家创作的流变中反思其进一步生发、漫溢的限度，是本书的研究思路。但研究真正得以深入展开并取得新的突破却是建立在学界多年研究之迭代积累的基础上的，受惠前人成果处良多。同时，对问题的再发现也来自对既有研究框架、理路及观点的省思。

（二）研究现状及反思

1. 1937—1949 年小说叙事抒情化实践的整体研究

20 世纪 80 年代是思想解冻时期，知识界对精神启蒙、个性解放的追求延及现代文学研究领域。其中，体现为对现代抒情小说的重视，包括对 1937—1949 年小说抒情特征的关注，虽然具体的论述还比较零散。赵园的《论小说十家》中，选取了三位社会写实类的作家：老舍、吴组缃、张天翼。其余的，如郁达夫、端木蕻良、沈从文、骆宾基、路翎、萧红、孙犁等七位作家，他们的小说都具有强烈的主观倾向。在论及骆宾基的创作时，赵园对 40 年代文学的研究现状表示不满："深层里酝酿着、积累着变动的四十年代文学，在文学史的描述中却被片面化了。根据地、解放区以外地区的文学，都受到了不同程度的冷落。"[①] 这一时期的创作突破就在于"出现一批'奇书'，不可重复、也确实不曾重现过的风格现象"[②]，即叙事的抒情化。萧红的《呼兰河传》、路翎的《财主底儿女们》、徐訏的《风萧萧》等今天公认的浪漫主义小说均在其列。

对现代小说抒情化的研究，在 20 世纪 90 年代更趋深入。研究者主张将"文化诗学"引入抒情小说研究中，追溯是什么样的外在文化动力促成了审美机制的形成，使文本世界与"外部世界之间建立互为交流的阐释空间"，"诗学"在此成为"一种揭示文本与历史之间的复杂性的可能性途径"，由之可以探究出"文本中的历史和文化，探究文本中沉积了什么样的文化态度和现代性

---

① 赵园：《骆宾基在四十年代小说坛》，载赵园：《论小说十家》，杭州：浙江文艺出版社 1987 年版，第 171 页。

② 赵园：《骆宾基在四十年代小说坛》，载赵园：《论小说十家》，杭州：浙江文艺出版社 1987 年版，第 172 页。

取向"①。此外，不同于赵园先生的个人化判断，钱理群先生在师生互动中完成了对 40 年代小说的整体扫描。他认为，现代作家战争中的身心状态——"流亡"是影响小说叙事走向的关键，以"流亡者"即作家自我为镜像的小说都充满着"非理性的浪漫主义的诗意与激情"，可谓"战争浪漫主义"。② 在这一总体思路的支配下，萧红、路翎、冯至、沈从文，乃至不为文坛熟悉的李拓之的创作都在细读之列。③ 由此可见，这与那些将其置于中国现代抒情小说流脉中予以剖析的研究有着明显不同，充满其间的语境化与历史化意识更加强烈。

相较之下，21 世纪以来，新一代研究者着重突出这些抒情浓郁的小说与时代总体创作的相关性与对话性。范智红将赵树理、张爱玲、汪曾祺等身处不同区域、美学歧见鲜明的作家并置于同一讨论空间，以新文学"为人生"的叙事传统为集束点，捕捉他们对日常生活的诗情书写。④ 在今天看来，这一研究在理论上稍嫌薄弱，却体现了难得的开阔意识，打破了以政治区域归属为标尺论述艺术形式的思维惯性，是对社会政治/文本形式（风格）关系的松绑。鉴于 40 年代小说形式（风格）的繁复性，近年来更进一步挖掘其文化内涵的，当属王晓平的《追寻中国的"现代"："多元变革的时代"中国小说研究 1937—1949》。"（他）将'20 世纪 40 年代中国'作为一个社会文化空间，'小说'作为一个文学和思想机制，在其中各种'新文化'得以表达自身。在此情况下，小说文本的'风格'或'形式'就成为作家寻找社会的确定性和象征的

---

① 吴晓东等：《现代小说研究的诗学视域》，《中国现代文学研究丛刊》1999 年第 1 期。

② 钱理群：《对话与漫游——四十年代小说研读》，上海：上海文艺出版社 1999 年版，第 46 页。

③ 《文艺争鸣》2022 年第 7 期编发了"四十年代小说经典重释"专辑，围绕《对话与漫游：四十年代小说研读》的再版展开讨论。在《小说经典重释的方法——〈北大小说课堂讲录——四十年代十家新读〉导读》一文中，吴晓东提炼了钱理群当年的研究方法，即"是一种'文体（语言）形式—作家心态—历史语境'三位一体的动态模型"，并进一步总结该研究方法的启示意义，"20 世纪 40 年代小说研究不能去语境化，不能对文本孤立地进行分析，而要紧密地结合战时历史情境和作家的心理状态，从而把小说形式分析历史化"。

④ 范智红：《世变缘常：四十年代小说论》，北京：人民文学出版社 2002 年版。

确定性体现的社会性的象征行为和政治行动。"① 将风格或形式纳入以作家自身为代表的现代主体的生成与裂变中，叙事就成为一种起于艺术而终于政治的实践行动。虽然该著作并不直接涉及对抒情的讨论，却以风格为枢纽，探讨小说的现代性问题，体现了 40 年代文学研究的新趋向。

不过，1937—1949 年小说叙事抒情化的整体研究较之从文学流派、主题类型等角度开展的研究，要薄弱得多。事实上，无论研究这一时段文学的哪一方面，政治区域的不同、文学流派的带动以及时代如何影响主题之生成等问题，都是必须直面的。无处不在的战争威胁与千差万别的碎裂化生存处境使 40 年代小说叙事内部存在难以协调的张力，上述研究多从对 40 年代文学的整体把握入手，提出的问题具有高度概括性与整合性，而具体分析时又能照顾到各个作家的殊异性，这为本书的研究思路提供了鉴照。

2. 具体的作家作品研究

上述整体性研究已经包括作家作品解读，但作家作品叙事抒情化的专题研究体现出更为灵活的研究视角与更为多元的透视路径。不过，随着现代文学研究范式的迭代转型，对这些作家作品的探讨亦亟待补正、推进。

如前文所言，受时代风潮影响，在 20 世纪 80 年代，现代小说的抒情风格备受研究者推崇，40 年代作家作品当然亦在受关注之列，典型如凌宇、赵园等学者。但是，能够在史诗与抒情相对照的视野中予以定位的典型学者，当属杨义先生。其皇皇巨著《中国现代小说史》的第二、第三卷对充满忧郁、悲愤、清婉、感伤等浪漫之情的小说尤为关注，且并不吝啬地赋予其他作品以"史诗"之谓。比如，他借用胡风的评价，认为丘东平的《一个连长的遭遇》是"中国抗日民族战争底一首最壮丽的史诗"②，并将"史诗"一词挪用在老舍的《四世同堂》上，认为它是探讨"礼仪之邦的古都中大杂院和小胡同文化的'平民史诗'"③。"平民史诗"可看成正统史诗的亚类，小人物身上亦漫溢着英

① 王晓平：《追寻中国的"现代"："多元变革的时代"中国小说研究 1937—1949》，北京：中国社会科学出版社 2015 年版，第 6 页。

② 杨义：《中国现代小说史》（第三卷），北京：人民文学出版社 1986 年版，第 164 页。

③ 杨义：《中国现代小说史》（第三卷），北京：人民文学出版社 1986 年版，第 41 页。

雄主义式的激情。不仅如此，杨义先生的风格赏鉴还体现出情感与历史、个体与集体相辩证的思维意识，认为碧野的《水阳江的忧郁》是"具有浓郁的抒情味的社会剖析佳品"[①]。

90 年代中期以来，学界开始跳出风格层面，注重把握抒情的"诗学"意义与"政治"潜能，作家作品研究的不均衡现象也由此出现。鉴于作家作品个案研究情况的不同，在此依照章节安排顺序进行评述。

（1）老舍《四世同堂》中的"诗意"研究

论及老舍《四世同堂》的叙事艺术，无论研究者是否满意，都一向将其置于史诗序列中予以定位，且侧重其写实性，如吴小美、赵园等学者。[②] 亦有研究者，如王德威、李钧，从小说的"主题与结构"、老舍的创作计划推论老舍的史诗宏愿。[③] 也有更年轻的研究者认为，"在 20 世纪 40 年代'抗战文学'的版图中，《四世同堂》是唯一全面涉及了抗战全过程的史诗作品"，且在认同普实克论述的基础上，指出它"是沿着革命时代的'现实主义'和'史诗'路线行进的"。[④] 总之，《四世同堂》战争叙事的"宏阔性、史诗性"[⑤] 特征基本是学界共识。由此，小说中最关涉诗意的人物——钱默吟的前后转变就被认定为由"诗人文化"转向"猎人文化"，暗含着诗意的消泯。[⑥] 在这种研究进路的主导下，集中于钱默吟身上的"诗意"，一是被解读为负面的、影响现代国民意识觉醒及实践的障碍[⑦]，不予深究；二是从传统文化在抗战中的淬

---

① 杨义：《中国现代小说史》（第三卷），北京：人民文学出版社 1986 年版，第 74 页。

② 参见吴小美：《一部优秀的现实主义作品——评老舍的〈四世同堂〉》，《文学评论》1981 年第 6 期；赵园：《老舍——北京市民社会的表现者和批判者》，《文学评论》1982 年第 2 期。

③ 王德威：《写实主义小说的虚构：茅盾、老舍、沈从文》，上海：复旦大学出版社 2011 年版，第 205 页；李钧：《塑造"地道的中国人"——论〈四世同堂〉人物形象及老舍的小说美学》，《山东师范大学学报》（人文社会科学版）2016 年第 3 期。

④ 林培源：《从"世俗风物"到"死亡意识"——重读老舍〈四世同堂〉的叙事时空及"现实主义"问题》，《中国图书评论》2017 年第 11 期。

⑤ 谢昭新：《论老舍〈四世同堂〉的战争叙事与战争反思》，《民族文学研究》2018 年第 3 期。

⑥ 谢昭新：《论老舍〈四世同堂〉的战争叙事与战争反思》，《民族文学研究》2018 年第 3 期；江腊生：《〈四世同堂〉中的生活形态解读》，《中国现代文学研究丛刊》2016 年第 12 期。

⑦ 邵宁宁：《战时生活经验与现代国民意识的凝成——以〈四世同堂〉为中心》，《甘肃社会科学》2010 年第 6 期。

炼与升华的逻辑中解释钱默吟前后由闲适诗人向抗战义士"爆发式突变"的合理性[①]。这两类研究思路的共性是受制于"史诗"的叙事定位，忽略了"诗意"一词不仅贯穿整个叙事始终，而且有其相对独立的审美意义。甚至可以说，"诗意"是理解老舍精神世界的关键词，老舍的"诗意"书写是40年代小说叙事抒情化的重要实践之一。

（2）巴金抗战小说中的抒情性研究

早在20世纪90年代初，就有论者以《憩园》《寒夜》指出巴金小说"抒情性"生成的主要技巧，即第一人称的叙事角度、注重日常生活的结构布局以及将叙事转化为倾吐情感的叙述语调等，抒情手段的充分运用克服了小说"叙述性"造成的抒情之天然屏障。[②] 但从叙述性维度来看，小说的叙事是否很可能存在难以弥合的裂隙呢？答案是肯定的。有学者通过考察《寒夜》中情节设置的不近情理之处，认为正是作家本身要表达一种主观性的悲剧体验，导致必须"让众多的因素围绕一个悲剧的方向组织起来"，而"多重因素的相互作用包含的不确定性更多"。不过研究者并未就此深究下去，而是进一步肯定这种着意凸显复杂心灵世界的抒情性使小说获得了"复调小说的艺术效果"，从而战胜了叙事上的败笔。[③] 今天看来，如是论证固然有益于凸显巴金风格的独特性，但也避开了对关键问题的追问与探究，失之遗憾。因为虽然从艺术效果上讲抒情性占了上风，但叙事裂隙仍然存在。已经在小说创作领域取得相当成就的巴金未必没有意识到这一点。

那么，巴金如此渴望表达自己的悲观体验，甚至不惜牺牲小说故事的合理性与完整性，目的何在？或者说促成这种叙事机制的根本动力是什么？这些都需要重新进行审视。如何构思情节，说到底与作家的创作观、生命观、政治观紧密相连。作为现实主义作家的巴金同样追求文学书写的真实，但有论者指出，"巴金不是把真理放在第一位，而是把经验本身放在第一位，并且表达了

---

① 绍武、会林：《论长篇小说〈四世同堂〉》，《北京师范大学学报》（社会科学版）1986年第3期。
② 谭洛非、谭兴国：《视角·结构·语调——论巴金小说的文体美》，《当代文坛》1991年第5期。
③ 陈国恩：《文本的裂隙与风格的成熟——论巴金的〈寒夜〉》，《西南民族大学学报》（人文社科版）2005年第11期。

对'主义'意即真理之真进入文本的谨慎甚至是不以为然的态度"，正是这种"个体性的、独立性的目的意识"，使得巴金的小说充满抒情性，也与左翼小说明显区分开来。[①] 然而，在战争语境下，个体性的经验很容易被时代裹挟，从而凸显其局限性。有学者通过梳理 1979—2011 年间的《寒夜》接受史与批评史，指出"个别极具张力的视域""无人呼应"，"文本意义潜势"也有待再展开。[②] 主观真实与客观真实、个体与时代之间的张力即属此列，这也是本书解读巴金抗战小说的起点。

（3）沈从文湘西叙事中的抒情化倾向研究

在本书涉及的重点作家作品中，学界最关注沈从文 20 世纪 40 年代湘西小说中的抒情问题。作为京派文学的代表作家，沈从文在 1934 年就以《边城》为标志确立了现代乡土抒情的叙事典范。40 年代他所遭遇的创作困境集中体现为现实中的湘西不断变动、趋于衰败，写作基础遭到了破坏，具象抒情难以维持与更新。由是，从抒情到抽象抒情的转变，几成学界共识。[③] 表现在这一时期的湘西叙事中，即"小说并不注重故事情节和民俗文化的叙写，而是重在对'我'主观抽象感觉的描写"[④]。这一变化的启端就是沈从文在抗战时期创作的首部小说《长河》，"作为收获最好的一部作品，实际上却已显露出沈从文的文学创造开始走向式微"[⑤]。但是，从整体上看，学者们很少梳理这一抒情在湘西叙事中的具体流变，多是单篇（部）解读，忽略了在这一抒情转变中沈从文

---

① 姜飞：《经验的往复——历史进程中的巴金文学真实观》，《西南民族大学学报》（人文社科版）2006 年第 3 期。

② 陈思广：《新时期以来的〈寒夜〉接受研究》，《中国现代文学研究丛刊》2012 年第 7 期。

③ 刘涵之：《抽象的抒情——论沈从文的文学理想》，《湖南大学学报》（社会科学版）2007 年第 6 期；向成国：《论"抽象的抒情"》，《南京大学学报》（哲学·人文科学·社会科学版）2002 年第 2 期；张新颖：《从"抽象的抒情"到"呓语狂言"——沈从文的四十年代》，《当代作家评论》2001 年第 5 期；范智红：《"向虚空凝眸"：19 世纪（此处应为"20 世纪"，但原文献是"19 世纪"——本书作者注）40 年代沈从文的小说》，《吉首大学学报》（社会科学版）2001 年第 2 期；陕庆：《从"抒情"到"抽象的抒情"——对作为小说家的沈从文的再研究》，《中国现代文学研究丛刊》2008 年第 1 期等。

④ 赵锐：《"讲故事的人"的显与隐——论沈从文的叙事》，《民族文学研究》2022 年第 1 期。

⑤ 赵学勇：《1940 年代：沈从文的思想与创作》，《兰州大学学报》（社会科学版）2019 年第 1 期。

为保有以前的抒情方式而做的细微且重要的叙事努力，以及为适应新的形势变化而努力开掘的新路向。

此外，对沈从文抒情新创造的限度，有学者认为，沈从文"自我结构中自负与自卑的两极心理状态和人格取向，导致他无法形成足够的心理弹性空间，去容纳和消化更丰富的人生经验"，因而停留在观念抒情的层次，无法完成最终的自我超越。[①] 关键是，沈从文还认定这种观念式抒情是新的进路，"更力图将自己的这种思考哲学化，从而固执地走向了抽象"[②]。也有学者认为是"审美形式的惯性和沈从文批判理性的匮乏，造成了审美形式与现实经验的巨大缝隙"[③]。对抒情难以真正持续之原因的一再追索，凸显了沈从文创作的现象级价值，连带而起的是中国现代文学发展史中的新文化建设、国家民族命运重造等重要议题。但是，研究者们忽略了宏观上的抗日战争、微观上的湘西子弟在抗战中的牺牲以及湘西地区的战乱给沈从文身心带来的震惊与重创，而这种精神世界的动乱与重构就体现在他对湘西世界的重叙上，钳制着他抒情的路向与限度。

（4）孙犁冀中书写中的抒情化倾向研究

与沈从文寓居大后方不同，孙犁身处冀中平原的抗战现场。他却在叙事中避开对残酷战争的书写，注重发掘乡民，尤其是女性在支援共产党对日作战中体现出的品性、道德之美，叙事的抒情性正由此生成。孙犁"惯于在社会政治冲突之外表现人性之善、人情之美、人伦之和谐"，由此和主流的革命文学有一定的疏离，堪称"革命文学"中的多余人。[④] 这一结论集结了研究者的胆识与学识，对重新理解孙犁与革命的关系、其创作与解放区文学主流的关系提供了重要参照。但近年来，在对孙犁小说进行抒情性解读时，这一关系被给予重新审视。"'公我'/'个我'的统一：革命生活与有情的叙述"之间的统一被

---

① 贾振勇：《沈从文：创伤的执著·性灵的诗人·未熟的天才》，《文史哲》2017 年第 1 期。
② 王植：《思想与创作的转折——论沈从文对〈长河〉的修改》，《民族文学研究》2019 年第 3 期。
③ 刘东玲：《不可超越的抒情——沈从文后期文学创作发展论》，《社会科学辑刊》2005 年第 4 期。
④ 杨联芬：《孙犁：革命中的"多余人"》，《中国现代文学研究丛刊》1998 年第 4 期。

认为是孙犁小说成功的关键①，统一性的达成是因为作家擅长将"夫妻间家庭情感"进行"转化与超越"，"将家庭单位的儿女私情拆解、替换为共同抗日的革命情感"②，而从作家身份来讲，则源于孙犁的游子情怀以及文人化的叙事视角③。有论者走得更远，认定孙犁舍残酷而张优美不过是一种叙事策略，"非但不是通常认为的个性抒情，反而是克服个性、反复调试的产物"，体现了"冀中战时语境造就的'非个性'乃至'反个性'的文学观，是孙犁'遇合'延安文艺体制并得以成名的关键"。④ 也有研究者超越了文本生成的历史语境，在更广泛的人道主义书写传统与更久远的文化传统中寻找孙犁的抒情根基，"直接进入人的个体本身"，深深根植于"中国的乡村生活和文化"，从而与"中国传统儒家文化思想有内在联系"。⑤ 亦有学者从孙犁晚年文学批评及创作出发回溯其早年的抗战小说，指出这一时期的写作在"现实"与"现实主义"之间"'摇摆'"，体现为纪事与小说、想象与报道、感情与现实等矛盾对立在文本时空体形式中不断运动和转化的结构，最终指向其抒情性，"现实主义艺术的新鲜体现在对自我情感的扬弃和对人类情感追求的超越中，体现为与现实亲密无间、血肉相关又同频共振的一致性"⑥。由此看来，研究者对孙犁小说中的抒情形态的表现没有异议，但对抒情机制及抒情性质均有不同方向、不同程度的阐发。

总之，这些阐释更进一步反映了孙犁叙事抒情化的特殊性，更体现出其不可复制性。如是推论，这种抒情机制的生成其实比较依赖内部诸叙事要素之间的平衡，依赖作家在冀中平原的抗战经验与审美信念，需要在文本重读的基础上进一步探析。

---

① 张莉：《重读〈荷花淀〉：革命抒情美学风格的诞生》，《小说评论》2021 年第 5 期。
② 陈联记：《论孙犁抗日小说的情感叙事》，《河北学刊》2022 年第 4 期。
③ 叶君：《论作为间性主体的孙犁》，《天津师范大学学报》（社会科学版）2013 年第 2 期。
④ 熊权：《"革命人"孙犁："优美"的历史与意识形态》，《文艺研究》2019 年第 2 期。
⑤ 贺仲明：《孙犁：中国乡村人道主义作家》，《暨南学报》（哲学社会科学版）2020 年第 10 期。
⑥ 闫立飞：《孙犁的"摇摆"：抗战书写的现实与现实主义》，《中国语言文学研究》2022 年第 2 期。

（5）冯至历史小说《伍子胥》中的抒情化倾向研究

作为创作转型中间物的《伍子胥》，被认为是 20 世纪中期冯至抒情主体重建的一个过渡，体现了在"现代主义的真实（*authenticity*）或是社会主义的真诚（*sincerity*）；个人欲望或是群体意志；抒情的或是史诗的"等关系之间进行选择，因而出现了充满矛盾的思想转变过程。[①] 依此逻辑，冯至追问的是比国仇家恨更尖锐的问题："国难之中，个人如何能够超越道德与社会政治的挑战，将自己变成真正的主体"[②]。但亦有学者在考察冯至一贯的"由个人到达时代并以个人为本位的生存理想"[③] 之基础上，认定《伍子胥》可被视为"田园风光和现实之间的一架桥"[④]。无论是断裂还是承接，都将牵涉冯至将历史做诗意化处理的具体机制。有研究者溯源此诗意的两大知识资源：一是以诺瓦利斯为代表的德国浪漫派，一是尼采超人。[⑤] 但是，这些知识资源是如何转化、渗透在历史故事中的，研究者搁置未谈。而要继续探讨这一问题的话，势必会牵涉对西方文化进行本土化创造的基点这一命题，即对中华民族原初历史的追溯。

（6）萧红、废名小说中的寂寞情绪研究

因东北沦陷而流亡的萧红在抗战时期仍持有五四个性主义启蒙精神，其创作中的讽刺与抒情、写实与抒情之间的话语张力关系及跨文体现象也根源于

---

① 〔美〕王德威：《梦与蛇：何其芳、冯至与"重生的抒情"》，《中国现代文学研究丛刊》2017年第 12 期。

② 〔美〕王德威：《梦与蛇：何其芳、冯至与"重生的抒情"》，《中国现代文学研究丛刊》2017年第 12 期。

③ 贺桂梅：《时间的叠印：作为思想者的现当代作家》，北京：生活·读书·新知三联书店 2021年版，第 160 页。

④ 贺桂梅：《时间的叠印：作为思想者的现当代作家》，北京：生活·读书·新知三联书店 2021年版，第 161 页。

⑤ 罗雅琳：《"诗意"意味着什么？——重读冯至的〈伍子胥〉》，《文艺争鸣》2022 年第 7 期。

这一生存样态与精神结构。① 该书写一方面促成了萧红创作在抗战文学中的独特性：是"对她自己感受到的生活常态的提炼"，以极其"个性化"的方式实现了"在民族大义的层面上与民族解放的宏大叙事相吻合"，从而获得了更为永久性与普遍性的艺术价值。② 但另一方面，也促成了萧红的寂寞。目前，研究者多注重分析这种关系及现象的具体呈现方式，而缺乏探索这种具体呈现方式在表现萧红寂寞方面的限度，更忽略了寂寞所具有的反噬特性。

废名在抗战胜利之后创作的《莫须有先生坐飞机以后》突破了以往田园叙事之抒情化范式，具有客观的实录特征③，是"格物致知"中的"理智"之表现④，可视为"兼具哲理感悟和浓郁政论色彩的，以史传为自己的写作预设的散文体"⑤。具体言之，"（是）面对问题成堆、灾难重重的世界、的中国，'绝笔'而不能的续作，也是一部悟道者和思想家的'救赎之书'，救国、救民、救教育、救语言、救人的心思，这个宏大'救赎主题'贯彻全篇。……这叫作'大书'，不叫'小说'"⑥。但是，研究者并未因此而忽略其小说特质，而是尤其关注叙事中的抒情因子。从创作主体讲，"（它）堪称是一部中国知识分子历经颠沛流离的战乱生涯的另类心史，是废名在小说中一再提及的'垂泣而道'之作，在某些段落可谓忧愤之书，甚至可以说是像当年鲁迅那样忧愤深

① 参见艾晓明：《戏剧性讽刺——论萧红小说文体的独特素质》，《中国现代文学研究丛刊》2002年第3期；王金城：《诗学阐释：文体风格与叙述策略——〈呼兰河传〉新论》，《复旦学报》（社会科学版）2002年第6期；王科：《"寂寞"论：不该再继续的"经典"误读——以萧红〈呼兰河传〉为个案》，《文学评论》2004年第4期；卢临节：《抒情与反讽的变奏与交响——析萧红小说中的矛盾叙事》，《长江学术》2012年第2期。

② 郭冰茹：《萧红小说话语方式的悖论性与超越性——以〈生死场〉和〈马伯乐〉为例》，《中国现代文学研究丛刊》2011年第6期。

③ 陈建军：《〈莫须有先生坐飞机以后〉：漫漶的"水"》，《黄冈师范学院学报》2001年第4期。

④ 康宇辰：《战时返乡的传道者——20世纪40年代废名的思想状况与乡土实践》，《现代中国文化与文学》2019年第3期。

⑤ 吴晓东：《文学性的命运》，广州：广东人民出版社2014年版，第60页。

⑥ 张柠：《废名的小说及其观念世界》，《文艺争鸣》2015年第7期。

广"①。从内容上讲，则是"用典故抒情"②，"是高友工论述的抒情传统中的重要内容之一"③。抑或，基于文本民俗内容的密集，指认它是"民间社会的集体抒情"④。而文本中描写莫须有先生情感世界时使用频次最高的词就是寂寞。以寂寞为切口，将关于文本的杂文体与抒情化这两条研究路径并置，考察抒情与其他叙事话语之间的关系，将有助于深入理解废名的代言者莫须有先生的"忧愤深广"之内涵。

（7）卞之琳《山山水水》的抒情化倾向研究

与前述作家作品相比，卞之琳《山山水水》的叙事形式比较独特。"螺旋式"的结构及叙事视点的不断转换凸显了个体与集体、自我与时代、诗学与政治之间的对立。⑤ 学者吴晓东认为，诗性话语与政治话语之间的对立关系，更细微地体现在"泡沫""海""旗袍"等比喻修辞及"空白"审美的象征内涵方面，"诗化的细节和比喻型叙事"是小说"生成诗意话语的核心手段"，但也是"政治诗意化的具体途径"。但是，"玄学的抽象以及诗化的细节湮没了小说的基本叙事推动力"，不仅未能"展示全景性史诗图景，展演知识分子的悲欢离合"，反而使这一创作企图与诗化文体、诗意细节之间的矛盾缝隙变得更大。⑥ 与之不同，有学者正面肯定了这种抒情化的叙事实验，"泡沫"与"海"、"白云"与"蓝天"两组意象在文本中不断重复，生成了"'抒情诗的行进'"节奏，而"空白"与"姿"的对照更体现出卞之琳企图以抒情来挽救"世道人心"的宏愿，是中国古典抒情传统的复活与再造。作家"历史感的薄弱与政治上的天真，以及他执迷不悟的对文艺独立的信念"，体现出其书写历

---

① 吴晓东：《史无前例的另类书写——废名的〈莫须有先生坐飞机以后〉》，《名作欣赏》2010 年第 12 期。

② 李璐：《论废名的创作特征》，南京大学博士学位论文 2012 年，第 104 页。

③ 李璐：《论废名的创作特征》，南京大学博士学位论文 2012 年，第 107 页。

④ 谢锡文：《民间社会的集体抒情——论废名小说民俗观》，《民俗研究》2007 年第 4 期。

⑤ 李松睿：《政治意识与小说形式——论卞之琳的〈山山水水〉》，《中国现代文学研究丛刊》2012 年第 4 期。

⑥ 吴晓东：《〈山山水水〉中的政治、战争与诗意》，《文学评论》2014 年第 4 期。

史另面真实的价值。①

综上所述，这些作家作品被研究的热冷度不一，有的被反复解读，有的则面临着被遗忘的命运，还有的一直处于被忽视的状态（如萧红《山下》）。与之相应，研究宽窄度更是不同。有的还停留在文本内部的风格层面（典型如鹿桥《未央歌》，因其特殊的传播命运，其"情调"问题难以简要述之，故将其研究成果及现状评述置于正文中予以详论），有的则已经将其抒情化蕴含的幽微深意与时代切面做了紧密勾连。除此之外，问题论域的时间跨度长短有别，有的仍被看成40年代作家的随兴之作，有的被追溯至五四新文学，有的其至被置于40年代至70年代的历史转型阶段予以考察。相对成熟的个案研究为本书提供了可资借鉴的认知框架与论述方法，在此对照之下，对受到冷落、关键问题被处理得还比较清浅的作家作品的研究则亟待推进。

（三）"中国抒情传统"视野下的"抒情"内涵研究

从学术研究史来讲，"现代小说叙事抒情化"的提法与十余年来学界热议的"中国文学抒情传统"是相关的。捷克左翼汉学家普实克认为："主观主义、个人主义、悲观主义、生命的悲剧感以及叛逆心理，甚至是自我毁灭的倾向，无疑是一九一九年五四运动至一九三七年抗日战争爆发这段时期中国文学最显著的特点。"② 但是，在其研究中，"主观主义和个人主义"的抒情特征仅是起点，作家的思想意识与社会结构、秩序间的互生关系才是重点。抒情是重要的形式化内容，更是沟通文本内外的中介。显然，只有跳出小说类型化的研究思维，才能实现这一研究目的。

此外，普实克在《茅盾和郁达夫》一文中，更细致地分析了两位作家如何共同享有时代悲剧气氛，但又呈现出极为不同的叙事倾向。茅盾的小说虽然具有强烈的时事性，但促使茅盾创作的则是对刚刚发生的事件所持的情感态

---

① 夏小雨：《之与止的足音——卞之琳〈山山水水〉的抒情辩证法》，《汉语言文学研究》2014年第2期。

② 〔捷克〕亚罗斯拉夫·普实克：《抒情与史诗——中国现代文学论集》，李欧梵编，郭建玲译，上海：上海三联书店2010年版，第3页。

度。郁达夫执着于自我情绪、精神的传记性表现，但自然主义式的意识袒露则赋予作品以史诗性特征。[①] 以这两篇文章为核心，普实克的学生李欧梵对其学术观点做了进一步总结与阐释，认为其关键结论在于"主观与客观、'史诗'与'抒情'的这种辩证结合"，这种辩证结合成为中国现代主流文学的重要标志。[②] 就"史诗"内涵，李欧梵做了进一步阐发，"'史诗'一词在普实克笔下往往是形容词而不是名词，涵盖了比诗歌更广泛的文体。……茅盾的小说则以其对社会生活宏伟、客观的全景式再现而具有'史诗'的气魄"[③]，相应地，"抒情"显然也就不再被视为一种单纯的文体风格，而是要在政治、社会、文化等多重视域中获得更广阔的意义更新。事实证明，李欧梵的确抓住了普实克的论述要义。在历史现场的重返与经典文本的重读中，与抒情小说这一类型化的研究相比，抒情化倾向更能激活叙事形式的审美潜能，更容易在多重文本之间及文本与外在社会因素之间建立起互文关系。

不过，普实克的论述对象是 1937 年全面抗战爆发之前的现代中国文学。在他看来，"被文学革命扫出文学舞台的所有通俗的叙事形式，在一九三七——一九四五年的抗战期间兴起的文学中又卷土重来，发挥了强大的模式作用"[④]。如是，暗含了他对 1937 年全面抗战爆发之后现代中国文学的判定，即"主观主义和个人主义"特征趋向消泯，令人惋惜。现代文学，尤其是小说在全面抗战之后的确迅速地朝大众化方向发展，40 年代关于民间形式及民族化的持续论争就证实了这一点。就小说创作而言，虽然国统区、解放区、沦陷区各自的文化环境不同，甚至各区域内的微观文化环境也分差鲜明，但整体观之，"史诗"倾向的确逐渐增强，并最终成为叙事主流。但另一方面，熟悉 40 年代小

---

① 〔捷克〕亚罗斯拉夫·普实克：《茅盾和郁达夫》，载〔捷克〕亚罗斯拉夫·普实克：《抒情与史诗——中国现代文学论集》，李欧梵编，郭建玲译，上海：上海三联书店 2010 年版，第 120—176 页。

② 李欧梵：《序言》，载〔捷克〕亚罗斯拉夫·普实克：《抒情与史诗——中国现代文学论集》，李欧梵编，郭建玲译，上海：上海三联书店 2010 年版，第 4 页。

③ 李欧梵：《序言》，载〔捷克〕亚罗斯拉夫·普实克著：《抒情与史诗——中国现代文学论集》，李欧梵编，郭建玲译，上海：上海三联书店 2010 年版，第 3 页。

④ 〔捷克〕亚罗斯拉夫·普实克：《抒情与史诗——中国现代文学论集》，李欧梵编，郭建玲译，上海：上海三联书店 2010 年版，第 79 页。

说史创作地貌与叙事流变路径的研究者显然不会轻易同意普实克的论断。与通俗性、大众化的客观倾向相伴随的是，以"创作者的艺术个性以及对于艺术家个人生活的专注"为基点的"主观主义和个人主义"的抒情特征并未消失，也并非不值一论。恰恰相反，在战争与革命交织的 40 年代，在个体生活与集体行动、文学审美追求与社会价值拷问、精英创造与大众接受之间，"抒情"与"史诗"的碰撞更直接、更尖锐，甚至直逼作家不断追索抒情化叙事的合理性问题，创作危机与国家民族危机并存共振。前述研究成果，尤其是十余年取得突破性成果的相关研究，正与这一"抒情"内涵的拓展、深化密切相关。

不仅如此，对抒情本身的研究又被裹挟在"中国抒情传统""中国抒情传统与现代文学"等学术理路当中，代表学者有陈世骧、高友工、王德威等海外汉学研究者。考虑到他们与中国现代文学研究的相关程度，先从王德威讲起。就"抒情"内涵而言，王德威在论述普实克的"抒情"与"史诗"时，进一步界定："所谓抒情，指的是个人主体性的发现和解放的欲望；所谓史诗，指的是集体主体的诉求和团结革命的意志。据此，抒情与史诗并非一般文类的标签而已，而可延伸为话语模式，情感功能，以及最重要的，社会政治想象。在普实克看来，这两种模式的辩证形成一代中国人定义、实践现代性的动力，而现代中国史记录了个别主体的发现到集体主体的肯定，从'抒情'到'史诗'的历程。"[①] 王德威立足于中国抒情传统在现代性语境下的承接，力图在"抒情"与"史诗"辩证的视野中，解读抒情传统在建构中国现代性方面有可能打开的另类面向。在他看来，"我们讨论上世纪三四十年代的抒情美学或抒情声音的话，不能回避史诗的问题。史诗时代与抒情美学，两者之间激烈的张力，还有最后互相的毁灭，着实惊心动魄"[②]。在古典时期，"不论是言志或是缘情，都不能化约为绝对的个人、私密，或唯我的形式；从兴观群怨到情景交融，都预设了政教、伦理、审美，甚至形而上的复杂对话"[③]。而在现代性的转

① 季进：《抒情传统与中国现代性——王德威教授访谈录》，《书城》2008 年第 6 期。
② 季进：《抒情传统与中国现代性——王德威教授访谈录》，《书城》2008 年第 6 期。
③ 王德威：《现代性下的抒情传统》，《复旦学报》（社会科学版）2008 年第 6 期。

换中，"抒情"和"史诗"的辩证更是充满歧义，"它促使我们正视抒情所必须面对的中国现代政治考验"①。由此，常被视为艺术风格层面的抒情，已经获得了更高层次的意义。它指涉创作者的立场与意志、理想与追求，同时还潜含一种政治能量，体现了作家变革社会的动力与诉求。它与体现集体意志的"史诗"对话、辩驳，既让我们看到它相对广阔的表现空间，也让我们感受到它活动空间的局限之所在。而基于陈世骧有关中国抒情传统论述的高友工，则将中国古典文学中的抒情精神上升到"美典"的高度，"'抒情'……并不是一个传统上的'体类'的观念。这个观念不只是专指某一个诗体、文体，也不限于某一种主题、题素。广义的定义涵盖了整个文化史中某一些人（可能同属一背景、阶层、社会、时代）的'意识形态'，包括他们的'价值'、'理想'，以及他们具体表现这种'意识'的方式"②，而这种价值、理想的体现主要集中在"'抒情自我'（lyrical self）和'抒情现时'（lyrical moment）'这两个坐标的焦点上"③。简言之，谁抒情、什么时间抒情决定了情感的性质、内容与意义。在由古典向近现代转型的社会过程中，充分考虑这两个因素尤其重要。当稳固的社会价值系统被打破、而新的普遍的社会价值还处在探索之中时，抒情者占据的身份地位、选择的抒情时间刻度能够充分地表明其探索所代表的价值立场、政治意义，乃至历史方向。

如果说陈世骧、高友工"中国抒情传统"理论的建构背后深藏着浓郁的家国情怀与文化乡愁，王德威的创造性发挥则更多着意于抒情所蕴含的作家的政治热情与变革社会的能量。由此，他自然将现实中的"失败者"，如狱中的瞿秋白、辍笔不著的沈从文、"受难者"胡风、卧轨自杀的海子等作家的文学创作、社会行为当作批评标的，在跨文本或者泛文本的彼此呼应、对话的解读中，激活了抒情的活力，勾勒出现代文学启蒙、革命话语之外的另一发展流

---

① 王德威：《现代性下的抒情传统》，《复旦学报》（社会科学版）2008 年第 6 期。
② 高友工：《美典：中国文学研究论集》，北京：生活·读书·新知三联书店 2008 年版，第 83 页。
③ 高友工：《美典：中国文学研究论集》，北京：生活·读书·新知三联书店 2008 年版，第 98 页。

脉，即"'有情'的历史"①。但也正如研究者特意提醒的，不能忽略的是，其"有情"论述是以"史诗"话语作为背景的②，"抒情"与"史诗"的辩证才是其真意所在。也有论者甚至认为王德威在重新定义"抒情"之际，其实也重新定义了"史诗"："现代性的史诗性在王德威的笔下，不再是现代整全性的时间建构起来的史诗性，而是一个人的史诗，是个体生命瞬间敞开在世领会存在无限性的史诗性。"③ 王德威将中国抒情传统挪移、拓展至中国现当代文学领域在学界引起的波澜至今不仅未息，反而不断被衍生、借鉴，乃至反思与批判。相关论者即便对其持不同意见，也不可轻易绕过其论述，避而不谈。

但是，如果囿于海外学界的抒情定义，就会有胶柱鼓瑟之嫌。一是，王德威将研究对象集中于现实意义上的"失败者"、边缘作家，抒情是否只对他们而言才具有救赎性？抒情是否必然和生命的、历史的悲情相关？不一定。抒情的魅力恰在于它以作家的主观气质为基本呈现方式，在故事长卷中容纳了各式各样、各种性质的情感内容，在与不同历史境遇的结合中昭示出强大的黏合力，凸显出精神世界的丰富性。二是，若过于注重抒情内含的史观或意识形态内容，而"未把'抒情'作为中国现代文学的美学特征来把握"④，是否反而造成了抒情意义的窄化，在一定程度上忽略了抒情在文本中的具体表现及抒情与文本中讽刺、叙事等话语形式之间的关系？将抒情上升到意识形态高度没什么不妥，但抒情仅是意识形态内容的表达形式吗？作为历史的后来者，研究者秉持如此维度很容易被作家的政治、文学命运所挟持，被历史的"后见之明"所引导。当然，"后见不明"更为糟糕。但是，回归复杂的历史语境，作家在进行叙事抒情化探索时，面对的是茫茫难测的未知之境，研究者需要在深入当时社会文化态势与历史的"后见之明"之间保持必要的张力。

贯穿两场大规模战争的 40 年代无疑是史诗年代，"史诗"与"抒情"的

① 王德威：《抒情传统与中国现代性——在北大的八堂课》，北京：生活·读书·新知三联书店2010年版，第65页。

② 季进：《抒情·史诗·意识形态——普实克的史诗论述》，《文艺争鸣》2019年第7期。

③ 陈晓明：《建构中国文学的伟大传统》，《文史哲》2021年第5期。

④ 陈晓明：《建构中国文学的伟大传统》，《文史哲》2021年第5期。

辩证也更为繁复、多元。新的研究界域，需要更加灵活亦更为语境化地理解抒情的内涵与外延。所以，稳妥而科学的途径是，对文本中抒情与其他话语之间的叙事关系进行解读，以作品基本的审美表征为基础，进一步剖析作家对战争生活的体认、对自我生命的期许以及对国家民族未来的设计与想象，进而理解在小说中进行抒情的可能与限度。这是进一步讲好中国故事在特定研究领域的体现。

三、研究内容与研究方法

（一）研究内容

1937—1949 年的全面抗战与国共内战，广泛、深刻地左右着中国现代文学的发展趋势。就小说艺术而言，这一时期的史诗特征显著增强，多数作家力求在地方性叙事中体现对国家民族命运的总体性思考，拓展未来远景的想象空间，较之五四新小说，集体意识更为浓郁、厚重。但是，将真实的自我感受置于理解时代的前位、以可能有限但绝对真实的个体经验为触点的抒情性叙事并未退场，反而在政治的、社会的、文化的等一系列时代问题的挤迫或激励下，抒情意味更浓郁，抒情形式更多元，抒情目的更多向，与史诗倾向辩证地胶着在一起，连及重要的思想与艺术命题。鉴于此，本书分为六章。

第一章，在综论中国现代小说叙事中的抒情功能的基础上，梳理 40 年代小说叙事抒情化倾向对二三十年代小说的继承与新变，更为细致地描述其整体抒情表现。小说以叙事为基本职能，抒情是对故事叙述的中断与背离，也是对叙述的拓展与深化。文体本身所存有的二元对照及辩证关系，在中国现代文学发展的历史语境中，又特别交织着自我与他者、个体与集体、情感与理性、文学与政治等多重张力关系。这一历史阶段的小说，在继承二三十年代文学总体发展特征的基础上，也出现了新的抒情形态。

第二章，着重分析 40 年代小说中的平民形象塑造体现的叙事抒情化可能与限度。这一时期小说中的平民形象塑造是对五四新文学平民叙事传统的继承与发展，其创新之处在于呈现出"类史诗"倾向，可谓"平民史诗"。以老舍的《四世同堂》为例，发掘小人物身上的诗性之光，在深描其人格蜕变的同时，充分考虑二元对立的情节架构如何限制了叙事抒情化的进一步拓展。以巴金的抗战小说为考察中心，论述作家在将个人经验感受带入平民形象塑造时作品体现出的浓郁的主观性，并反思文本中远景想象的被搁置是如何导致情感耗散的。

第三章，在对二三十年代地方叙事进行回顾的前提下，指出 40 年代的地方已经越过较为单纯的故乡层面，被作家主动地纳入国家民族命运重建的审美逻辑中，地方叙事中的情感表现被进一步强化。以沈从文的湘西书写为考察中心，探讨在战争语境的钳制下，地方性的自然风景与人事伦理是如何持衡又何以失衡的。以孙犁的冀中书写为考察中心，探究纪事、入理与绘景间持衡的具体表现及持衡所需的必要叙事条件。

第四章，从中国现代文学发生之际对古典传统的态度论起，凸显 40 年代对古典文化与历史进行反思的特殊性，并且这种特殊性促成了小说的叙事抒情化。以鹿桥的《未央歌》为例，探究作家如何将传统的儒释道文化渗透于叙事中，探究作家所秉持的历史观、创作观、人物塑造观乃至自然观，且进一步探索这种叙事策略的不可延续性。以冯至的《伍子胥》为例，探究作家如何将历史人物的再创造与中华民族文明的原起点相契合，进而生成文本的抒情性。

第五章，首先铺陈 40 年代作家较为普遍的寂寞心境，然后分别以萧红的《呼兰河传》、废名的《莫须有先生坐飞机以后》为例，探究审美性抒发寂寞的不同动机，厘析不同的寂寞表现形式及其内涵，进而阐释叙事抒情化倾向的限度。

第六章，将一贯不太引起读者注意又具有叙事抒情化特征的作品置于论述中心，分析其作为史诗时代的"注脚与补充"以及其具有的独特文学史地位。以卞之琳的《山山水水》、萧红的《山下》为解读对象，探究作家如何在宏大的战争年代真实地表现极富个人性的生活体验与美学观念，由此形成叙事抒情化的别一路径。

余论部分，对以上研究内容做进一步总结与反思，并对"抒情化叙事"在 21 世纪以来小说创作中的承续与新的创造做出回应，对今后的研究做出展望。

（二）研究方法

首先，始终坚持马克思主义哲学中的辩证唯物主义与历史唯物主义立场，将审美研究与历史研究相统一。本书的研究基点虽是文本形式、风格分析，但始终不脱离具体语境来研究小说叙事抒情化的多元实践。

其次，充分利用叙事学理论，并借用互文性的概念，从文本内部抒情的具体表现入手，思考抒情话语与其他叙事话语之间的关系，然后将这一文本内部的形式分析置于时代的宏观语境与作家的微观生命情境中予以辨析，始终贯穿比较思维。在纵向比较中，一是将作家这一阶段的创作与全面抗战爆发前比较，标定其叙事变化；二是将作家的小说创作与其同时期的其他文体创作进行比较，在文体的转换、对照中厘定叙事抒情化的价值与意义。在横向比较中，将这个时段的多篇（部）小说进行深入分析。也许有的作家对参与、介入现代小说的叙事抒情化之构建并无特别的自觉意识，但研究者的责任就是建立起这种对话关系，在差别与相似、同一与多元、个性与普遍的种种交叉中，洞察叙事抒情化多元实践的可能与限度。

最后，采用以点带面的个案研究方法。这些作品在共享同一时代语境的同时，不仅独具艺术特色，而且体现出作家以审美想象的方式介入时代的独特姿态，代表了解决时代之间的不同路径。本书首先在不同文本之间建立起对话关系，然后提炼出叙事内容的关键词，以典型文本为考察中心，进而深触现代小说演变过程中个人与集体、审美与政治、传统与现实、地方与国家等更具普遍性的美学、思想命题。

四、研究意义与创新之处

（一）研究意义

本书属于中国现代文学学科中的基础研究，以对 1937—1949 年的小说进行艺术形式、风格层面的审美研究为起点。本书注重沟通文本与政治、文化等多方面的关联，注重叙事抒情化的小说所承担的社会功能，于学术研究之外，亦是当下社会主义文化建设的重要组成部分。

首先，在语境化、历史化研究中，再次激活中国现代文学研究的问题意识。本书在文本内外的互文性阐释中理解小说叙事的变化，乃至转向过程。同时，也在战争进程不断推移及战争性质的转换中，考察文本书写内容、表现形式乃至作家命运的变化。本书起于但不限于风格研究，是对转型期中国现代文学发展的再审视，也是对中国现代文学研究中某些论述趋于固化的反思。

其次，进一步丰富对 1937—1949 年小说叙事探索路径的认识，真正揭示现代小说在历史转型期发展的复杂性、多样化，以及作家是如何以审美的方式来实践自身的社会使命的。战争环境中，包括作家在内的多数民众经历了深刻的精神裂变，叙事抒情化的可能性研究能够蠡测到这一变化的具体过程及深广度，对叙事抒情化限度的研究则提醒研究者，叙事形式与时代要求之间存在着繁复而多样的互动关系。

最后，以"叙事抒情化"为抓手对作家作品做出的再解读，有助于进一步提升民众的审美鉴赏能力。同时，本书探讨的形式与内容、文学与时代等普遍性问题，能为当下小说创作提供一定的启示。

（二）创新之处

一方面，本书建立在学界迭代积累的研究成果基础之上，笔者从中受益匪浅。另一方面，又对前人研究成果进行了必要的辨析与反思，并结合目前现代文学研究的总趋势进行了深入分析，从以下三个方面有所创新。

其一，基于历史事实，将 1937—1949 年的小说叙事问题置于战争文化这一总体语境下进行探究。不再单是囿于国统区、解放区等政治区域探究叙事问题，而是突出了身处不同情境中的作家共享同一时代内容、共面同一时代问题的重要性。在还原、重构不同作家、文本之间对话关系的同时，打通了不同情境之间的区隔，从而激活了对"平民史诗"、地方书写等主题内容的新思考。

其二，在更新抒情内涵的基础上，拓展作家作品的范围，以"叙事抒情化"统领 1937—1949 年小说创作中存在的探索趋向及限度，开拓出较为系统、完整的问题域。借此，对经典文本做出新的解读，亦对以往受到一定冷落的、边缘化的作品做出文学史价值、地位之判定。在一定程度上，重绘了 40 年代小说研究地图。

其三，在坚持辩证唯物主义与历史唯物主义立场的前提下，将相关文学理论研究中所取得的最新成果运用到具体的作家作品分析中，将学术研究中的问题意识、问题分析落到实处。

第一章

抒情：中国现代小说叙事深意的重要表征

从叙事发生学角度来讲，小说以叙述故事为基本职能，在以时间为主轴的线性逻辑中不断展开情节，体现了人类以现实理性组织虚构想象的艺术能力。现代小说固然更关涉人的主体觉醒，心理描绘成分大大增加，甚至充满难以言喻的、枝缠叶绕的非理性书写，但是，小说以讲故事为核心要素的基本职能并未改变。人物形象的成功塑造、情节组合的有机安排等能够为叙事增色的要素仍是作家们孜孜以求的目标。吴尔夫在论以詹姆斯·乔伊斯为代表的现代小说家时说："他们试图更接近生活，更加真诚准确地保存使他们感兴趣和感动的东西，哪怕必须抛弃当今小说家们普遍遵守的大部分惯例。"① 可见，即便是要为现代主义小说开路拓疆，传统的叙事样式仍然是凸显其特征、定位其价值的重要参照。但是，小说又是众声喧哗的杂语体，叙述、议论、说明、抒情、描写等表现手段常常交叉使用。说到底，小说中叙事样式的繁复与叙事话语的庞杂是由人类自身及其生活世界的复杂、多元决定的。论及小说中的情感书写及表现，亦是同理。人本身是情感动物，在虚构的故事世界中展现丰富的情感内容，既是人的对象化体现，也是小说获得艺术魅力的重要手段。西方启蒙运动呼唤人的主体性，而两次世界大战则将人对内在自我的认识推向极致，在叙事进程中深描精神世界的欢愉与苦痛，抒发无以名状的情感，成为很多小说家自然而然的叙事选择。讲故事与抒情感，在小说叙事流脉中始终并存互照。

---

① 〔英〕弗吉尼亚·吴尔夫：《普通读者》，马爱新译，北京：人民文学出版社 2013 年版，第 167 页。

　　论及中国现代小说，情感内容的大量呈现更有自身的渊源、特征及独特功能。从文化资源上讲，它是中国古典文化（文学）传统与西方浪漫主义文学合力作用的结果，前者的现代性转换与后者的本土化改造通过现代作家这一创造主体，最终在叙事形式的探索上相融合。就前者而言，普实克认为是"清代文人文学的传统"①，陈平原则追溯至更幽远的"异常强大的'诗骚'传统"，因为"任何一种文学形式，只要想挤入文学结构的中心，就不能不借鉴'诗骚'的抒情特征"②。而后者在中国现代文学，尤其是小说中的渗透更多地表现为混杂多元、无远弗届。③ 从类型学角度，则有学者将周氏兄弟在1909 年翻译出版的《域外小说集》视为现代小说的"潜文本"，重要根据之一即这些淡化情节的小说塑造了周氏兄弟的审美趣味，"所蕴含的深挚的人文关怀和诗的情调，符合周氏兄弟'立人'与'艺术'并重的文学理想"④。可见，现代小说抒情化伊始，就承担着重要的社会功能。若是落实在具体的历史语境中，它更是有着参差多样的形式表现。40 年代小说就存在作家抒情态度、方式乃至目标的调整等问题。因此，在对现代小说中的抒情功能做基本梳理的基础上，进一步明确 40 年代小说叙事抒情化的表现及内涵，才能有效追问战争文化语境下抒情化的多元实践何以可能，并对这诸种可能的限度做出有针对性的反思。

第一节　抒情在现代小说叙事中的伦理承担

　　西方马克思主义理论家弗雷德里克·詹姆逊认为，20 世纪处于跨国资本主义语境下的第三世界的文本"总是以民族寓言的形式来投射一种政治：关于

---

　　① 〔捷克〕亚罗斯拉夫·普实克：《抒情与史诗——中国现代文学论集》，李欧梵编，郭建玲译，上海：生活·读书·新知三联书店 2010 年版，第 9 页。

　　② 陈平原：《中国小说叙事模式的转变》，北京：北京大学出版社 2003 年版，第 211 页。

　　③ 参见朱寿桐等：《中国现代浪漫主义文学史论》，北京：文化艺术出版社 2002 年版；李欧梵：《中国现代作家的浪漫一代》，王宏志等译，北京：新星出版社 2005 年版。

　　④ 杨联芬：《晚清至五四：中国文学现代性的发生》，北京：北京大学出版社 2003 年版，第 149 页。

个人命运的故事包含着第三世界的大众文化和社会受到冲击的寓言”①。由是观之，中国现代小说蕴含着极为深沉的家国情怀，是作家对民族命运的想象性、审美性设计。尽管具体而言，它们有浪漫主义、现代主义、现实主义等不同的风格分野，但总体上呈现实主义发展趋向，并与西方现实主义相区别。西方现实主义在发生之际，深受自然科学的影响，追求客观真实与冷静观察。中国现实主义固然亦将真实置于创作前位，强调写实主义，但是促动写实的却是诉求极为直切的救世冲动，是科学理性、启蒙理性与政治理性的交织，也牵扯着探求世界本源的哲学追问。正如安敏成所言，中国现代文学的现实主义具有自觉而强烈的伦理承担意识，“中国美学家们对艺术客体与真实世界间的模仿关系缺乏兴趣，他们关注的是艺术的感染及训诫能力，这种能力感人至深，既能使读者与作品所激发的情感世界发生共鸣，又能向他们揭示出作为自然与社会世界之奠基的原则体系”②。叙事对这种伦理的承担体现在故事的总体倾向、人物设置、叙事视角等各个元素上，也体现在文本中的抒情、议论、描写等看似与故事本身没有紧要关系的部分上，在抒情上体现得尤为集中。

小说中真挚的抒情内容是通联作家与读者的重要桥梁，是作家实现自己创作目标的重要凭借。在近代小说改良之际，梁启超就指出，无论是理想派还是写实派的小说，都包含极富张力的情感内容，“可惊可愕可悲可感”③，最能吸引读者，且能将哀乐怨怒、恋骇忧惭等人皆有之但未能名之的情感充分呈现出来。这些情感内容对读者则有熏、浸、刺、提四种感染力④，影响的深度、强度及持久度都是其他文体所不可比拟的。读者在深受感染的同时，也

① 张京媛：《新历史主义与文学批评》，北京：北京大学出版社 1993 年版，第 235 页。

② 〔美〕安敏成：《现实主义的限制：革命时代的中国小说》，姜涛译，南京：江苏人民出版社 2011 年版，第 13 页。

③ 饮冰：《论小说与群治之关系》，载陈平原、夏晓虹编：《二十世纪中国小说理论资料（第一卷）1897—1916》，北京：北京大学出版社 1997 年版，第 50 页。

④ 饮冰：《论小说与群治之关系》，载陈平原、夏晓虹编：《二十世纪中国小说理论资料（第一卷）1897—1916》，北京：北京大学出版社 1997 年版，第 51—52 页。

有意无意地认同了作家的叙事逻辑，从而实现自身主体的转换与更新。正是通过对这一文本接受逻辑的推定，梁启超将清末民初的道德重建、政治变革、风俗转向乃至民心重塑都与小说革新做了紧密联结。唯此，才能实现政治、社会与文化的多重转型，构建新的群治图景。在此，小说中的情感抒发是媒介，亦是变革的先导力量，不仅关乎小说的整体美学价值，亦触及国家民族命运之未来。值得注意的是，《论小说与群治之关系》层层递进、果断有力、旨归单一又鲜明的论述逻辑本身就富含情感的煽动性，学界将其认定为现代小说发生的逻辑起点，在某种程度上就是被这"笔锋常带情感"的语体风格所感染，进而认同之。

从倡导文学改良的角度来理解，梁启超的论述有其自洽之处。但若追问其学理性，问题就会复杂得多。比如，他视小说为单一整体，忽略了文本内部诸种叙事因素之间的互生与背离、融合与冲突等多重关系。高友工在谈及中国古典叙述文学中的抒情表现时，直言叙述和抒情天然存在矛盾，"抒情诗乃基于'内化'，而叙述文学则是见诸'外化'"[1]。"由于抒情自我在叙述文学中必须安身立命于时间的真实中"，"最直接的威胁莫过于时间的不断流逝"。[2] 对生成、发展于剧变时局中的现代小说而言，叙述与抒情的关系张力更是紧张。况且，一旦落入特定的社会语境、作家具体的生命情境以及小说文体自身的流变阶段中，抒情就不再是一种单质的、透明的创作手段，而是受限于文本内外的多重因素。

相较梁启超，作为现代小说创生之父的鲁迅，对抒情的认知有更专业的知识视野与更纯粹的文学观念做支撑：

> 诗人者，撄人心者也。……惟有而能言，诗人为之语，则握拨
> 一弹，心弦立应，其声激于灵府，令有情皆举起首，如睹晓日，益

---

[1] 高友工：《美典：中国文学研究论集》，北京：生活·读书·新知三联书店 2008 年版，第 294 页。

[2] 高友工：《美典：中国文学研究论集》，北京：生活·读书·新知三联书店 2008 年版，第 302 页。

为之美伟强力高尚发扬，而污浊之平和，以之将破。平和之破，人
道蒸也。①

诗人的威力由之可见一斑。当然，诗人在此并不单指拜伦式的浪漫主义诗
人，而是泛指一切能够并敢于发出"真"声音的创作家。鲁迅更是用小说充分
实践之。《狂人日记》《故乡》《在酒楼上》《伤逝》《孤独者》无不饱含隐曲
难伸、往复不休的心灵唱叹，无不透露出生命理想探索途中的纠结与两难，是
"复调"内核之所在。与之对照，以郁达夫的《沉沦》为代表的"自叙传"小
说的抒情化叙事似乎就比较单向。但小说结尾，身处异国的留学青年对祖国强
大的渴望与呼吁，还是渗透出将个人幸福嵌于国家命运中的理性意识，个体性
的忧郁苦闷与祖国的病弱受欺微妙呼应。由是反观，以废名的《竹林的故事》
《菱荡》等为代表的"田园牧歌"叙事，其晶莹剔透的艺术形式似乎意味着作
家避开了现代主体构建难题，从而也放弃了主体的伦理承担。但若考虑到正是
现代都市的崛起才使得乡村书写成为可能，正是思想启蒙的浪潮才使得乡村生
活获得一定的"主体性"，就可明白，想象中乡土生活的明艳反而更映射出创
作主体陷入现实困境时的艰难思考。废名后来的抒情探索及其转型，的确证明
了这一点。可以说，在现代小说的成长初期，作家的叙事构建过程充分体现了
感伤、颓废、欢愉、苦闷、绝望、希冀、不甘、孤独、寂寞、超脱等多重情感
样态，为后来叙事抒情化的多元发展埋下了伏笔。

进入 30 年代，小说中情感成分的量度、深度及表现形式的成熟度有了长
足进展。一方面，浓郁的情感在不同政治立场、思想素养及性格气质的作家创
作中都有所体现。以"无政府主义"思想打底的巴金，在长篇小说《家》中，
以自己的出身、经历为原型，在对封建家长专制的控诉中迸发出冲决一切的青
春激情。茅盾的《子夜》确立了现代长篇小说的史诗化叙事类型，但在今天的
研究者看来，也存在"黄金和诗意"的对决，而且"这是一种充满否定和批判

---

① 鲁迅：《鲁迅全集》（第一卷），北京：人民文学出版社 2005 年版，第 70 页。

精神的诗意，是普遍散播在现代中国文学文本中的一种诗意"①。新晋文坛的青年作家丁玲、萧红的小说则表现出对五四思想启蒙话语的继承与发展，抒情因之着染上了两个时代重叠又分叉的间性色彩。尤其是萧红，在《生死场》中对东北人民抗日意气及行动的书写，更是增强了抒情中所包含的个体与国家民族间的张力，这其实也是招致同时代批评家，如茅盾、胡风"误读"的重要根源之一。但也表明，随着政治、革命话语在文学发展中的日益介入，批评者对叙事中的情感内容亦更加敏感。抒情，在新的题材领域中，被视为审美形式的试验场及思想意识形态的交锋场。而以抒情取胜的京派小说，一方面将废名开创的田园牧歌叙事推向极致，获得圆熟静穆之美；另一方面，却也隐含着牧歌不再的伤感与悲悼，在谱为牧歌的同时也成了挽歌。

如上所言，既然现代小说的抒情化倾向在二三十年代就已经构成重要且坚韧的叙事传统，一定不会在日敌的全面轰炸中倏然消失。因之，应重新检视安敏成将中国现实主义因负有沉实的伦理承担而带来的限制自限于全面抗战爆发之前这一观点。同样，应该接续普实克的论述，继续开拓研究疆域。他判定"以一九一九年五四运动发展至高潮的文学革命始，到一九三七年抗日战争的爆发，整个中国文学史可以说基本上就是一场争取直面现实，征服最广阔的现实领域的斗争"。其中，"现实"既是外在的，"同时也包括了人类整个的精神世界"。② 言下之意，1937 年全面抗战爆发后的文学似乎以书写外在的战争、社会事件为主，内在的精神世界之充分挖掘，尤其是情感的直接或婉曲的流露则居于叙事的次要地位。但正如从二三十年代抒情化现象的简要梳理中看到的，思想启蒙意义上的自我是抒情得以成立的前提。不过，自我并不是一个孤悬于社会生活秩序与价值体系之外的纯粹存在，而是在中国近现代思想文化的发展格局中始终与集体主义话语百般缠结、互生互证。而以集体主义、英雄主义为内质的史诗叙事，虽致力于建构历史发展的总体力量，

---

① 李国华：《黄金和诗意：茅盾长篇小说研究四题》，上海：华东师范大学出版社 2022 年版，第114 页。

② 〔捷克〕亚罗斯拉夫·普实克：《抒情与史诗——中国现代文学论集》，李欧梵编，郭建玲译，上海：上海三联书店 2010 年版，第 85 页。

塑造推动时代进步的人物典型，呈现对于未来的光明想象，但自我的个性化与独特性并未因之消泯，反而更显其内在的丰富性。自我与他者、个体与集体之间的辩证关系在小说中的情感内容部分更繁复多元，而作为艺术手段的抒情所承担的伦理责任亦更为紧要。1937—1949 年的创作事实，即证明了这一点。

第二节　抒情在 1937—1949 年小说中的整体表现

1938 年 5 月，在全面抗战爆发近一周年之际，郁达夫对抗战文学书写未来的预测表现得十分乐观，"反映着这一次民族战争的大小说，大叙事诗，将来一定后出现，非出现不可"[①]。具体到小说的做法，就要做"非带有积极性的反战小说不可"，这积极性来自对民族光明未来的信念，"我们的抗战就是这光明的起点，而将来的我们的描写战争的小说，将成为记录这光明的圣经"[②]。以历史后见之明来看，全民抗战及其最终胜利的确扭转了中华民族近一个世纪被外族侵略、蹂躏的屈辱命运。但在 1938—1945 年的"短未来"时段内，与战事进程相随的文学，尤其是小说却呈现出并非"积极""光明"就能简言概括之的叙事总特征，而是有着更为多元的叙事探索与更富分歧的风格样态。小说不光是在"记录"战争，也是对人们情感、精神等主观心理内容的承载，体现出浓郁的抒情倾向。应当承认的是，40 年代小说在创作整体上的确趋于客观写实，且这种客观写实因为国共内战时期政治理性的影响而进一步增强。但正是这种不断增强的趋势，使得具有抒情化倾向的小说之艺术独特性更为凸显，同时丰富了叙事关系及叙事话语内涵。抒情，在 1937—1949 年的表现，不仅横跨各个政治区域与风格流派，也浸透在各种类型的题材内容中，体现出它可与多元创作环境、多样创作主体相黏合的弹性，包蕴着多维意义。

艺术手段与审美风格，是抒情在叙事文本中的基本定位。这一时期多数

---

① 郁达夫：《战时的小说》，载钱理群编：《二十世纪中国小说理论资料（第四卷）1937—1949》，北京：北京大学出版社 1997 年版，第 22 页。

② 郁达夫：《战时的小说》，载钱理群编：《二十世纪中国小说理论资料（第四卷）1937—1949》，北京：北京大学出版社 1997 年版，第 23 页。

抒情化倾向的小说，已被研究者敏锐识别。其中，描述较为全面、归纳较为细致且对其充满赞赏之意的，当属杨义先生。在 20 世纪 80 年代，杨义先生以一人之力撰写了皇皇巨著《中国现代小说史》（三卷本）。该书以时代变革为经，以社团流派为纬，以具体的作家作品思想内容介绍、艺术风格描述为核心，宏观而又细腻地构建了现代小说的演变过程。杨义先生认为，40 年代小说以 1941 年为界，发生了明显变化。"热情的沉淀和理性的反省，使其后出现的许多小说散发着深邃的历史感和闪烁着沉郁的社会批判眼光"[①]，而时代思潮反思型的小说带有"更浓郁的浪漫色彩"[②]。如此判断，这建基于他对现代小说的海量阅读，精准度高。其具体描述更是切中了作家作品的个性特征。本书选取其代表性论述，整合、罗列如下：

表 1-1 《中国现代小说史》（第二、第三卷）所涉及的作家作品及杨义先生的相应评价

作家作品	杨义评价
巴金包括 40 年代创作在内的大多数小说	"相对于现代文学的其他现实主义巨匠，他还是应该被称为抒写感情的巨匠的"（第二卷，第 180 页）
老舍的《四世同堂》	"一部笔端蘸着民族的和作家的血写成的'痛史'和'愤史'"（第二卷，第 205 页）
萧乾的《梦之谷》	"一曲爱情、命运和心灵的抒情乐章"（第二卷，第 638 页）
靳以的《众生》《生存》等	"写实抒情化的同时，把抒情细致化了"（第二卷，第 658 页）
郁茹的《遥远的爱》	"'更具有女性作家所擅长的抒情气氛'"（引茅盾语）（第三卷，第 49 页）
严文井的《一个人的烦恼》	"相当细腻而生动的展示了……青年知识者的灵魂"（第三卷，第 50 页）

① 杨义：《中国现代小说史》（第三卷），北京：人民文学出版社 1986 年版，第 13 页。
② 杨义：《中国现代小说史》（第三卷），北京：人民文学出版社 1986 年版，第 46 页。

续表

作家作品	杨义评价
李广田的《引力》	"细密清隽的散文风采"（第三卷，第 51 页）
碧野的《灯笼哨》《乌兰不浪的夜祭》《风砂之恋》《水阳江的忧郁》	依次为"忧郁之情"（第三卷，第 64 页），"雄强之情"（第三卷，第 64 页），"带有蒋光慈式的浪漫蒂克"（第三卷，第 69 页），"具有浓郁的抒情味的社会剖析佳品"（第三卷，第 74 页）
姚雪垠的《春暖花开的时候》	"抒情的笔致"（第三卷，第 88 页）
王西彦的《古屋》《寻梦者》	依次为"散发着幽幽的抒情味"（第三卷，第 105 页）、"明快清新的抒情风味"（第三卷，第 109 页）
田涛的《潮》第一部，中篇《流亡图》	"他这个时期心灵中叠映着的，是一幅幅青年知识者的流亡图，行文运笔，宣泄着京派作家所忌讳的、缺乏节制和驯化的青春血气或浪漫蒂克情绪"（第三卷，第 117 页）
陈瘦竹的《春雷》	"'国破家亡之感织着乡愁'，正是这部长篇的情感基调"（引作家语）（第三卷，第 123 页）
汪曾祺 40 年代小说	"追求京派心领神会的雅致的古典作风和清淡的浪漫趣味的交融"（第三卷，第 137 页）
七月派后期小说	"始终贯注着浪漫诗人呼唤'人民的原始强力'的主观战斗热情"（第三卷，第 152 页）
贾植芳的《我乡》	"'亲切感人的抒情诗'"（引胡风语）（第三卷，第 154 页）
路翎整体小说创作	"他所追求的是粗犷的力之美，沉重的情感分量，簸荡的心理狂潮"（第三卷，第 184 页）
华南作家群的小说创作	"清婉的抒情性"（第三卷，第 209 页）
端木蕻良的《新都花絮》	"'小夜曲'式的轻音乐情调"（第三卷，第 293 页）
骆宾基的《北望园的春天》《贺大杰的家宅》	"寂寞中有人生的思考，也有民族的忧患和社会的悲愤"（第三卷，第 311 页）

续表

作家作品	杨义评价
白朗小说集《伊瓦鲁河畔》第二辑，《狱外记》	"一曲清婉幽深而悲愤的抒情诗"（第三卷，第 325 页）
梁山丁的《绿色的谷》	"洋溢着诗的气息"（第三卷，第 343 页）
王秋萤的《河流的底层》	"一首心灵忧患的乐章"（第三卷，第 348 页）
张秀亚的《皈依》《幸福的泉源》	"流动着带有灵性的诗情意味"（第三卷，第 388 页）
关露的《新旧时代》	"是带诗人气质的自叙性作品"（第三卷，第 395 页）
臧克家的《小马灯》	"具有真挚而幽深的抒情味"（第三卷，第 412 页）
师陀短篇小说集《果园城记》	"是一首首朴素而纯情的乡土抒情诗，一首首柔和而凄凉的人生行吟曲"（第三卷，第 426 页）
徐讦整体小说创作	"异域情调的浪漫幻想，是徐讦怪谲的才气发挥得最为淋漓尽致的一面"（第三卷，第 444 页）
无名氏的《北极风情画》《塔里的女人》等	"充满浪漫主义的传奇风味"（第三卷，第 502 页）
《无名书初稿》系列长篇	"'哲理和诗混合'"（引作家语）（第三卷，第 506 页）
孙犁整体小说创作	"风云变幻之秋的诗体小说"（第三卷，第 583 页）
康濯整体小说创作	"在平凡的生活画面的底层，呼唤出一种若浓若淡的抒情味"（第三卷，第 627 页）
刘白羽整体小说创作	"以政治抒情见称"（第三卷，第 653 页）

　　杨义先生对 40 年代小说的"打捞"相当广泛：不仅涵括了三大政治区域，也将经典作家与不知名作家做平视处理，甚至在一定程度上纠正了极左时期以单纯而狭隘的政治标准评价作品美学成就的弊病，体现出较高的审美修养与健康、自由的艺术立场。更重要的是，他的真知灼见触及了抒情与文化传统、题

材内容、时代环境以及其他艺术手段之间的融合。抒情，由此更可被视为是一种话语场域，承载着作家对残酷战争的反思、社会百态的感慨、故土人民的思念、自我身世的唱叹以及未来之路的畅想等思想主题，也折射出历史与现实、战争与日常（战争，在某种意义上也成了一种日常）、集体与个人、政治与艺术等相碰撞、交会而形成的复杂光谱。

当然，随着 90 年代以来文学大系的辑录，越来越多的叙事抒情化之作进入读者的视野。以《中国沦陷区文学大系·新文艺小说卷》为例①，其中有不少作品充满了伤感、悲戚、顾影自怜等情绪内容。从命名看，潘柳黛的《昨日之恋》、汤雪华的《蔷薇的悲剧》、郑定文的《魔——小职员书记》、闻国新的《小毛的悲哀》、李道静的《惆怅》、袁犀的《森林的寂寞》、爵青的《喜悦》等题目本身就表明主题内容的侧重点在于抒发难以拂却的悲哀与愁思，或者生命中小确幸般的明艳。而在具体的叙述中，不少作家擅长开首就以自然环境、生活物件等为烘托，铺陈人物或阴郁或寂寞或空虚或伤感或多重情绪兼有的生命况味。予且的《伞》将连绵不断的阴雨天气、破旧待修的雨伞与赵先生对女孩子情感世界琢磨不透的苦思难舍紧密结合。苏青的《蛾》将抒情时刻定位在星光稀疏、月光幽幽的夜晚，遇人不淑的明珠独立庭院，深感寂寞与空虚。潜羽的《海和她的子女们》则在村庄、沙滩、大海与渔船彼此相衬的开阔之境中展开故事。与此相比，叙事结尾的情感凝定将在叙述中不断展开的故事引向更幽远的境界。芦焚的《说书人》中，叙述者"我"故地重游小城，记忆中的说书人受病痛折磨而死去，其说书的场地城隍庙亦日趋荒凉。因之，"我"完全陷落在无处依傍的落寞中，更痛哀于小城死一般的寂静。施济美的《别》中，因学校停办，"我"与好友不得不分别，结尾处感叹宇宙之泛阔、人生之飘忽、未来之难料以及分离之不舍，带有五四式的青春叙事特点。此外，90 年代以来，得益于作家全集、文集的不断问世，如《巴金文集》《沈从文全集》《废名文集》《路翎文集》《萧红全集》《冯至全集》等，40 年代小

① 钱理群主编：《中国沦陷区文学大系·新文艺小说卷》（上下），南宁：广西教育出版社 1998 年版。

说叙事抒情化的变异趋向也更清晰地呈现出来。

由此可见，40 年代小说叙事抒情化倾向整体表现为繁多、芜杂，其多元化的实践进路因作家处境、性情等主客观因素的不同而各异，但又共享同一时代语境与同一文学命题融合中有歧见、分向中又不乏内在的一致性。因之，有必要对这一叙事实践的多元化做进一步探讨。本书即从平民形象塑造、地方书写、古典传统回归、寂寞情绪抒发等角度深度探究 40 年代小说叙事抒情化生成的可能性条件，通过描述其具体的审美特性，重勘其艺术价值与社会意义，甚至在对其限度进行反思的基础上，重新理解中国现代文学在历史关键期、转型期发展的复杂性。这一研究势必推动中国现代文学学科发展，同时有助于厘清中国式现代化在特定历史语境下的审美实践路线，并给予当下文学创作一定的启示。

第二章

平民形象塑造中叙事抒情化的可能与限度

第一节　战时平民形象塑造：五四新文学传统的继承与发展

坚执人道主义立场，对平民，即普通饮食男女的人生命运投以深切关注，是五四新文学的重要叙事传统之一，充分体现了现代作家的审美取向与价值态度。不过，平民阶层并非向来就有，其出现是与封建帝制的推翻、民国社会的到来同步的：

> 中国现在成了民国，大家都是公民。从前头上顶了一个什么皇帝……大家便同是奴隶，向来没有贵族平民这名称阶级。虽然大奴隶对于小奴隶，上等社会对于下等社会，大有高下，但根本上原是一样的东西。除却当时的境遇不同以外，思想趣味，毫无不同，所以在人物一方面上，分不出什么区别。[①]

在周作人的描述中，平民的被发现、被命名是"公民"社会建设的成果，内含着追求社会平等的政治意识。在此，平民与贵族除却"境遇不同以外"，并无分差。从学理上讲，周作人笔下的平民内涵比较模糊、外延比较泛化，但也因此涵盖了社会上的多重群层，更具包容性与普遍意义，体现出新文学视点下沉、关注普通人生、决意改造整个社会的价值取向。但是，撇开强权与奴隶

---

① 周作人著，止庵校订：《艺术与生活》，北京：北京十月文艺出版社 2011 年版，第 4—5 页。

之对立不谈，平民与贵族的区分还是非常明显的。在《平民文学》中，周作人淡化乃至抹杀了两者财富地位、职业身份等比较明显的差异，仅仅认为他们之不同主要体现在审美趣味及所用语言（文言还是白话）方面。这种思维偏向过分注重文学精神之区分，严重脱离实际的社会生产语境，这为他后来重新调整文学中"平民的"与"贵族的"辩证关系埋下了伏笔，"以为在文艺上可以假定有贵族的与平民的这两种精神，但只是对于人生的两样态度，是人类共同的，并不专属于某一阶级，虽然他的分布与经济状况有关"[①]。顺延这一判断，其创作逐渐趋向自由主义、趣味主义。受其影响，废名紧随其后，创作出一系列田园风味的乡土小说。延及30年代，平民形象在京派小说中更是成为作家生命与美学理想的投射。

　　相较而言，鲁迅在小说实践中将对平民的理解引向更为实在的社会生活层面。"古之小说，主角是勇将策士，侠盗赃官，妖怪神仙，佳人才子，后来则有妓女嫖客，无赖奴才之流。'五四'以后的短篇里却大抵是新的智识者登了场。"[②]"智识者"在周作人看来或与贵族更相关，但在鲁迅的文化思考与灵魂拷问中，则更接近平民，接近无权势无伟业更无戏剧性命运的劳苦大众。在投身小说创作之前，鲁迅就无不痛苦地意识到，"我决不是一个振臂一呼应者云集的英雄"[③]。"英雄"情结的消解，使得作为"智识者"的"我"与以农民为主体的底层世界有了相勾连的可能性。由此，祥林嫂的灵魂之问、闰土的"老爷"直呼成为知识分子认知自我的镜像，照见其自身启蒙能量的限度。可以说，觉醒的知识分子与有待被启蒙的无知大众均可被归入平民，与传统意义上的"英雄"形成鲜明对照，两者的平层相通逻辑在冰心的《超人》、郁达夫的《薄奠》中亦有体现。甚至可以说，普通百姓、无名小卒在另一维度上教育了所谓的知识分子。经历过"革命文学"的话语洗礼，至左翼小说中，平民形象

①　周作人：《自己的园地》，北京：北京十月文艺出版社2011年版，第17页。

②　鲁迅：《南腔北调集·〈总退却〉序》，载《鲁迅全集》（第四卷），北京：人民文学出版社2005年版，第638页。

③　鲁迅：《呐喊·自序》，载《鲁迅全集》（第一卷），北京：人民文学出版社2005年版，第439—440页。

则更多地指向政治、经济、文化地位均处于社会底层的无产阶级，他们充满革命诉求，涌动着革命激情，潜蕴着成为英雄的特质与能量。在时代变迁中，英雄与平民的辩证关系经历着新的胶着与分野。

由此可见，平民之定义在五四新文学发生之际即存在体悟与认知、理论与实践上的联系与断裂，其形象在作家笔下呈现出多元化特征，是作家政治立场、思想个性与审美趣味的镜像化表达，且在时代的洪流中不断拓展、变化。40 年代平民形象的塑造仍建立在这一创作逻辑之上，但另一方面，英雄取代了贵族，成为它新的参照对象。

1937 年 7 月全面抗战爆发之后，时代呼唤抗战英雄，呼唤作家塑造抗战英雄。茅盾在回顾抗战第一年的文学创作后，认为与写事件、场面相比，"'还是应当写人'……'人是时代舞台的主角，写人怎样在时代中斗争，就是反映了时代'"[1]。他虽然没有明确指明要写英雄，但认为只有描写战争典型环境中的典型人物才能捕捉到时代的现实。这"现实"具体来讲就是，中国人目前所面对的三重斗争："抵抗外来的侵略，争取落后的分子到抗战阵线，断然消灭那些至死不悟的恶劣势力。"[2] 显然，英雄人物是被包括在"典型人物"之内的。身处战争现场的孙犁说："文学与战争的关系是十分密切的。高尔基就曾说过，文学在本质上就是战争的东西（当然也是劳动的东西），希腊最早的史诗和悲剧，都是表现战争和英雄事业的。"[3] 诸如此类的论调过于强势，以致引起了个别作家的反感。沈从文就明确反对"英雄崇拜"，认为"三年来的抗战，前方百万壮士的流血，后方数百万妇孺老弱在风雨饥寒中完成的几条国防交通线，支持这个民族作战气概和胜利信心的，决不是英雄崇拜，实完全靠个

① 茅盾：《八月的感想——抗战文艺一年的回顾》，载钱理群编：《二十世纪中国小说理论资料（第四卷）1937—1949》，北京：北京大学出版社 1997 年版，第 24 页。

② 茅盾：《八月的感想——抗战文艺一年的回顾》，载钱理群编：《二十世纪中国小说理论资料（第四卷）1937—1949》，北京：北京大学出版社 1997 年版，第 26—27 页。

③ 孙犁：《论战时的英雄文学——在冀中〈前线报〉文艺小组座谈会上的发言》，载钱理群编：《二十世纪中国小说理论资料（第四卷）1937—1949》，北京：北京大学出版社 1997 年版，第 78—79 页。

人做'人'的自尊心的觉醒"①。而作家在唤醒人的尊严、重塑民族道德方面负有重要责任，"他们在沉默中所需要的坚忍毅力，和最前线的兵士品德，完全一致"②。不过，细究之，即便呼吁重置评判标尺，沈从文衡量作家的标的仍是以被称为时代英雄的前线士兵为标准，这也是他在《芸庐纪事》《动静》中向前线军官致意的根本缘由。

在此对照下，书写抗战事业中并没有什么轰轰烈烈壮举的平凡人生，似乎就遭遇到了合法性问题。如何在平民与英雄之间建立起合理的话语逻辑，是作家首要考虑的。邵荃麟就为自己辩白，虽然刻写的是卑微平民，他们却具有英雄主义精神。其逻辑起点是重新定义"英雄"："我以为所谓英雄，倒并不是什么得天独厚的了不起人物。他们原是从平凡的生活中间挣扎出来的。"因之：

> 今天文学工作者并不一定要去追求那些壮丽辉煌的史诗题材，更主要的倒是从我们周围比较熟悉的人民日常生活中间，去认识社会变革的真实状貌，去感觉他的爱与憎，愤怒与欣悦；从琐屑与平凡中间去窥察他们的新生与没落的过程，从他们的生活细节中去看到他们意识的矛盾，变化与孕育状态，从这些方向以达到典型创造的境界。③

因此，这种内嵌历史光明远景想象的平民书写可视为英雄叙事的亚类型。而正是英雄主义精神的注入使得叙事获得了史诗品格。"史诗——无论古老或现代的史诗——所具备的定义性特征是英雄精神……史诗英雄是反自然的，他

---

① 沈从文：《谈英雄崇拜》，载《沈从文全集》（第14卷），太原：北岳文艺出版社2009年版，第147页。

② 沈从文：《一般或特殊》，载《沈从文全集》（第17卷），太原：北岳文艺出版社2009年版，第263—264页。

③ 荃麟：《〈英雄〉题记》，载钱理群编：《二十世纪中国小说理论资料（第四卷）1937—1949》，北京：北京大学出版社1997年版，第115页。

们的追求是对抗性的。"①40 年代多数作家所追求的，正是这种史诗级的英雄精神。对顺流且无序的日常生活的抵抗与对抗战前景的展望，使作家奉史诗叙事为正统，最终体现对历史总体性的追求。"总体性在史诗中意味着一种世界观和宇宙秩序"②，就 1937—1949 年的战争年代而言，这种"总体性"表现为民族独立与国家安定。因之，史诗性成为 40 年代的文学批评标尺，是理所当然的。胡风将路翎的《财主底儿女们》称为"史诗"③，唐湜遗憾于冯至的《伍子胥》"不是一首伟大的反映某个特定历史年代的气魄磅礴而宏大的史诗"④，均是这一标准深植批评家内心的体现。并且，对史诗性的推崇还深刻影响了后世学者的审美态度，尽管时代多有变化，但史诗性仍被奉为圭臬。杨义赞誉老舍的《四世同堂》为"平民史诗"⑤，钱理群称巴金的《寒夜》为"平民的史诗"⑥ 等，即为证明。在批评话语的加持下，小说中平民形象的审美价值与时代意义得到进一步凸显，作家的文学史地位也由之奠定。

但是，关于平民书写的问题并未由此结束，反而更值得细究。原因在于，现实中的平民多是任受战争碾压的小人物，基本的温饱生存是其第一要义。他们身上固然有光彩照人的优良品格，但能否担当挽救民族危难之重任、能否照见历史总体性的发展趋势，还有待追问。最重要的是，较之前线的抗战英雄，作家与笔下的平民在生活与情感的距离上更为接近，对其生活与精神的无力感也有更真切的体会。若是作家本身就无意于从平民身上挖掘推动历史进步的力量，那么对平民的书写将限于作家自身创作观念及生命状态的投射，甚至将自身归于平民群体给予审视，以个性主义为核心的抒情化叙事由此生成。司马文

---

① 〔美〕哈罗德·布鲁姆：《史诗》，翁海贞译，南京：译林出版社 2016 年版，第 6 页。

② 吴晓东：《文学性的命运》，广州：广东人民出版社 2014 年版，第 232 页。

③ 胡风：《财主底儿女们（第一部）·序》，载《路翎文集》（第一卷），合肥：安徽文艺出版社 1995 年版，第 1 页。

④ 唐湜：《冯至的〈伍子胥〉》，载冯姚平编：《冯至与他的世界》，石家庄：河北教育出版社 2001 年版，第 267 页。

⑤ 杨义：《中国现代小说史》（第三卷），北京：人民文学出版社 1986 年版，第 41 页。

⑥ 钱理群、温儒敏、吴福辉：《中国现代文学三十年（修订本）》，北京：北京大学出版社 1998 年版，第 232 页。

森的《鸽》，靳以的《人们》《别人的故事》《乱离》《众生》，以及骆宾基的《北望园的春天》等，均是例证。

接续邵荃麟所言，在平民身上体现出"英雄主义精神"的典型文本，有老舍的《四世同堂》，作家赋予平民以英雄气概，且这种气概主要通过其充满"诗意"的行动散发出来。根植于优秀古典文化传统的诗意在全面抗战中经受住了淬炼，并且在升华中获得了宝贵的现代品格。老舍在叙事中对诗意的着染亦回应了 40 年代文坛尤其是诗歌界对抒情转向的呼吁与讨论，也许这种回应是不自觉的，但恰恰因此凸显了老舍对战争文化语境下小说叙事的自觉探索，并代表了这种探索所能达到的成就。不过，立足于家仇的对敌愤恨与并没有新的文化形态介入、单源于传统文化的抒情，能否真正担当起重构新的心灵结构之重任，值得进一步反省。创作量最丰富、对平民书写有着充分自觉性的当属巴金。长篇小说《第四病室》《寒夜》以及短篇小说"小人小事"系列，将史诗与抒情之间的张力体现得更为充分，也体现出平民形象塑造的多元化。

第二节　诗意在全面抗战的淬炼中升华：老舍《四世同堂》新解

老舍的长篇小说《四世同堂》包括《惶惑》《偷生》《饥荒》三部，完成于 1944—1949 年。具体言之，第一部《惶惑》自 1944 年 11 月 10 日至 1945 年 9 月 2 日连载于重庆《扫荡报》，1946 年 1 月、3 月由上海良友复兴图书印刷公司出版单行本。第二部《偷生》自 1945 年 5 月 1 日至 12 月 15 日连载于《世界日报》，1946 年 11 月由上海良友晨光出版公司出版单行本。[①] 第三部《饥荒》则比较曲折，完成于 1946 年 3 月至 1949 年 12 月访美期间，但 1950—1951 年在上海《小说》月刊连载了 20 章。1952 年，老舍与翻译家蒲爱德合译，将《四世同堂》全稿译成英文，英文名称为 *The Yellow Storm*，在纽

---

① 详见陈思广：《中国现代长篇小说编年史（1922—1949）》（下册），武汉：武汉出版社 2021 年版，第 853、941、880、1013 页。

约出版。"文革"期间，《饥荒》手稿散失。直到 2014 年 7 月，译稿在美国哈佛大学图书馆被找到，《饥荒》后半部即余下的 16 章由赵武平回译。① 小说中的故事时间是从日军轰炸北平卢沟桥抗战全面爆发至日本投降，其跨度与全面抗战过程齐平。但是，故事的叙述时间却较为戏剧化，第一部与第二部的创作存在着四个月的叠合，创作同步而故事却有先后，这在现代作家多卷本的长篇小说创作中比较稀见。第三部的叙述时间是在抗战胜利之后，后设叙事无形中促成了小说故事结尾的单一走向。更富有意味的是，读者的阅读时间与故事时间、叙述时间有着政治、地理、社会语境乃至作家命运等诸多方面的错歧与落差。文本在不同时空界面的旅行与传播以及彼此间的交叉与分离，为重新理解小说的主题、结构及文学史地位提供了参照。

在目前的文学史讲述中，学者一贯认为《四世同堂》的突出之处在于以沦陷区北平小羊圈胡同各色市民为主要表现对象，尤其是以四世同堂的祁家为中心，由不同文化素养、性情特点及人格品质的家庭成员辐射至其他居民，决绝走向抗敌道路的钱家与甘当日本走狗的冠家是人物群像勾勒的次中心，车夫、巡警、伶人等五行八作的普通居民辅之。的确，在国土寸寸沦丧及世界战局的转捩中，小胡同居民，尤其是祁家长孙祁瑞宣、钱家父亲钱默吟与整个进程共振共鸣，不仅中华民族意识渐趋觉醒，也经历着从皇民到国民的现代身份转型。深度所及，悠远的古典传统，尤其是士大夫文化也在战火烈焰中经历着赓续与新生。顺之，近年来仍有研究者认为："在揭示各类人物的人心、人性中，以主要人物祁瑞宣为刻画重点，全面展示了抗战时期的知识分子家国情感发展的心路历程。"②"老舍对战事本身只是一笔带过，而是重在描写战事作为消息在北平市民中引起的各种反应，特别是瑞宣情感和思想上的波澜。"③ 回归文本，小说对祁瑞宣着墨最多，但能起到牵引祁瑞宣思绪、促动其转变的则是钱

① 赵武平：《〈四世同堂〉英译全稿的发现和〈饥荒〉的回译》，《现代中文学刊》2017 年第 3 期。

② 谢昭新：《论〈四世同堂〉的战争叙事与战争反思》，《民族文学研究》2018 年第 3 期。

③ 季剑青：《老舍小说中的北京民俗与历史——以〈骆驼祥子〉〈四世同堂〉为中心》，《民族文学研究》2015 年第 1 期。

默吟。如果由最新出版的《四世同堂》之结尾反观，因积极抗日而再次入狱的钱默吟之长篇控诉更是起到点题作用，其对日本侵华的仇恨、对和平的热切向往有助于理解老舍的创作心志。而回溯钱默吟在全面抗战八年中的转变及其作为，他在小说中的人物布局中则处于中心地位，植于其身的诗意则是文本叙事的重要关键词之一。诗意的传承、嬗变与拓展贯穿整个战争进程，同时将不同年龄、身份、性格的居民关联在一起，甚至成为正义派与汉奸派得以并存对照的叙事枢纽，而非仅仅如研究者所言，文本主要内容别有所指，不过是"历史地融入了不少宗教的、诗意的成分"①。

一、史诗架构下平民诗意的更新与生发

毋庸置疑，《四世同堂》的叙事架构具有史诗品格。对日本侵华进程中震动全国的宏观战争事件的不断触及，大大拓展了小说的表现广度。以沦陷区北平为中心，河北、上海、南京、湖北、湖南、陕西等正面战场发生的厮杀以及国民党部队的败阵都能传导到北平，并引起胡同居民程度不一的反应，甚至和他们的日常生活同频共振。不仅如此，老舍还让人物陷于世界性的战争格局中，仿佛北平就是整个二战的神经末梢，而胡同就处于末梢之尖端。对此，以表格方式呈现更加直观些，如表 2-1 所示。

表 2-1 《四世同堂》中战争事件与小羊圈胡同所发生事情的对照
（含部分人物的心理活动）

时间	战争事件	小羊圈胡同发生的事情、人物的心理活动
1937 年 7 月 7 日	全面抗战爆发	"祁老太爷什么也不怕，只怕庆不了八十大寿"
1937 年 7 月 29 日	北平陷落	祁瑞全决意在大哥的鼓励下出走抗日
1937 年 8 月	上海"八一三"事变	钱仲石将汽车开进山涧，与日本兵同归于尽
1937 年 9 月	保定陷落	祁瑞丰带领学生去游行，取媚于日本人

① 邵宁宁：《战时生活经验与现代国民意识的凝成——以〈四世同堂〉为中心》，《甘肃社会科学》2010 年第 6 期。

续表

时间	战争事件	小羊圈胡同发生的事情、人物的心理活动
1937 年 11 月	太原陷落	大赤包做妓女运动检查所所长，瑞丰在教育局做科长，蓝东阳属新民会
1937 年 12 月	南京陷落	日本人想收买钱默吟，与其合作，钱默吟当然不从
1938 年 4 月	台儿庄大捷	瑞宣从学校辞职，在富善先生帮助下，去英国大使馆上班
1938 年 6 月	安庆沦陷	有人在图画展览会上见到钱默吟，钱逢人便讲抗日
1938 年 10 月	广州、武汉陷落	冠家招弟彻底堕落，祁瑞宣被捕
1939 年 8 月	汪精卫附逆日本	北平人更加惶惶然
1939 年 8 月	德苏签订互不侵犯条约	祁瑞宣对战争有反思，认为战争是人类的自相残杀
1939 年 9 月	长沙会战	日本加紧了在北平的政治与文化统治，以及经济掠夺。祁天佑投河自尽
1940 年 4 月	德军占领丹麦	日本人让北平人交出存粮，出现"人造饥荒"。瑞全回到北平
1941 年 12 月	珍珠港事件	富善先生成为阶下囚，瑞宣失业。瑞全鼓励瑞宣去北平铁道学校教书
1942 年 4 月	美军轰炸日本本土	瑞宣教书，并且找到明月和尚，表示自己愿意为抗战写些宣传的东西
1943 年 9 月	意大利投降	钱先生的亲家金三爷政治觉醒，不能一味赚钱，尤其不能仰赖日本人。钱默吟再次入狱
1945 年 5 月、8 月	德国、日本相继投降	小妞饿死了！钱默吟可以出狱了。瑞全和高第走到一起

　　老舍在行文中几乎不提及数字化的具体日期，而是直接叙述事件名称，具体的年月日是笔者查阅史料后标示出来的。他对全面抗战诸事件的叙述，正如研究者所言，"在 20 世纪 40 年代'抗战文学'的版图中，《四世同堂》是唯

一全面涉及了抗战全过程的史诗作品"①。而宏大事件与北平市民的连接方式又是比较多样化的。第一，最直接的，北平人民能够感受到沦陷前后街面、生活所发生的变化。第二，胡同中受教育程度最高、工作最体面的祁瑞宣喜欢听广播，尤其关注南京国民政府的战略动向。在英使馆工作的英国人富善先生和他是亲密的师生关系，英国在远东利益格局中的地位之变以及在远东战场中的策略转变，都通过富善先生的命运沉浮显现出来。第三，更重要的是，胡同居民中的正义之士主动投入到抗日事业中来，连锁反应式地带动着胡同居民融入时代洪流。在这三种连接方式中，贯穿叙事始终又最能体现作家创作意图的，是第三种。它为小说的史诗叙事注入了血肉与灵魂，赋予其硬朗上扬的精神气质，而小说的诗意正由此生成。诗意的承担者与表现者正是胡同 1 号院院主钱默吟。从诗意不断生发的角度讲，除冠家及祁家孙子辈的老二祁瑞丰夫妇外，凡存善良之心、正义之志的胡同居民在全面抗战八年中的思想行为均有向钱默吟靠拢的趋势，尤以祁瑞宣最为典型。

在钱默吟身上，诗意首先表现为传统士大夫阶层的生活方式与性情特点。他不慕物质丰厚，闲居在家，浇花、看书、画画、吟诗是其常态生活。人如其名，不喜与外界交往。他与祁家第二代祁天佑同龄，他的两个儿子和祁天佑的长子祁瑞宣是同学。按常理，两家应该来往频繁。事实上，他与胡同里的任何一家都不亲近，钱太太更像他的影子。钱家长子钱孟石虽接受了现代高等教育，是中学教师，却痴迷古诗。次子钱仲石是唯一和现代社会具有实质性关联的，是汽车夫。但在父亲钱默吟看来，"二少爷是这一家中最没有诗意的"②。因之，这种诗意蕴涵了古典文化传统中的抒情精神，与现代化的生产生活方式以及实利追求构成鲜明对比。但是，在日军侵犯之下，这种诗意生活遭到了严重威胁。一向封闭自足的钱默吟之所以关注时局，甚至不惜屈尊向有见识的祁瑞宣请教时局将会如何发展，最直接的原因是他的安稳生活被打破了。在其观念

---

① 林培源：《从"世俗风物"到"死亡意识"——重读老舍〈四世同堂〉的叙事时空及"现实主义"问题》，《中国图书评论》2017 年第 11 期。

② 老舍：《四世同堂（完整版）（第一部：惶惑）》，赵武平译补，上海：东方出版中心 2017 年版，第 12 页。

意识中，能够过如此诗意甚至自由的生活，全拜国家的安定所赐。而具体至个体与国家的关系则是"我可以任着本国的人去发号施令，而不能看着别国的人来作我的管理人"①。更诗性的表述是，他自喻是北平树上的一朵花，其自我存在意识显然不是五四意义上的个体觉醒，也缺乏现代国民意识。因此，有论者认为，在北平沦陷之际，小羊圈胡同中的居民就没有现代意义上的国民意识，而是受到传统的"'华夏之辨'"的影响，是传统的"气节"起了激励作用。②

北平沦陷之下，钱默吟显然留恋被打破的诗意生活。但更显然的是，这种诗意生活一去不复返了。不仅如此，在时局推动之下，钱默吟所追求的诗意形态与内涵也经历着更新与蝶变，而促使其变化的恰是最没有诗意的次子钱仲石。全面抗战爆发之后，钱仲石给日本人开车，利用职业之便，将车开进悬崖，与之同归于尽。为避免家人受牵连，他还提前断了与亲人的联系。儿子的壮烈牺牲直接促成了钱默吟的转变，"在平日，他有什么感触，便想吟诗。现在，他似乎与诗告别了，因为他觉得二子仲石的牺牲，王排长的宁自杀不投降，和他自己的命运，都是'亡国篇'中的美好的节段——这些事实，即使用散文记录下来，依然是诗的；他不必再向音节词律中找诗了"③。新的诗意生成指向宁折不弯的民族气节与坚贞不屈的抗敌行动，在其对照之下，钱默吟觉得自己原来所追求的诗意境界远在儿子之下，后者是在用生命作诗！诗意性质及层次的区分，是整部小说叙事展开的逻辑起点。钱默吟在通往新的诗意生成之路上，没有半点犹疑。他掩藏被困于北平的抗敌军人，且称其为"诗人"——"我管富于情感，心地爽朗的人都叫作诗人"④。得益于他的掩护，军人逃脱危

---

① 老舍：《四世同堂（完整版）（第一部：惶惑）》，赵武平译补，上海：东方出版中心 2017 年版，第 36 页。

② 邵宁宁：《战时生活经验与现代国民意识的凝成——以〈四世同堂〉为中心》，《甘肃社会科学》2010 年第 6 期。

③ 老舍：《四世同堂（完整版）（第一部：惶惑）》，赵武平译补，上海：东方出版中心 2017 年版，第 106 页。

④ 老舍：《四世同堂（完整版）（第一部：惶惑）》，赵武平译补，上海：东方出版中心 2017 年版，第 92 页。

险，并带走了一心外出加入抗战队伍的祁瑞全。钱仲石以同归于尽的方式抗击日本侵略的行为被大赤包告发，钱默吟入狱受刑。钱默吟不仅没有屈服，反而在出狱之后真正身体力行地探索抗日途径。他谨守做人之道，虽被冠家出卖但并不对其实施报复。原因在于，他觉得自己是个诗人，揍冠晓荷的话，会脏了自己的手。他穿梭于字画展览，与观展者攀谈，追问他们：亡国之际，欣赏这些字画还有什么意义？！他入庙问僧，在将庙宇作为藏身之所的同时，也将佛家教义作为抗敌行动的支撑。他办了在平津唯一受读者欢迎的报纸，并且鼓动大众起来斗争："他就用普通的语言，把要说的话，在脑子里反复思索，然后用短句写出来。……更有力，更顺畅。……他最好的句子，像民歌一样，受到人们的歌唱与朗诵。"[1] 因之，在钱默吟身上，我们能够看到诗意的更新与拓展。这种诗意以自我生活理想与家仇为基本动力，以民族国家的独立为根本指向，以坚毅的行动为主要体现方式，同时辅以不免口号化但充满激情的现代诗歌。

钱默吟所追求的"诗意"对其亲属及胡同居民起到了启悟与带动作用，尤其是邻居祁瑞宣。祁瑞宣生活于传统的四世同堂家庭，是一位中学英语教师，同时又和自己的老师、在使馆工作的富善先生关系很好。祁瑞宣是传统与现代、壮年与老年、传统与现代、家庭与民族等叙事话语的交会点。《四世同堂》之所以能在广阔的二战局势变化中对中国的前途命运进行把握与思考，恰是由祁瑞宣来担当这一叙事要责的。祁瑞宣温和文雅，对中国与欧西的文艺都有相当的认识，工作称职，无不良嗜好。他追求诗意生活，下雪后必定去北海，爬到小白塔上看西山的雪峰。闲暇时帮祖父种花，每周看一两次电影。虽然苦恼于和妻子韵梅没什么共同语言，但这并不妨碍他承担婚姻责任。他爱国，关注时事，喜欢听广播。所以，在北平沦陷之初，钱默吟罕见地上门请教祁瑞宣，局势会如何发展。但是，祁瑞宣并不能给出满意的答案。亡国氛围的笼罩之下，学校一片死寂。祁瑞宣尽管怀有报国之心，但无法像三弟祁瑞全那样出走

---

[1] 老舍：《四世同堂（完整版）（第三部：饥荒）》，赵武平译补，上海：东方出版中心2017年版，第1000页。

参加抗日事业，而是要承担上有老下有小的家庭责任。

> 没有四世同堂的锁镣，他必会把他的那一点点血洒在最伟大的
> 时代中，够多么体面呢？可是，人事不是想象的产物；骨肉之情是
> 最无情的锁链，把大家紧紧的穿在同一的命运上。①

能够纾解其苦闷的是钱默吟。钱默吟出狱后，浑身是伤，需请医、照顾。祁瑞宣意识到能在此时为钱家做点事情，也算是参与了抗战事业，分享了钱默吟的诗性之光。在钱默吟的英勇行为对照之下，他感到自己的年纪、经验、智慧好像都已经没了用处。叙事开首所设置的请教与被请教的关系此时已经翻转，钱默吟变成了祁瑞宣精神与行动的导师。祁瑞宣长于思索，怯于行动，自我评价也不高，认为自己是缺乏爱国行动的，并没什么用处，和周围的人一样，不过是"鬼混"。二弟祁瑞丰做了教育局伪科长，干了伤天害理的事情，他没有严厉谴责。除碍于亲情之外，主要是缺乏底气，觉得自己和他并没有什么两样。祁瑞宣很钦佩钱默吟投身抗敌的勇气，也很想找钱默吟聊聊。但是，钱默吟拒绝和他见面，以留给他更充分地下定决心转变的心理空间。直到祁瑞宣被日本人抓走，出狱之后，钱默吟才肯见。他认为这个时候的祁瑞宣才算有资格和他谈一谈。瑞全从大西北返回北平，继续抗战事业，鼓励瑞宣去铁路学校教书，名义上教书，实际上是启蒙、保护青年学生。瑞宣拿不定主意，是钱默吟鼓励他做出决定，他终于实现了脱胎换骨的转变。

除祁瑞宣外，小说中的其他重要人物也都受到钱默吟的影响。冠晓荷的大女儿高第以前喜欢钱仲石，钱仲石的牺牲更增强了她对钱家的好感。顺之，钱默吟的抗敌行动也启蒙了高第，甚至还有冠晓荷的姨太太。冠晓荷姨太太的故乡在东北，这时东北早已沦陷，她在家受到大赤包的欺负，钱默吟的所作所为自然也感动了她，促其成为地下抗日组织的骨干力量。此外，钱默吟的亲家金

---

① 老舍：《四世同堂（完整版）（第一部：惶惑）》，赵武平译补，上海：东方出版中心2017年版，第203页。

三爷，即钱孟石太太的父亲，一心做房产生意，并不觉得北平沦陷有什么不好，反而很振奋。因为有大量的日本人涌入北平需要买房租房，生意很红火。但是，在女婿死亡之后，他因为要照顾女儿及其遗腹子的生活，和钱家的关联变得频繁起来。受钱默吟的影响，金三爷逐渐体察到自己所谓的发财是以亡国为代价的。他和陈野求绝交，因为后者附逆日本，这也促使后者自我反省。瑞全回到北平之后，与外界的联络被暴露或者中断，是重新回到钱默吟这里，才得以继续从事抗战事业的。

与新诗意的不断凝定与多向散发同步，诗意的错用、滥用也在不断膨胀，反面人物演绎了一出出闹剧，讽刺效果由之生成，真正诗意的光彩也因之更加闪耀。北平沦陷之初，一向与钱默吟没有交往的六号院主人冠晓荷上门拜访，想拉拢感情，将其进贡给日本人，以此邀宠做官。钱默吟懂书画，读诗吟诗，日本人附庸风雅，也喜欢这一套。瑞宣给冠晓荷说，钱先生可能不会去日本人那里活动、谋官，因为他是个诗人。但冠晓荷却说："诗人不见得就不活动呀！听说诗人杜秀陵就很有出任要职的可能。"[①] 对诗人认识的分歧来自对诗歌内涵与功能的不同理解。在祁瑞宣看来，诗歌彰显着大义凛然的民族气节、高洁正派的风骨；但在冠晓荷看来，诗歌不过是攀附富贵的工具。冠晓荷的太太大赤包也持同一看法，她最待见自己的二女儿招弟，让她学戏，希望以此来取悦日本人，且认为她将来一定能成为"杨贵妃或西太后"。戏曲的抒情精神与诗歌近似，胡同里的居民小文夫妇喜欢唱戏。冠晓荷垂涎文若霞的美貌，经常去文家。小文夫妇接待他总是不卑不亢、不冷不热，独立不倚的品性由此彰显。但在冠氏夫妇看来，诗意不过是名利的代名词而已。不同于冠氏夫妇，蓝东阳对诗歌的热爱、崇仰纯属爱好，且以诗人自居，常沉醉于自己所写的拙劣诗篇中。他原是祁瑞丰的上司，委派祁瑞丰带领学生游行，以祝贺日军占领保定。在祁瑞丰出任教育局伪科长时，蓝东阳对瑞丰极尽巴结之能事。在祁瑞丰被革职后，蓝东阳反而发达起来。祁瑞丰的太太胖菊子也因此和瑞丰闹离婚，

---

① 老舍：《四世同堂（完整版）（第一部：惶惑）》，赵武平译补，上海：东方出版中心2017年版，第69页。

和蓝东阳鬼混在一起。蓝东阳就写诗歌颂胖菊子，露尽伪文人的丑态。

综前所述，并不完全像研究者认为的，《四世同堂》"是沿着革命时代的'现实主义'和'史诗'路线行进的"①。诗意占有相当重要的地位，其流脉以钱默吟的抗敌行动为主渠道，四处漫溢，浸透在小羊圈胡同居民命运转变的关键事件中，且最终凝定为一种人格气质与精神境界。而对伪诗意的书写，既进一步衬托出钱默吟们的正直与气节，也更突出真诗意的核心本质。两者共同体现出小说的叙事抒情化倾向，并且这种抒情和宏观的史诗建构之间存在着一种叙事张力。

二、新诗意的生长根基与表现限度

依照史诗标准，尽管后世研究者认定老舍的《四世同堂》并未实现他自身的创作宏愿，也未将现实主义小说推至一个较为惊叹的叙事高峰，但是老舍自己对《四世同堂》的评价相当高："我自己非常喜欢这部小说，因为它是我从事写作以来最长的，可能也是最好的一本书。"② 这个比较暗含了《四世同堂》与其之前创作尤其是长篇小说的联系与区别。老舍对北平人敷衍守旧、因循懒惰、苟且妥协、趋炎附势等性情做派非常了解，这些性情做派被视为传统文化的弊病。就此，《老张的哲学》（1926）、《赵子曰》（1927）、《二马》（1929）、《小坡的生日》（1929）、《猫城记》（1932）、《离婚》（1933）、《牛天赐传》（1934）、《骆驼祥子》（1936）、《文博士》（1936—1937）、《火葬》（1944）等长篇小说中已有深刻体现。因之，在文学史定论中，老舍被视为北平市民的表现者与批判者。与之对应的是，在这些思想主题总体上较为一致的创作中，其实还存在另外一个表现内容，即人物追求诗意而不得，内心苦闷，或者人物错误地理解诗意并以之为乐，尽显浅薄。尤其是在讽刺风格的成熟之作《离婚》中，财政所老李想与乡下糟糠之妻离婚，并非移情别恋，而是想过一种有

---

① 林培源：《从"世俗风物"到"死亡意识"——重读老舍〈四世同堂〉的叙事时空及"现实主义"问题》，《中国图书评论》2017 年第 11 期。

② 老舍：《致劳埃德》，载舒济编：《老舍书信集》，天津：百花文艺出版社 1992 年版，第 171—172 页。

诗意的生活。诗意的象征则是房东马少奶奶的背影——看起来娴静、贤淑，岁月静好，与世无争。同事张大哥力劝老李不要离婚，一番折腾之后，老李对婚姻乃至整个人生感到幻灭，认识到这个世界上并没有什么诗意，只有和生命相反的鬼混。而事实也证明，马少奶奶的背影不过是个假象，完全出自老李的臆测，她的生活事实上也一团糟，充满了妥协与敷衍。

所以，从某种意义上讲，三卷本的《四世同堂》是老舍之前长篇小说思想主题与叙事艺术的综合体。区别在于，作家将诗意放在抗战烈火中进一步淬炼，更具时政价值。日本侵略、北平沦陷可谓催化剂，一方面加速了正直北平人的精神蜕变与超越，另一方面也使浑水摸鱼、缺乏礼义廉耻之人加速堕落。因之，较之以往的创作，真正的诗意在文本中占据了更加显要的位置。

从普遍意义上讲，诗意书写成为可能。首先，诗意书写与老舍一贯秉持的"诗心"密切相关。新中国成立不久，老舍回忆过自己早年读诗、写诗的经历：

> 在五四运动以前，我虽然很年轻，可是我的散文是桐城派，我的诗是学陆放翁与吴梅村。到了五四运动时期，白话文学兴起，我不由得狂喜。……这文字解放（以白话代文言）的狂悦……并不一定使人搞清楚思想，反之，它倒许令人迷惘，伤感，沉醉在一种什么地方都是诗，而又不易捉摸到明朗的诗句的境界。我就是那样。我想象着月色可能是蓝的，石头是有感觉的，而又没有胆子把蓝月与活石写出来。新诗既不能得心应手，有时候我就在深夜朗读《离骚》。①

由此可见，古诗是老舍的知识底子，并没有随着新文学时代的来临而被否定、推翻，反而是新诗写作不顺利时的重要代偿，旧诗、新诗因为主体本身对诗的真切感受与真挚热爱而有机融合。另一方面，白话文学进一步扩张了老舍

---

① 老舍：《〈老舍自选集〉自序》，载《老舍全集》（第17卷），北京：人民文学出版社 2008 年版，第 520 页。

对诗的感受，全面培养了其诗心，使其能够无处不感到诗意。这既是时代精神在作家个体生命经历中的真诚流露，也预示着该诗心必定与白话文学的发展相起伏共振鸣，彰显出特定的时代样貌。

其次，受佛教、基督教等宗教思想的影响，老舍还倡导一种"灵的文学"，为叙事设定了超越现实的价值维度。在全面抗战时期，老舍创作文章《灵的文学与佛教》①，以表现天主教内容的经典之作但丁《神曲》为参照，指出中国文学创作中缺少灵的指引，尽写人与人之间的关系，而对灵魂、良心等非物质现实层面的精神因素表现较少，呼吁中国作家将"灵"的生活表现出来。有研究者将《四世同堂》视为"灵的文学"观念的具体实践，认为"钱先生的爱国主义，就体现出这种以人类总体的生存延续为背景的'神性'或曰'灵'的超越性精神追求。它是一种宗教性道德：牺牲个体幸福而显示出崇高"②。宗教性或一般思想、精神意义上的超越性无疑增强了小说的诗意，凸显出独属人类精神特征的抒情精神。

最后，老舍对北平的热爱，也促使了诗意之迸发。全面抗战爆发的前一年，老舍在山东写文章表达他对北平的真挚热爱与炽热思念：

> 我真爱北平。……我所爱的北平不是枝枝节节的一些什么，而是整个儿与我的心灵相粘合的一段历史，一大块地方，多少风景名胜，从雨后什刹海的蜻蜓一直到我梦里的玉泉山的塔影，都积凑到一块，每一小的事件中有个我，我的每一思念中有个北平……真愿成为诗人，把一切好听好看的字都浸在自己的心血里，像杜鹃似的啼出北平的俊伟。③

在诸文体中，诗歌似乎最适宜抒发饱满而纯粹的情感。老舍不是诗人，但

---

① 老舍：《灵的文学与佛教》，载《老舍全集》（第 17 卷），北京：人民文学出版社 2008 年版，第 285—290 页。

② 李东芳：《〈四世同堂〉中"恶"的价值反思》，《中国文化研究》2021 年第 1 期。

③ 老舍：《想北平》，载《老舍全集》（第 14 卷），北京：人民文学出版社 2008 年版，第 55 页。

不意味着他没有诗意。他将诗意投注到叙事中，从深层上体现为对北平风物习俗、文化道德及市民命运的关切与热爱，且因为热爱而有更多揭露与批判。从表层上，则是确立了一种具有反思性与超越性的价值向度，并将其落实在具体的事件与人物上，以正反对照的方式表现出来。

基于此，《四世同堂》的诗意书写可谓之前创作的集大成者，这应该也是老舍最喜欢它的原因之一。但是，毕竟世易时移，作为极具现实关怀的小说家，老舍在《四世同堂》中的诗意书写，既有对原有根基的进一步阐发、拓展，还有新的更具时政性的根基培植。

民族矛盾是诗意得以重新塑形、生发的政治根基。日军侵华之所以能够构成小羊圈胡同中的"事件"，是因为它结构性地搅动了北平人的日常生活。祁老太爷一开始并未把日军放在眼中，因为八国联军进北平、辛亥革命乃至军阀混战都没有改变其逢年过节、遇年祭祖的生活节奏，没有冲击他在兵荒马乱年月积累的生命经验，即只要储备够粮食咸菜、用装满石头的破缸顶上门就足以消灾避难。而日军的侵略不同，影响了他过生日，还出现粮食短缺、街面寥落，家庭的"四世同堂"逐渐成为泡影。儿子祁天佑被日本人冤枉，不甘被羞辱而取死。乡下亲戚常二爷也不甘日本人凌辱，选择了死亡。真实的生存威胁与极具痛感的亲人死亡，逼得祁老太爷的国家意识开始觉醒。小说中的日常生活书写，不仅承担了以小见大的叙事功能，更是承载着世道人心的变化、国民品性的再造。正是在这个意义上，平民可以成为诗意的担当。

传统文化是诗意得以更新、转换的文化根基。在现代文化语境中，作家的家族书写常注目于其中的等级结构，侧重批判封建家长制给年轻一代带来的精神戕害与命运干扰，典型如巴金的"激流三部曲"。但在《四世同堂》中，作家强调的却是对传统道德的坚守与掌握文化知识的重要性。阻挡祁瑞宣不能外出参加抗战的不是祖父、父亲的个人意志，而是他对"孝"道的自觉坚守。作为最高长辈的祁老太爷，在儿孙面前有自卑感，原因在于，开布行的儿子祁天佑50多岁了还能背诵《论语》全篇，孙子们则受时代风气的濡染，都接受了新式教育，尤其是长孙祁瑞宣和老三祁瑞全都是大学毕业，瑞宣还是中学教师。因此，祁老太爷很担心儿孙们瞧不起他。虽然祁老太爷并不能区分出文化的传统与现代、中国与西方，但这恰恰说明，广泛而多元的文化是支撑叙事得以展开的内在逻辑。这为文化之内核——诗意及其转换成为重点奠定了基础。钱默吟是祁瑞宣将抗战思想转化为行动的先导，通过祁瑞宣的所感所思，钱默吟的诗意得到了充分的阐释。钱默吟何以能够在二儿子钱仲石牺牲之后快速走上反抗之路？祁瑞宣的推断是，"在他的反战思想的下面实在有个像田园诗歌一样安静老实的文化作基础"①。其实，这种传统文化包括以静美、恬适为代表的田园诗歌，也包括爱国情感充沛、抗争气概十足的政治诗歌。钱默吟被日军抓进监狱，其长子钱孟石受了刺激，加以贫病，最终死亡。祁瑞宣帮助钱家料理后事时，无意中翻检出钱孟石常读的《剑南集》。里面夹有他写的纸条："国亡了，诗可以不亡！"单是这句话，祁瑞宣并不认同，"他阅过的中国诗词似乎都像鸦片烟，使人消沉懒散，不像多数的西洋诗那样像火似的燃烧着人的心"②。但是，置于特定的生活情境中，叙述者显然是认同这句话的。钱孟石和父亲一样，不擅交往，不慕钱财，喜欢古诗。透过祁瑞宣对钱家父子的态度，小说表现了受西方文化浸染、认同西方文学精神的祁瑞宣对传统文化的反省与再接受。

总之，民族矛盾与传统文化的对接，淬炼出了新的诗意。钱默吟从事地下抗日工作，办报纸，写新诗以激励民众。在瑞宣的眼里，其新诗艺术性并不高，但是像星光。钱诗人就是金子。由新诗写作扩展到现代文学创作，祁瑞宣有了新的领悟。他一开始就惊异于日本人为什么要翻译中国的新文学作品，在铁路学校做了老师之后明白了，原来是借此了解现代中国人的思想，以找到加快征服中国的新办法。因此，他更认识到自己的使命，要以写作为武器，即使可能被捕致死，也不足惜。而在返回北平的祁瑞全眼里，钱默吟像个"深山老谷里修道的隐士"。钱默吟对祁瑞全谈及佛法对自己的影响，佛法是要取得永生，他则是要从抗敌报仇走到永久和平。古代田园诗歌本就暗含着佛道，以王

---

① 老舍：《四世同堂（完整版）（第一部：惶惑）》，赵武平译补，上海：东方出版中心2017年版，第269页。

② 老舍：《四世同堂（完整版）（第一部：惶惑）》，赵武平译补，上海：东方出版中心2017年版，第173页。

维为代表。如此看来，钱默吟以佛道为径抗战，并不是偶然，这是古典诗意的一种转化方式。在《饥荒》中，瑞全和钱默吟会面之后，叙述者直接称呼钱默吟为"钱诗人"，内在逻辑即在于此。

但是，在民族矛盾与传统文化共同作用下生发的诗意，一方面凸显了诗意的政治性与本土品质，另一方面也暗藏着被解构的风险。原因在于，这种民族意识的觉醒及自发的抗敌行动跳过了现代思想启蒙这一关键环节。此外，小说有不少地方是对战争本身之反人道的思考，而这种思考一旦溢出民族矛盾的边界，诗意也将走向完结。

首先，在《四世同堂》中，支撑叙事展开的基本架构是将国家民族的命运与个体命运直接相连，宏观的战争事件与小羊圈胡同居民真实的生存处境相并置。前者影响后者，后者主动或被动地对前者做出回应，中间无须经过思想启蒙与革命启蒙，这极为明显地展现诗意的更新与转换。但是，祁瑞全为什么要回到北平进行抗日活动？叙事对此语焉不详。只是一笔带过般地交代他是来自城市的青年知识分子，在抗战队伍中受到排挤。回到北平之后，钱默吟所在的庙宇就成了祁瑞全的根据地，钱默吟也成了祁瑞全继续抗日的引路人。对抗战总体事业之下政党矛盾复杂多变、思想意识形态纠葛以及不同文化形态间的角力等时代问题的回避，也使得诗意内涵简单化。

整部小说中，祁瑞宣的思想意识无疑是最具有现代特质的，但这一部分并未得到充分表现。相反，其长于思索、短于行动的自我否定与贬抑是表现重点，这暗示了从现代高等教育得来的人文知识并不能顺理成章地成为抗日的思想资源，以个性主义为特质的西方文化不足以为处在生存与精神双重困境中的沦陷区人民提供新的出路。这与路翎的《财主底儿女们》中蒋纯祖的思想路径极为不同。后者着意体现个体解放与国家民族解放之间的辩证，甚至以个体的思想痛苦诘问集体与个体到底该以何为先，触及五四新文化运动以来的重要思想与政治命题。在中国现代思想史的演变路径中，个体意识的觉醒与国民意识的觉醒是同步的，并且两者充满了张力关系。忽略了个体意识的觉醒，而单谈后者，势必过于依赖外在的事件刺激，如是生成的诗意难以长久，在浓度上或许饱满，但在意义维度上则比较单薄。

其次，在全面抗战语境下，民族矛盾日益激化，人类大同的世界性梦想便显得遥不可及。人物因此而举棋不定，凸显出诗意边界的有效性。祁瑞宣的现代生活方式之一是听广播，世界局势的变化之所以能和小羊圈胡同建立关联，就是因为祁瑞宣通过收听中央广播电台新闻而后产生心理震动，再传导到他的具体态度及行动的转变上。但是，他对战争悲剧的敏锐感知，也激发了其反战思想。与钱默吟囿于对国家不幸进而导致个体灾难的认知不同，祁瑞宣有着更广阔的世界意识。他鼓动三弟祁瑞全出走抗日时，叙述者论述这一代的青年，不仅要反抗家庭和社会，"也要打破民族国家的铐镣，成个能挺着胸在世界上站着的公民"[1]。世界公民意识促动人物对战争进行深度反思，将敌对一方也视为战争的受害者。小羊圈胡同后来住进了日本人，老妪和小孩都很善良，他们的家属也有在战争中死去的。祁瑞宣见到他们，不禁心生同情。不过，叙述者并未将祁瑞宣的这一思绪荡漾开来，而是让祁瑞宣重新回到对日军的仇恨上来。祁瑞宣的心理徘徊是危险的，一旦削弱对敌人的仇恨，消泯战争双方的对立，诗意的根基就被瓦解了，小说整体的叙事架构就成了问题。这也充分说明，随战争进程而不断生成、凝聚与发散的诗意，具有浓郁的时代特征，政治与历史的双重维度规约了它的存在形态与存在时长。

最后，围绕诗意而展开的叙事裂隙，也对诗意构成威胁。在《四世同堂》中，老舍充分使用明喻、暗喻、隐喻等修辞手段，以人的神态、动作、口吻、知觉等为本体，将之喻为动植物或器具。被物化的世界是非人的世界，是日本侵略者不把中国人当人看的世界，同时，也是冠晓荷、大赤包、蓝东阳等败类堕落的世界，如同地狱。在白巡长眼里，日本的占领带动了"坏鬼"们的活跃。但问题是，老舍抗战之前创作的小说中就浸透了"地狱意识"，如《骆驼祥子》《月牙儿》等。如果认定老舍在这些小说中对黑暗社会的认识是符合现实的，那么，如何理解《四世同堂》中祁老太爷、瑞全等人对晚清以来政坛乱象的毫无知觉？甚至像祁瑞全认为的那样，自己的国家是最好的，完整、光

---

① 老舍：《四世同堂（完整版）（第一部：惶惑）》，赵武平译补，上海：东方出版中心 2017 年版，第 34 页。

明、兴旺，是历史上没有过的新国民的气象。如果老舍如此强调抗战前的和平、兴旺是为了突出日军侵略的残酷，是为了突出亡国奴生活的水深火热，那也使得人们认为诗意产生于民族矛盾，因之暴露了自身根基的脆弱，毕竟抗战前的真实生活并不如瑞全感受的那般美好。

　　抗战语境下的抒情变异一般是由以现代个性解放为核心的抒情方式向以国家民族命运为优先考虑的集体抒情之转型，抒情的困境与精彩之处恰在于个体话语与集体话语的辩证。《四世同堂》却开启了一个新向度，即思考在"家""国"这一群体性的范畴中，在平民身上寄寓抒情及理想的可能性问题。对启蒙话语的跳转与省略使得以传统文化为根基的诗意书写更具辨识度，但建立在民族矛盾基础之上的诗意如何能获得持续性的逻辑自洽，则需要深思。

第三节　将"平民"入"史"化"诗"：
以巴金抗战小说为中心

一、"情感现实主义"：巴金的叙事立场坚守

　　在中国现代文学史上，巴金无疑是在现实主义追求中最讲究抒情的小说家。较之其他作家，他的"抒情"情结分外浓郁。在多篇创作谈中，他都讲到创作的动力来自自我内心郁结的情感。"我有感情必须发泄，有爱憎必须倾吐，否则我这颗年轻的心就会枯死。"[1] "我写小说不论长短，都是在讲自己想说的话，倾吐自己的感情。"[2] "（《火》第三部）写出了我的积愤，我的控诉，我感觉心上的石头变轻了。"[3] 而创作的最终目的是要"全力攻击""一切不合理的

---

　　① 巴金：《谈〈灭亡〉》，载《巴金选集》（第十卷），成都：四川文艺出版社 2014 年版，第 98 页。
　　② 巴金：《谈我的短篇小说》，载《巴金选集》（第十卷），成都：四川文艺出版社 2014 年版，第 216 页。
　　③ 巴金：《关于〈火〉》，载《巴金选集》（第十卷），成都：四川文艺出版社 2014 年版，第 291 页。

旧制度"①。巴金对自己的创作有肯定也有批判，但不管在哪一个历史阶段写的创作谈，他都一再申明情感在创作中的重要性。抒情，在巴金小说中具有本体论意义，可谓之"情感现实主义"。换言之，巴金对现实主义的追求重在忠实于个体的经验性真实，正像研究者认为的，"巴金不是把真理放在第一位，而是把经验本身放在第一位，并且表达了对'主义'亦即真理之真进入文本的谨慎甚至是不以为然的态度"②。正是对个体经验的过于倚重，造就了小说强烈的抒情性。

但这并不意味着巴金与现实间的牵连不够紧密，不深谙中国式现实主义的伦理承担。全面抗战爆发伊始，巴金便表达了对战争的积极态度："我们要抗战，我们要继续奋斗，纵使抗战的意思就包含着个人生命的毁灭，我们也要昂然向着抗战的路走。"③他写下了《只有抗战这一条路》《站在十字街头》《应该认清敌人》《给山川均先生》等系列文章，呼吁全民积极抗战，戳穿日本学者的政治谎言。在持续完成计划内的"激流三部曲"中的《春》《秋》后，写就了被称为"抗战三部曲"的《火》。他的意图很明显，"不仅想发散我的热情，宣泄我的悲愤，并且想鼓舞别人的勇气，巩固别人的信仰。我还想使人从一些简单的年轻人的活动里看出未来中国的希望。老实说，我想写一本宣传的东西"④。虽然巴金在后来否定了这一创作，认为"全是失败之作"，"失败的原因很多，其中之一就是考虑得不深，只看到生活的表面，而且写我自己并不熟悉的生活"⑤。但他也有所肯定："其中也有一点真实，那就是主人公和多数人物的感情，抗日救国的爱国热情，因为这个我才把小说编入我的《文

① 巴金：《谈〈灭亡〉》，载《巴金选集》（第十卷），成都：四川文艺出版社 2014 年版，第 109 页。

② 姜飞：《经验的往复——历史进程中的巴金文学真实观》，《西南民族大学学报》（人文社会科学版）2006 年第 3 期。

③ 巴金：《站在十字街头》，载《巴金全集》（12），北京：人民文学出版社 1989 年版，第 546 页。

④ 巴金：《火（第一部）·后记》，载《巴金全集》（7），北京：人民文学出版社 1988 年版，第 173 页。

⑤ 巴金：《关于〈火〉》，载《巴金选集》（第十卷），成都：四川文艺出版社 2014 年版，第 287 页。

集》。"① 可见，此时巴金仍然认为真实的感情渗透才是现实主义之密钥。

从 1938 年 2 月底同友人靳以离开上海，至 1945 年在重庆等到抗战胜利，巴金不断辗转于香港、广州、武汉、桂林、昆明、成都、重庆等地。在一路流亡中，他对战乱中普通民众的生活有了更切肤的体察，生命经验亦得以拓展、深化。在短篇小说集《还魂草》《小人小事》，中篇小说《第四病室》《憩园》以及长篇小说《寒夜》等的创作中，城镇教师、非主流作家、默默工作的医生、为生计奔波的书店老板、传统士绅、中下等官兵、小公务员等不同群体的身心状态及生命遭遇、抉择诉求，都被统纳笔端。在对其日常生活进行近乎自然主义式的描摹中，巴金巧妙地将宏大而复杂的社会现实与自己的身心流亡体验相连接，既坚守了之前的"情感现实主义"叙事立场，又开拓了战争书写的另一路径，史识与诗性同在。

在这些小说中，战争虽不是正面呈现，但并未被推置成远景，而是结构性地形塑着人物的身心状态，推动着情节发展，并深化了思想主题。法国女子莫娜·丽莎为出去作战的飞行员丈夫感到骄傲，又为其生命担忧（《莫娜·丽莎》）。《还魂草》中两个小女孩的纯洁友谊因为敌机轰炸而结束，其中一位在轰炸中死去。《猪与鸡》中，房客养猪与鸡虽然弄乱了庭院且骂骂咧咧，但也是应对抗战期间物价飞涨的无奈之举。《第四病室》所叙是远离战场的贵州后方医院，但战事不断推进导致的物资短缺与人心浮动却左右着三等病房的氛围。典型如《寒夜》，受过高等教育的汪文宣曾树生夫妇因为抗战的爆发从上海迁至重庆，通货膨胀下小家庭生活拮据，两人感情亦因之有隙。豫湘桂大撤退迫使曾树生在痛苦中做去留与否的选择，汪文宣被推至失业的边缘。胜利前夕，他的去世更是成了战争之悲惨的生动注脚。借此，巴金体贴入微地写尽了战争铁蹄之下普通百姓的心灵创伤与理想期翼。因之，《寒夜》被钱理群先生誉为"平民史诗"②，且几成定论。以此框定前述其他创作，亦不为过。

---

① 巴金：《关于〈火〉》，载《巴金选集》（第十卷），成都：四川文艺出版社 2014 年版，第 290 页。

② 钱理群、温儒敏、吴福辉：《中国现代文学三十年（修订本）》，北京：北京大学出版社 1998 年版，第 232 页。

但是，问题也随之而来。

二、"平民史诗"还是"平民""史""诗"？

不管是一般性的赞誉修辞，还是严谨的学理性表述，"平民史诗"之谓均彰显出研究者以正统的"史诗"衡量巴金小说的批评标准与价值立场。巴金小说虽然"平民""史""诗"三种元素均具，但与偏正组合的"平民史诗"之内涵还是有着根本差异，其笔下的"平民"与"英雄主义"气质相去甚远。《猪与鸡》中，为抵御通货膨胀，房客冯太太养猪饲鸡却不加管束，搞脏了整个院子。她疑心甚重，常因小鸡被偷而骂骂咧咧。最终，她被房东逐离。小猪死了，她不得已抱着仅剩的一只小鸡搬离。《第四病室》的三等病房里，"到处都是床和人"，患者身份背景各异。南京来的逃难者、自主离家的年轻士兵、怀疑医生治疗能力的悲观主义者、以耍贫嘴取乐的无聊之徒，凡此种种无不浮游于吃喝拉撒睡的生活表面。脏乱差的医疗卫生环境、浅薄势利的工友更加剧了战时普通人的无奈、困苦，随波逐流似也理所当然。巴金清醒于自己与主流审美规范的疏离，也因之徘徊犹豫。《憩园》中，旧友姚国栋一见到"我"（作家黎先生），就批评"我""尽写些小人小事"，"气魄太小"！① 其妻倒是"我"的忠实读者，但也不解"我"为何总写小人物的苦难，处处阴暗。对其追问，"我"总显不安，缺乏气壮之理。有学者认为，巴金获得"无可逾越的成功"的缘由之一在于"他报导自身生活，把自身生活变成了文学"②。如果认同其是的话，将黎先生看作巴金化身亦顺理成章，他的犹疑不决就是巴金正在遭遇的创作困境。但巴金此后并未更改这一叙事路向，《寒夜》即明证。汪文宣的理想落空、爱人远离以及贫病交缠无不隐喻着他与时代变革之间的错位与脱节。面对批评，巴金坦言："我从来不是一个伟大的作家，我连做梦也不敢妄想写史诗。诚如一个'从生活的洞口……'的'批评家'所说，我'不敢面对鲜血淋漓的现实'，所以我只写了一些耳闻目睹的小事，我只写了一个肺

---

① 巴金：《憩园》，载《巴金选集》（第五卷），成都：四川文艺出版社 2014 年版，第 152 页。
② 〔德〕顾彬：《二十世纪中国文学史》，范劲等译，上海：华东师范大学出版社 2008 年版，第 121 页。

病患者的血痰，我只写了一个渺小的读书人的生与死。"① 这一辩白近乎卑弱，但潜隐着他不愿、"不为"的执拗，亦表明其叙事自有逻辑，难以用"史诗"框之。

"平民史诗"之誉凸显了学界公正评价巴金抗战小说的努力，但囿于对当时主流批评标准的延续，在一定程度上盲见于其叙事特殊性。"平民""史""诗"与其讲可线性排列、修饰互证，毋宁说是各自独立、彼此角力的空间位点。其间的平衡端赖于叙述者"我"之介入，平衡状态的岌岌可危也由"我"之情感态度的回旋性所致。这般叙事构建激发出现实碎片化呈现与历史本质力量制约、个体印象感受与时代政治理性、平民日常生活与国家民族宏大变迁间的互动与抵牾，具有重要的审美意义与思想价值。

三、"我"的介入："平民""史"与"诗"之间的平衡关键

"真实"是现实主义创作的旨归，但现代作家对其的理解却歧见百出，尤其是在战火纷飞的 40 年代。这一时期国统区关于何为现实主义的讨论不仅贯穿了整个抗战时期，也历经内战。争论的问题之一就是：若要坚持五四新文学以来的现实主义创作原则，那么在新的历史条件下到底要不要强调主观精神与客观事物之间的紧密结合？如何处理作家的主观介入与客观表现之间的关系？有论者强调主观认识的重要性，要求作家"向中国历史的运动采取一种深深的热情的态度去注视，去分析，去了解它的特点，要反映一切抗战过程中产生出来的新的东西和残存的东西，反映中国的全面，抗战的全过程及其发展"②。何其芳则是以解放区的文艺方针为准则对大后方的现实主义提出要求，认为关键要在内容上"更深入地反映人民的要求，并尽可能合乎人民的观点，科学的观点"③。胡风、王戎、冯雪峰等人偏重提倡包含"主观战斗精神"的现实主义，

---

① 巴金：《〈寒夜〉后记》，载《巴金选集》（第六卷），成都：四川文艺出版社 2014 年版，第 409 页。

② 洁孺：《论民族革命的现实主义》，载《中国新文学大系（1937—1949）》第二集《文学理论卷二》，上海：上海文艺出版社 1990 年版，第 523 页。

③ 何其芳：《现实主义》，载《中国新文学大系（1937—1949）》第二集《文学理论卷二》，上海：上海文艺出版社 1990 年版，第 562 页。

认为"没有对于生活的感受力和热情，现实主义就没有了起点，无从发生，但没有热情和思想力量或思想要求，现实主义也就无从形成，成长，强固的"①。这些争论无不涉及现实主义的核心要素，如作家的现实态度、政治立场、思想观念、未来想象等。在此语境中，巴金坚执"情感现实主义"，对"情感"真挚性、浓郁性的看重自然要求所叙之事、所塑之人皆建立在亲见亲历的基础之上。叙述者"我"不仅绘制了叙事地形与边界，更先在地规约了叙事高度与广度，个体经验之有限性必定使对未来的远景想象让位于日常生活纤毫毕现般的描绘。② "我"的间性特征沟通了宏大历史与微末平民，诗意亦因此产生。

文本中，"我"首先是普通民众中的一员，基本角色为故事的观察者与转述者。《还魂草》采用嵌套结构，外核是"我"与朋友通信，逐封告知自己正亲见两个小女孩利莎和秦家凤的纯洁友谊。内核则是故事的详细展开：两人常在一起读书、游戏，彼此惦念着对方的生日，后来，秦家凤和妈妈丧命于敌机轰炸，利莎哀痛至极，希望用"还魂草"来救活好朋友。"还魂草"是个传说，用自己的血能培养出一种草，可用来救活死去的友人，喻指人间爱之可贵。"我"与身为书店老板的利莎父亲是同事，住在她家楼上，深得她们信任，她们也喜欢听"我"讲故事，"还魂草"即其一。更重要的是，"还魂草"也是"我"与友人共享过的传说，连带着一段难以忘却的情感记忆。书信体、现实经验的渗透（巴金在重庆时的确做过书店编辑）以及"我"与小女孩之间的信任共同铺就了叙事的真实性基面，对战争暴力之憎恶与生命美善之向往相洽于"我"的真切体验与真诚慨叹中，"史""诗"相呼相融又各牵一端。

不过，在平民群体生活的浮世扫描中，巴金首先以"史"之表现为根邸，追求自然主义式的客观呈现。《第四病室》的"小引"交代，作家原原本本录

---

① 胡风：《财主底儿女们（第一部）·序》，载《路翎文集》（第一卷），合肥：安徽文艺出版社1995年版，第3页。

② 《寒夜》是第三人称叙事。不过，《寒夜》中汪文宣的原型和陆蠡、王鲁彦等朋友有关，两位都在抗战中受尽贫病折磨，痛苦死去。巴金亦言："我写汪文宣，写《寒夜》，是替知识分子讲话，替知识分子叫屈诉苦。"（巴金：《谈〈寒夜〉》，载《巴金选集》（第十卷），成都：四川文艺出版社2014年版，第330页）因此这种第三人称叙事可看做第一人称叙事的变体。

于患者陆怀民的"病中日记"。他将其赠予巴金的原因是:"它虽然没有什么艺术价值,可以供世人阅读,但是对于像你这样愿意了解人心的人,它也许有点用处。"① 假他人日记行自己创制之实的叙事传统,始自鲁迅的《狂人日记》。它将虚构充分"自然化",作家身份、视角尽量"隐匿化",从而更凸显文本内容的真实性、普遍性与典型性。但悖反的是,"日记"中的"我"时时提醒这一叙事的主观性与限制性。尤其是,巴金惯于将"我"设为作家,最起码也是爱读书的文化人,记录与转述因之成为可能。更重要的是,这重身份赋予"我"以深度体验、精确评论乃至反思质疑的能力,小说由此获得了诗性品格。《憩园》中,与杨家老三败家卖祖产故事线索辅进发展的是,对自己书写"小人小事"既犹疑又坚持的矛盾心理之揭示。五四新文学"主观主义"与"个人主义"的叙事传统隐匿其间,隐约闪烁着知识分子的精英意识。

因此,以"诗"反观巴金对待"平民"的态度,共情中有游离,体贴中含微讽,叙事因此很难波澜壮阔起来。延及写景,亦显得平实有余,激情不足。《猪与鸡》中,"我"出门多年回来后,暂居在"自己的家":

> 窗外,树梢微微在摆动,阳光把绿叶子照成了透明的,在一张摊开的树叶的背面,我看见一粒小虫的黑影。眼前晃过一道白光,一只小小的蝴蝶从树梢飞过,隐没在作为背景的蓝天里去了。……小麻雀从檐上露出一个头,马上又缩回去,跳走了。树尖大大地动了几下,我在房里也感觉到一点爽快的凉意。窗前这棵树是柚子树,枝上垂着几个茶碗大的青柚子,现在还不是果熟的时候。但是天气已经炎热了,我无意间伸手摸前额,我触到粒粒的汗珠。②

巴金抗战前的小说中,景物描写的节奏多竣急少舒缓。往往是三言两语之后就急急地让人物表达情绪,缺少静观状物之耐心。但这段描写,节奏纡徐,

---

① 巴金:《第四病室·小引》,载《巴金选集》(第六卷),成都:四川文艺出版社 2014 年版,第 3 页。

② 巴金:《猪与鸡》,载《巴金选集》(第七卷),成都:四川文艺出版社 2014 年版,第 394 页。

描摹详致。宏阔高远的"蓝天"是背景，一语带过。树叶、昆虫、果实等微末事物才是焦点所在，不厌其详地密织繁编，似乎真是"闲静"。但接下来对邻里之间争吵的反复渲染，实在是颠覆了这一"闲静"，由此反观观察景物的细致则更像是浮躁、焦灼心境的刻意掩饰。结尾处，房客已换，院子重归清洁与平静，但"只是我的房间在落雨时仍然漏水，吹大风时仍然掉瓦，飞沙尘"①一语道尽了无法被"平民"与"史"统纳的落寞与惆怅。而这般情绪同时也是小说的叙事支点所在，纷乱而无意义的琐碎现实与"我"近在咫尺却毫不相关的"平民"因之才有可能联结互衬，获得意义。《兄与弟》同样采用了这一叙事套路。和"我"同住一栋楼的一对兄弟常因家长里短、经济纠纷而吵架，后来弟弟在大轰炸中因房屋倒塌而被砸死，为兄却长泣不止。"我"遇见这一幕，正是在和朋友们听完演奏会而返家的路上。回至住处：

> 我仿佛落进了静寂的陷阱一般。我在黑暗的过道中摸索着，我摸到楼梯前面。四周静静的。我慢慢地踏上楼梯，一步一步地把楼梯跨完，仍然摸索着，我又进入一条狭长的过道，又静静地走完这条过道。②

原本可简略的主语"我"不断重复表明叙述者关心"平民"，但更注重叙述"平民"之不幸经历给自己带来的感喟与思考。巴金或许缺乏宏阔历史的把握能力，不过他也无意于此。在"史"与"平民"之间来回错动的"我"之抒情，才是其叙事促动点与止归处。在缺乏远景想象的虚构世界里，"我"不停摆荡的情感生成于暂回故乡、借居一隅、住院生病等与大时代脱落的缝隙中，是混乱无序又常遭受警报威胁的日常生活之回响，同时照见了"平民"生活及其精神状态。起于"史"，经于"平民"，而贯穿并落脚于"诗"的叙事模式体现了巴金内蕴情感的救赎力量，为光或许微弱，但同样具有集聚性与穿透

---

① 巴金：《猪与鸡》，载《巴金选集》（第七卷），成都：四川文艺出版社 2014 年版，第 407 页。
② 巴金：《兄与弟》，载《巴金选集》（第七卷），成都：四川文艺出版社 2014 年版，第 419 页。

力。借此，他践行并拓展了中国化现实主义书写的伦理要责。

四、"诗"之回旋："平民"与"史"黏合的脆弱性

巴金的创作虽立足于自我生活经历与生命经验，却也长触时代病症与社会乱象。他对阻碍现代文明发展的传统制度、文化弊病的批判，对全面抗战局势下国民党统治腐败的揭露都表明了个体与时代命运的强烈共振。不过，仅探究至此，很难解释其现代时期的创作为何止于 1946 年出版的《寒夜》。国共内战期间，全国的政治、文化区域分属发生着急剧变动，毛泽东的"讲话"精神也逐渐渗透到国统区作家的创作生活中。他们未必全都接触到"讲话"内容，也未必就是受"讲话"精神的影响，但凭着超敏锐的时代感受力懂得，必须求变求新才能有所建树。叙事实验与文体转型为大势所趋，如沈从文走向"抽象的抒情"、冯至由诗歌而散文而杂文、路翎小说讽刺意味渐浓等，像巴金这样有着深厚创作根基但辍笔停耕的并不多见。这应该与《寒夜》招致的严厉批评有关，牵涉到转折年代"思想观念、意识形态的较量和构建"[①]。外界质疑与内心犹疑的持续应和，严重削弱了巴金的创作信心。

但是，更内在更合理的缘由还是隐存于"情感现实主义"内部，与"平民""史""诗"三者的叙事张力相关。如前所述，三者的平衡源于"我"的介入，"我"的旁观与转述、体验与感受沟通了自我与他者、个体与社会，甚至也是巴金在文学与时代、审美与战争等内外关系中努力调整的缩微见证。但是，也因他是始终游离在政治组织之外的文人，缺乏对历史总体发展趋势进行整体把握的意识，自然也缺乏在时代洪流中随时俱进的革新能力。不同于《激流三部曲》中着重刻画新一代青年的奋力掘进，在抗战时期的平民书写中，无论是"平民"还是作为作家、读书人的"我"，性格都缺少变化，没有成长。"我"的抒情声音，起于"史"，生成"诗"。但其形式却是盘桓回旋的，未能穿透更广阔的历史经纬度，终在低回不进中耗散殆尽。有论者指出，巴金晚

---

① 详见周立民：《从〈寒夜〉初版本后记的修改谈一场文坛论争》，《现代中文学刊》2019 年第 3 期。

年创作的《随想录》有"回旋性徘徊现象"，缺乏更具有穿透力的制度反思及个人心理机制之反思，甚至认为这种回旋性徘徊是对《家》的思想主题与写作姿态的重复。[①] 如是看来，这种回旋性的徘徊与重复其实一直存在于巴金的叙事探索中，既构成了其抒情性的主要表现，也成为其难以突破的瓶颈。

《寒夜》中的抒情声音来自汪文宣的系列心理独白，"低声对自己说""气恼地再说""忍不住怨愤地叫道""忽然兴奋地对自己说"等语句充斥全篇。无论是对自己"老好人"性格的不满、和妻子生有裂痕，还是罹患肺病、面临失业，他都弱于争辩，长于叹息、自责。战事不断推进，人事不断调整，唯其独语的方式、态度不曾改变，低回于多个情节转换的间隙。他和妻子曾树生自由恋爱，都受过高等教育，期望教育救国，这不就是《家》中高觉慧所梦想的未来吗？若将其视为高觉慧的形象延展，那么由舒放到犬儒的生命形态之变就强烈表明后者对前者的反讽。理想落空，个人病弱，爱情发黄，孩子老成，无甚可恋。汪文宣之死凸显出他与时代关联的最终崩断，也意味着内向性的抒情无法纾解其积郁。积郁甚浓，抗战胜利的喜悦也无法彻底将其驱除。

如同《寒夜》这般阴霾，巴金抗战时期的平民书写大多以无解的思索、无奈的叹息做结。《第四病室》或许是例外，杨大夫关心病人，和爱读书的"我"尤其谈得来，常在查房、换药之余，跟"我"谈论诗歌，甚至借给"我"《唐诗》，也鼓励教导"我"善良做人，可谓"黑暗王国里的一线光明"。但是，也正如巴金所言，"这是我自己的亲身经历。……病人、医生和护士们全是真人，事情也全是真的，我只有在杨大夫的身上加了好些东西。……只有那个'善良、热情的年轻女医生'的形象是我凭空造出来的。这是病人们的希望"[②]。希望之虚构恰恰反证真实处境中诗意的乏力，就连诗情的生发点"我"不是也赖于杨大夫的鼓励吗？看尽病室的懒怠与死亡，"我"带着杨大夫送的两本书病愈出院。但是，知识分子终究要在诸种条件的掣肘下觅得出路。与严

---

① 聂国心：《〈随想录〉：巴金晚年的真诚忏悔与回旋性徘徊》，《东岳论丛》2008 年第 2 期。
② 巴金：《第四病室·后记》，载《巴金选集》（第六卷），成都：四川文艺出版社 2014 年版，第 184 页。

酷的社会语境相比，两本书的象征力量固然值得重视，但也实在有嫌单薄。因之，"我"或人物的情感一直在同质性地不断叠加，而非延展与层递，难以与不断变化的环境黏合，生发出新的表现形态。

进而言之，文本内部抒情的回旋形态与副文本——序言、后记、创作谈中巴金就叙事动机、目的所做的反复申诉具有同构关系。现代作家中，鲁迅、巴金、沈从文都比较喜欢在正文本前后或事过境迁之后谈创作缘起。鲁迅多交代文集名称的由来，并不失时机地吐露心志，且讽世相。沈从文擅长介绍湘西已经发生或正在发生的社会变动，忧郁心境隐约其中。一方面，巴金强调文本叙事的理想性，直陈《憩园》的意蕴是个人财产难以承传，保得住的是"理想同信仰"①，《第四病室》"写出了在那个设备简陋的医院里病人的生活与痛苦，同时也写出了病人的希望"②；另一方面，巴金更倾向于为文本的"阴郁"情调辩白，强调正是深印在脑海中"耳闻目睹"过的现实"逼着我拿起笔替那些吐尽了血痰死去的人和那些还没有吐尽血痰的人讲话"③。在1960年前后的特殊政治文化语境中，《谈〈憩园〉》《谈〈第四病室〉》《谈〈寒夜〉》《谈我的短篇小说》等系列创作谈更是强调所写生活的真实与所抒感情的真挚。这或是应对时代要求时不得已的再表白，但也更"高亮"出其艺术观——真实，不仅是重要的叙事原则与方法，更是一种可贵的品格，关乎责任与良知。但是，这种反复晕染无意间遮蔽了巴金的思想意识，以向更广泛也更有深度的历史横纵面拓展，"平民"入"史"化"诗"的限度由此彰显。

不过，并不能因此而否定巴金书写"平民""史""诗"的艺术及思想价值。有学者通过梳理巴金小说的序跋指出："巴金希望读者意识到自己小说中的这些故事情节和人物命运，并不是自己一个人的人生体验和遭遇，而是时代

---

① 巴金：《憩园·后记》，载《巴金选集》（第五卷），成都：四川文艺出版社2014年版，第290页。

② 巴金：《第四病室·后记》，载《巴金选集》（第六卷），成都：四川文艺出版社2014年版，第183页。

③ 巴金：《寒夜·后记》，载《巴金选集》（第六卷），成都：四川文艺出版社2014年版，第409页。

命运的真实再现，这才是巴金所追求的文本'真实'。"① 事实上，恰是有了巴金如此的叙事探索与坚持，抗战文学才得以较为完全地展现出战争给社会、文化及民族心理带来的深层次错动。这是历史的坍塌区，更是当下和平年代亟待修复的重点区域。此外，三重因素的媾和内含着巴金在战争语境下建构现代主体、介入现实变革，乃至补正宏观历史之不足的雄心与努力，也是对五四新文学开创的平民书写传统之继承、拓展，交织着境遇性情、审美偏好、政治歧见等敏感的话语光谱，看似保守的"情感现实主义"书写实在是相当激进，凸显出文学创造性与先锋性的本质。

---

① 王玉春：《诠释与自我诠释——序跋文：解读巴金的重要向度》，《宁夏社会科学》2011 年第 2 期。

第三章

地方书写中叙事抒情化的可能与限度

第一节　情感内嵌：地方叙事之必然

在中国现代文学史中，对地方，尤其是乡土世界的不断发现与反复书写，是与整个国家的现代化进程紧密关联在一起的，甚至是与民族战争形势及国内革命力量的变化胶着在一起的。当地方被作家纳入审美表现系统时，地方的具体呈现内容及方式除了受制于作家的创作动机、思想立场与审美偏好，还受制于地方本身所处的区域方位、所具有的风物习俗及其所呈现出的人事关系特点等方面。也就是说，一方面，地方叙事被裹挟在宏大的时代主题中；另一方面，它又有着自身的主体性。因之，地方叙事内部包含了作家叙事动机与效果之间的紧张。在地方叙事，尤其是乡土题材中，风景与人事常常是表现重点：前者既是作家的审美发现，也是当地人耕作生活之一种；后者既是作家对地方生存、活动方式的编码，也包含着不为作家叙事所控制的演绎逻辑。而从文化地理学的研究视域来看，"文学艺术的功能就是将亲切经验表现出来，这里所说的亲切经验包括了地方经验"①。地方本身所具有的客观性与作家创作时自觉不自觉投入的情感"亲切"，构成地方叙事中无法祛除的张力关系。可以说，情感内嵌是地方叙事之必然。顺之，情感表现的可能与限度，是地方叙事研究绕不开的问题。

---

① 〔美〕段义孚：《空间与地方：经验的视角》，王志标译，北京：中国人民大学出版社 2017 年版，第 134 页。

五四时期，很多作家在以乡土为题材的小说中书写地方，凸显地方的独特风俗人情。因为作家主要秉持思想启蒙的创作宗旨，对乡民生死做批判性揭露，所以叙事机制比较单纯。20 世纪 30 年代的地方书写则要复杂得多。都市、乡土与政治经济意义上的农村都昭示着地方蕴含的审美活力。并且，它们各自关联着不同的叙事时态，分别主导着当下的生活经验与悠远回忆中的再经历以及面向未来的社会想象。但是，全面抗战爆发之后，这一地方书写却出现了新的审美形态，面临着新的叙事挑战，作家寄托其上的叙事意义更加复杂。在全面抗战期间，多数作家都处在不停的流徙中。地方书写一方面延续着既有的叙事惯性，另一方面受到新生活经验的挑战，风景与人事更是呈现出一种现实性与动态感。在战争的威胁之下，风景仍充满了生机与活力，但作家为个体生命与民族命运寻找出路的焦灼感已经渗透其中，再无之前较为纯粹的宁静与自得。换言之，风景成为地方命运和国家民族命运之间相关联的桥段与载体。与风景紧密相关的人事同样被裹挟其中，被作家置于更广阔的审美视野与更功利性的创作目标中。因之，此间的抒情意味与叙述主体在文本中的位置紧密相关，也与创作主体的社会身份、所处场域密不可分。

基于此，沈从文的湘西书写与孙犁的冀中平原战地书写可以提供两种不同的叙事面向。沈从文在创作心境、社会语境，尤其是湘西政治经济形势全然变化的情况下，依然明知不可为而为之地书写故乡湘西，试图在湘西命运与国家民族命运间建立有机关联，雄心可嘉。但是作为湘西命运表征的自然风景与人事都已不复从前，沈从文为叙事关系平衡所做的尝试与努力进一步凸显了地方与国家、特殊与一般、边缘与中心、过去与未来之间的辩证关系。与之不同，孙犁在冀中风景、人事及抗战事业三者关系的处理上游刃有余。但是，如果将这一时期的创作置于孙犁的整体创作历程中，会发现对这种平衡关系的处理过于依赖当时的话语情境。一旦时过境迁，当作家的生活环境与所书写的地方产生一定的距离，这一类似的叙事平衡就会被打破，在新的叙事中，这是作家必须直面的难题。

第二节　"动—静"关系的双层构建与艰难平衡：
沈从文的湘西书写

一、"动—静"关系：湘西叙事的主脉

20 世纪 40 年代全面抗战与国共内战期间，沈从文一直在进行新的叙事探索。在现代主义实验之作《看虹摘星录》（1943）中，他借用轻盈纯粹又迷离晦涩的意象、看似节制却欲罢不甘的叙述口吻，将主人公绅士做派之下荒唐放诞的意识表露无遗，引得后世学者汲汲于索隐该书写与沈从文自身情感经历之间婉曲多褶的关系。[①] 不过，牵扯他更多心力也更能彰显其应对社会总体与生命个体之双重危机的，是其湘西叙事。湘西世界所含载的审美魅力与思想能量，《边城》中已有较为充分的演绎，且成学界共识。但正如晚近研究指出的，读者对《边城》的认知也受制于自身习焉不察的现代性观念，忽略了沈从文"文学形式"的创制自觉在湘西叙事生成中的重要性，以致产生错位阐释。[②]这一洞见同样适用于重新认识这一时期湘西叙事的重要意义与特殊价值。在此之前，乡民及其生活、命运多被置于都市（现代）/乡土（传统）架构中进行审美创造（如《三三》《萧萧》等）。抗战爆发及其引起的军兴、内迁、政治整顿等连锁反应，则迫使沈从文在此之外拓展出外来/本地、中央/地方、外侵/内乱等多重辩证维度。所以，文本叙事形式负有更多的社会信息与思想内涵，对其进行的解读有助于进一步辨认现代小说在历史转型期潜存的多重发展面向。

这一时期，沈从文以湘西为题材的小说主要包括《长河》《芸庐纪事》《动静》《赤魔》《雪晴》《巧秀和冬生》及《传奇不奇》等，其突出的"文学形

---

① 解志熙：《爱欲书写的"诗与真"——沈从文现代时期的文学行为叙论（下）》，《中国现代文学研究丛刊》2012 年第 12 期。

② 段从学：《〈边城〉：古代性的"人生形式"与现代性的错位阐释》，《福建论坛》（人文社会科学版）2021 年第 3 期。

式"体现在"动—静"关系之构建上。"关系"是结构主义批评中的一个核心概念。该批评发源于瑞士语言学家索绪尔的语言理论，结构主义者的基本立场是："人类生活的现象如果不通过其相互关系去研究，就无法理解其实质。"[①] 作为结构主义批评家一员的伊格尔顿就认为，"文本"中的"现实""与其说是合乎逻辑的进展，倒不如说（是）错综纠结的网络，每个部分之间都有千丝万缕的联系"。[②] 而从互文性角度看，"文本与赋予该文本意义的文化、符码和表意实践之间"具有"互涉关系"。[③] 文本内外的"联系"与"互涉"落实于叙事形式，典型而集中地体现在叙事关系的构建与演绎上。叙事关系表层可分为人物与环境、人物之间、前后情节等方面的勾连，深层上则多体现为在整体结构中居于支配地位、辩证互存的二元对立关系。就沈从文的湘西叙事而言，深层的"动—静"关系一以贯之地存在于上述每一篇什，且渗透在自然—人事、人事活动等表层叙事中，蕴含着作家的特别寄寓。

《长河》是湘西叙事之典型，沈从文曾坦言其写作动机："用辰河流域一个小小水码头作背景，就我所熟习的人事作题材，来写写这个地方一些平凡人物生活上的'常'与'变'，以及在两相乘除中所有的哀乐。"[④] 的确，现实变动与历史恒常的交错，是沈从文湘西叙事的表现重点与抒情触点。本书所言的"动""静"，与作家所言的"变""常"有一定交叉。但笔者之所以将其归纳为"动—静"，而不用"变—常"，主要基于以下考虑：首先，"动""静"在文本中反复出现，是叙述者铺陈风景、解剖心理、塑造人物时着意使用的结构性词汇，有篇什甚至直接被命名为《动静》；其次，文本即便关涉时政思考，也多出自叙述者或人物的个性化察悟，主观色彩强烈，明显不同于社会写实类小说；最后，文本构筑的"静"境与中国古典哲学、美学中的"虚静"异曲

---

① 封宗信：《结构主义的引进与中国本土文学批评理论》，《文学理论前沿》2014 年第 2 期。
② 〔英〕特里·伊格尔顿：《文学阅读指南》，范浩译，开封：河南大学出版社 2015 年版，第121 页。
③ 李玉平：《互文性：文学理论研究的新视野》，北京：商务印书馆 2014 年版，第 69 页。
④ 沈从文：《长河·题记》，载《沈从文全集》（第 10 卷），太原：北岳文艺出版社 2009 年版，第 6 页。

同工。^① 因之，相较"变—常"，"动—静"更贴合作家的叙述实情与读者的审美体验，更恰切地连接着风格形式与思想价值、文本与社会，体现出沈从文对时代主体形塑、历史发展动力等问题的另类思考。

目前，"动—静"关系已进入学者视野。有学者称："'动''静'（'思'），是沈从文40年代不时用到的一对概念，在'动'与'静'的关系中，写出自然与人事的生机以及'变'与'常'的错综。"^② 可见，"动—静"比"变—常"更具包容度。不过，出于实际论述的需要，论者更注重解剖人物"静（思）"之一端，未能对"自然与人事"蕴含的"生机"以及人事内部"变"与"常"的"错综"进行详释。此外，"动""静"各自的内涵与层次也颇值得深究。新中国成立后沈从文关于土改的作品中的"动—静"关系，则包括三个层面：时代之"动"与古老生产生活方式之"静"、"人群之'动'与个人之'静'"、"人事之'动'与自然、土地之'静'"。^③ 细究起来，这三个层次紧密承接了20世纪40年代湘西小说中的"动—静"关系，但后者更复杂——"动"不仅指宏阔的战争，还包括战争影响下的经济生产与政治组织方式之变更、地方内部冲突与阶层轮替、乡民命运的不可捉摸以及乡间风俗之明转暗换；而"静"，除叙述者或文本人物之"思"外，还包括四季流转中恒存的地方风物、安然沉静的人物品貌、沉淀累积的风俗沉疴等内容。

其实，20世纪30年代的湘西叙事中，"动—静"关系就已实存，但其间的互制较为简单。短篇小说《静》中，14岁少女岳珉与母亲、姊姊及其儿子（五岁的北生）、嫂嫂困于逃难途中，在一小城里无聊而又无望地等待军人父亲前来救援。隔绝封闭使得父亲在战乱中已死的信息无以传来，消息之阙如与情绪之沉寂共同营造出静如死水的意境氛围。他们仿佛被动荡时局所遗弃，

---

① 钱少武：《传统艺术精神的现代演进——试析沈从文批评中"静"的标尺》，《民族文学研究》2008年第2期。

② 姜涛：《"重写湘西"与沈从文40年代的文学困境——以〈芸庐纪事〉为中心的讨论》，《文学评论》2018年第4期。

③ 肖太云、阳惠芳：《论沈从文土改书写中的"动"与"静"》，《中国文学研究》2019年第2期。

然而，正是这遗弃使岳珉的观察、感受与心态被深描出来。她由之获得了一定的主体性。而 20 世纪 40 年代的特殊性在于，"动—静"脉络蜿蜒于纪实、抒情、议论等多样技法中，盘结在山寨与码头、前线与后方、现实与过往、追忆与梦境等多维时空中，且在自然—人事、人事活动内部不断移位，带来审美、思想的双重增殖，亦威胁着湘西儿女的主体性。从根本上讲，正是两场性质不同但规模浩大的战争具体而微地钳制着这一"动—静"关系的生成与走向。

二、关心抗战局势："动—静"关系构建的逻辑起点

1937 年全面抗战的爆发强力扭转了现代小说的发展格局与叙事走向。新风格的生成，不仅依赖于作家新的生活经验，更受制于其独特的战争体悟、观念，这在沈从文的创作中表现得分外明显。

切肤的战争体验最先激活了他对"动—静"关系的感知。卢沟桥事变后，北平急剧沦陷。从 8 月起，在当时教育部门的干预下，孜孜于《大公报》编辑工作的沈从文与杨振声、梅贻琦、叶公超、朱光潜等学者一路西迁，在落脚湘西老家近 4 个月后，于 1938 年年初到达昆明。不久，即写信给妻子：

> 已夜十一点，我写了《长河》五个页子，写一个乡村秋天的种种。……夜已沉静，然而并不沉静。雨很大，打在瓦上和院中竹子上。电闪极白，接着是一个比一个强的炸雷声，在左右两边，各处响着。房子微微震动着。稍微有点疲倦，有点冷，有点原始的恐怖。我想起数千年前人住在洞穴里，睡在洞中一隅听雷声轰响所引起的情绪。同时也想起现代人在另外一种人为的巨雷响声中所引起的情绪。……这洪大声音，令人对历史感到悲哀，因为他正在重造历史。[1]

---

[1] 沈从文：《致张兆和——给沦陷在北平的妻子》，载《沈从文全集》第 18 卷，太原：北岳文艺出版社 2009 年版，第 316 页。

　　沈从文从"沉静"雨夜的雷声"震动"引申开来，认定抗战不啻为时代"巨雷"。自然的雷声激发他共情式地想象原始人的处境，人为的雷声则令他"对历史感到悲哀"。然而，内郁的"情绪"总该纾解出来："我想写雷雨后的《边城》，接着写翠翠如何离开她的家。"①——《边城》中的"雷雨"之夜，白塔坍塌，祖父去世。但其后白塔被迅速复建，翠翠被妥善安置。城是如此坚固，翠翠等待二佬天经地义，无所谓去留。此刻，却全然不同了，翠翠们的幸福不能在被动等待中无尽延宕。沈从文需要在新的社会变化中重塑她们，才能为自己的美学理想找到主体担当。

　　抒发情绪、形塑主体均需辅之以相应的"境"，才不致空疏、生硬。对此，沈从文将"境"置于"动—静"关系构架中予以观照。早在 20 世纪 30 年代，沈从文就指出周作人写作的趣味在于"用平静的心，感受一切大千世界的动静，从为平常眼睛所疏忽处看出动静的美"②，受其影响的废名，其作品"神奇"处，则在于"静中的动"③。此一时期，他更是写下了《从徐志摩作品学习"抒情"》《从周作人鲁迅作品学习抒情》《由冰心到废名》等系列文论，认为这些作家虽风格各异，但其抒情意境均以相辅相成的"动—静"关系为支架。并且，他一再强调心物融合："抒情文应不限于写景，写事，对自然光色与人生动静加以描绘，也可以写心，从内面写，如一派澄清的涧水，静静的从心中流出。"④ 不过时代在变，抒情所依持的社会语境在变，作家也必须主动迎变：

　　　　世界在变动中，一切必然都得变，政治或社会，法律与道德，
　　似乎都值得有心人给予一种新的看法，至少是比较上新些的看法。

---

　　① 沈从文：《致张兆和——给沦陷在北平的妻子》，载《沈从文全集》（第 18 卷），太原：北岳文艺出版社 2009 年版，第 317 页。

　　② 沈从文：《论冯文炳》，载《沈从文全集》（第 16 卷），太原：北岳文艺出版社 2009 年版，第 145 页。

　　③ 沈从文：《论冯文炳》，载《沈从文全集》（第 16 卷），太原：北岳文艺出版社 2009 年版，第 146 页。

　　④ 沈从文：《从周作人鲁迅作品学习抒情》，载《沈从文全集》（第 16 卷），太原：北岳文艺出版社 2009 年版，第 259—260 页。

为的是必修正"过去""当前"的弱点，我们才能适应那个新的"未来"。①

唯有"变"，才能再筑这一静境。就小说而言，是向"诗"学习。小说家借重"诗"，在叙事中"注入崇高的理想，浓厚的感情，安排得恰到好处时，即一块顽石，一把线，一片淡墨，一些竹头木屑的拼合，也见出生命洋溢。这点创造的心，就正是民族品德优美伟大的另一面"②。也只有将"民族品德"的"优美伟大"弘扬出来，作家才算完成了战时使命。在沈从文看来，战争分有形、无形两个层面。比表层胜利更重要的，是有"庄严伟大的理想"，在人生中永保作战精神。"支持这个民族作战气概和胜利信心的，决不是英雄崇拜，实完全靠个人做'人'的自尊心的觉醒。"③"谁个民族能团结向上，谁就存在，且活得又自由又尊严。谁个民族懒散而不振作，谁就败北，只会在奴隶身分中讨生活。"④国共内战亦循此逻辑："斗争个三年五载独占局面……可是十年廿年后，这些人都不免恩怨相消，同入虚无，功名权位，成尘成灰。然万千新生人民，却将依旧寄托于这一片广大土地上，无论作主人，作奴隶，总得勉强活下去！"⑤国民性格的彻底、及时改造，是一场真正的、更持久的战争。作家的要务就是给民众"一种观念，一种鼓励，一种刺激，一种对于悲剧之来公平的说明，增加他们深一层认识，由悔悟产生勇气，来勇敢地克服面临一切困难，充满爱与合作精神，重建这个破碎国家"⑥。并且，诗歌"将使一个小说作者对于

① 沈从文：《文学运动的重造》，载《沈从文全集》（第17卷），太原：北岳文艺出版社2009年版，第289页。

② 沈从文：《短篇小说》，载《沈从文全集》（第16卷），太原：北岳文艺出版社2009年版，第504页。

③ 沈从文：《谈英雄崇拜》，载《沈从文全集》（第14卷），太原：北岳文艺出版社2009年版，第147页。

④ 沈从文：《给驻长沙一个炮队小军官》，载《沈从文全集》（第17卷），太原：北岳文艺出版社2009年版，第350页。

⑤ 沈从文：《致周定一先生》，载《沈从文全集》（第17卷），太原：北岳文艺出版社2009年版，第472页。

⑥ 沈从文：《致周定一先生》，载《沈从文全集》（第17卷），太原：北岳文艺出版社2009年版，第473页。

文字性能具特殊敏感，因之产生选择语言文字的耐心"[1]。这"耐心"正与他的战时创作态度相关："冷静而坚实"的"耐心"是作家应对战争的重要武器，"在沉默中所需要的坚忍毅力，和最前线的兵士品德，完全一致"[2]。

由此可见，沈从文对"动—静"关系的理解，内嵌于他的战争体验、态度与观念，包含着主体重建、国家民族命运走向等宏观命题。在具体叙事实践中，"动—静"关系在自然—人事、人事内部有着更丰富的展开，凸显出文学的伦理担当。

三、自然—人事中的"动—静"关系：耦合又离间

沈从文一向长于在寥寥几语的风物素描后紧述人物情状、事态发展，数句之后，又回转至草木光影，彼此间的宛转贴合，恰如湘西山与水。但在 20 世纪 40 年代，战争使得湘西社会危机进一步凸显。自然—人事虽仍被交互书写，渗透其间的反讽意味却非常浓厚。作为叙事支撑的"动—静"关系，在耦合、离间中往复错动，体现出沈从文知其不可为而为之的宝贵用心。

《长河》开篇描绘了辰河流域的茂密橘林，作家由之联想到屈原的《橘颂》，千年不变的自然风物与代代因循的湘西生活因此并置共存。"人和树，都还依然寄生在沿河两岸土地上，靠土地喂养，在日光雨雪四季交替中，衰老的死去，复入于土，新生的长成，俨然自土中茁起。"[3] 历史维度中的自然—人事相当洽和，一旦进入当下现实，并代入作家的观感体验后，两者就开始分离。在这"动中有静"的秋季中：

> 野花多用比春天更美丽眩目的颜色，点缀地面各处。沿河的高大白杨银杏树，无不为自然装点以动人的色彩，到处是鲜艳与饱满。然而在如此景物明朗和人事欢乐笑语中，却似蕴蓄了一点儿凄凉。

---

① 沈从文：《短篇小说》，载《沈从文全集》（第16卷），太原：北岳文艺出版社2009年版，第505页。

② 沈从文：《一般或特殊》，载《沈从文全集》（第17卷），太原：北岳文艺出版社2009年版，第263—264页。

③ 沈从文：《长河》，载《沈从文全集》（第10卷），太原：北岳文艺出版社2009年版，第12页。

到处都仿佛有生命在动，一切说来实在又太静了。过去一千年来的
秋季，也许和这一次差不多完全相同，从这点"静"中却见出寂寞
和凄凉。①

"景物明朗""人事欢乐笑语"，万物交融、彼此激荡。正当读者酣畅想
象这人神共悦的景象时，作家却笔锋一转，慨叹其间蕴蓄的"凄凉"，甚至以
生命的跃动为假象，不过"仿佛"如此。全称量词"一切"、程度副词"实
在"以及比较副词"太"几乎全盘"否定"了前文的"鲜艳与饱满"，到处
渗透着"寂寞和凄凉"的"静"，甚至已持续两千年之久。在写实与虚构、表
象真实与心理真实的辩证中，作家显然渴望湘西变动，但这变动应是现代社会
与传统社会双重优势的融合。若非如此，只能"反讽"、离间。因此，在述及
湘西子弟接受新式教育、保安队进驻湘西、机器大工业即将到来、"新生活运
动"等一系列令人失望的人事变动时，行文充满了揶揄与嘲弄。游离其间
的"夭夭"——可视为变动社会中的"翠翠"——很难再成为作家美学理想
的承担者。

抗战爆发，人流涌入，湘西叙事因之着染了更多异质色彩，"动—静"对
立更加明显。《芸庐纪事》中，流亡人群到来，沅陵街头异常喧闹。中央政治
大学的学生手持《湘行散记》东游西荡，却在商店与芸庐主人，即大先生发生
冲突，一手将书向对方掷去。大先生一看，原来正是自家三弟的作品，感动之
余，两人冰释前嫌。接下来，镜头就一直对准大先生，重点呈现他对近代以来
的国运、文运之"思"。整体来看，《湘行散记》似乎只是人物出场的道具，
但若从引文与正文的互涉着眼，其实含有更深寄寓。引文有两个片段。一是摘
自《从文自传·女难》（1919）。彼时，他随部队驻扎于辰州，喜欢在河滩边
散步，看商船来往。暗褐色船尾挂晾着妇人"退了色的红布裤褂"，与"黄色
或浅碧色"清波相映。二是取于《湘行散记》（1934年1月18日）：

---

① 沈从文：《长河》，载《沈从文全集》（第10卷），太原：北岳文艺出版社2009年版，第22页。

山头一抹淡淡的午后阳光，水底各色圆如棋子的石头，水面漂浮的藤蔓菜叶，在在都使我感动。我心中似乎毫无渣滓，透明烛照，对面前万汇百物，对拉船人和小小船只，都那么爱着，十分温暖的爱。[1]

秀雅山水与日常起居互衬共融，"我"的虚静观照更是赋予其哲学意义。这两个片段都表现出自然——人事的融合，是留在"我"心底的最美记忆。但现实中，《湘行散记》仅是青年学生的导游手册，以满足肤浅的猎奇心。所指与能指分裂，过往与现实错位，自我与他者区隔。虽然结尾处有鹰啼、天明、浓雾笼罩，与开头引用的文字相应和，但这也更映照出整体叙事内部的崩解，表征湘西之美的"静"已无法抵御当下的喧嚣与变动。

失望之余，沈从文将目光投向了湘西籍军官（《动静》），在自然——人事之互洽中勾勒出其"沉静"品格，以期建构新的平衡。战争还未波及长沙，但相关的人事变动已陆续出现。不过，这并未搅乱小城的静谧氛围。"这种静境不只保持在阳光空气里，并且还保持在一切有生命的声音行动里。"[2] 年轻军官在前线受伤，归家调养。他认为，"在炮火密集钢铁崩裂中，极端的沉静，忍耐，纵难战胜，尚可持久"[3]。参加救亡活动的外来学生则热衷于抗战宣传。他们拜求军官演说被拒，但最终还是受军官风度感染，目送军官离家归队时，"一种悲壮和静穆情绪"蕴蓄心中，久久不散。安静的河滩、码头上的抗战宣传画、吸旱烟的船夫、担水的挑夫等，营造出山城"照例"静谧的氛围，而且这种静谧似乎比先前更饱满、更别有意味了。显然，在沈从文看来，沉静、坚毅的品格是取得胜利的重要保证，正是这种优秀品格使得军官能够坦然应对不断变化的战争局势，能够忍受战争带来的伤痛。可以说，外在环境的安静正是其内心沉静的反映。

---

① 沈从文：《芸庐纪事》，载《沈从文全集》（第10卷），太原：北岳文艺出版社2009年版，第210页。

② 沈从文：《动静》，载《沈从文全集》（第10卷），太原：北岳文艺出版社2009年版，第252页。

③ 沈从文：《动静》，载《沈从文全集》（第10卷），太原：北岳文艺出版社2009年版，第257页。

来之不易的抗战胜利平复了国统区进步作家的长期精神焦灼，但紧接而来的内战又将其拖入苦闷。何况，随着中国共产党部队的节节胜利，毛泽东《在延安文艺座谈会上的讲话》精神也在更大范围内传播开来。沈从文自认为难以把握新的社会现实及文运趋势：

> 我的工作态度、方法，实在都已太陈旧，容易被看作落后，作品也成为无意义的存在，……我即用笔，也得从头学起，方能把握"动"的一面。如依然只能处理"静"的农村分解过程，稍稍注入一点理想（即社会尚未大变的区域，读者多能接受的启发），自然不能与目下文运作一致发展。①

虽然自省、自谦甚至自否至"陈旧""落后"的地步，沈从文却并不打算"迎头赶上"。既然无力把握现实之"动"，他就重叙历史的湘西，着重于"处理'静'的农村分解过程"，且努力注入"理想"，哪怕跟不上时代的节拍。《赤魇》《雪晴》《巧秀和冬生》《传奇不奇》四篇小说，情节连贯，辑录为《雪晴》集。"我"是士兵，来高岘做客，正赶上地方保安队长结婚。雪后新晴，干涸的小溪被浮雪填了大半，野雉狐兔的纵横脚印留于其上，溪涧侧边竹篁上的白雪无风自落，"动中越见得安静"。"景物的清寂"与"生命的律动"相揉相混，美得足以打消"我"的画家梦。为"我"铺床的湘西少女，美得让"我"恍惚，但后来与人私奔，并被裹挟入惨烈的乡村械斗中。自然内部的"动—静"平衡，由其构筑而成的整体"静"境与变动的人事南辕北辙，这"静"仿佛石崖上的花儿，孤悬在文本起始，似乎是对叙述者"我"的嘲讽——"'静'的农村分解过程"，并不易把握。

湘西的自然与人事，在沈从文的少年记忆中一向浑融洽和，当时"无法用语言形容"然而"辨别却十分容易"的"气味"，引着他"做出无数稀奇

---

① 沈从文：《复姚明清信》，载《沈从文全集》（第17卷），太原：北岳文艺出版社2009年版，第487页。

古怪的梦"。甚至在成年后，依然吸引他"回到那个'过去'的空虚里去"，也将其"带往空幻的宇宙里去"，促使他通过湘西叙事重现、扩展当初的记忆与梦境，追索、证明那些古里古怪的"疑问"。[①] 可以说，这般醇厚的"气味"是乡愁得以落于笔端的催化剂，弥合着道德与欲望间的裂隙（《柏子》《雨后》），甚至无意识地左右着沈从文对乡民真实生活的展现，致使其生存苦难被不同程度地忽略（《萧萧》《丈夫》）。但连年不息的战争已使这般"气味"消散殆尽，作家难以再度将其从记忆中招返，使之成为介入现实的力量。这足以说明战争情势下地方人事内部冲突的严重与复杂。

四、人事内部的"动—静"关系：凝聚与分裂

"动—静"之耦合、离间，在人事内部有着更为激烈的摆荡，多重叙述话语间有凝聚，更有分裂。企慕静境或内蕴静美的叙述者及人物与整体的社会变动或达致短暂的平衡，但更多时候，前者在变动旋涡中，常处于游离或脱落状态，失衡才是常态。如果将这短暂而难得的平衡置于战争语境中，文本内部的人事命运反而更显惨烈。由此，"动—静"关系证实了沈从文更幽微的现实体验与难以名状的未来想象。

直面湘西正在发生的变动，沈从文"特意加上一点牧歌的谐趣，取得人事上的调和"[②]。但事实上，"牧歌"与"人事"之间裂隙不断。与《边城》始终围绕翠翠展开叙事不同，《长河》中夭夭看似是人物关系网的中心结点，实际上只是个叙事由头、点缀。其父是橘园主，干爹是商会会长，二人常为政治局势的变动感到焦虑。其未婚夫是新式学生，似预示着新的希望。但据叙述者介绍，这些学生外出读书后，或推掉家里的亲事再自由恋爱，或弃书闹革命，甚或回乡做官摆架子，明显将夭夭的命运置于不确定中。此外，她还不时遭到保安队长的目光猥亵。老水手是其"忘年交"，但较之于和她聊天、逗趣，更关

---

① 沈从文：《从文自传》，载《沈从文全集》（第13卷），太原：北岳文艺出版社2009年版，第261页。

② 沈从文：《长河·题记》，载《沈从文全集》（第10卷），太原：北岳文艺出版社2009年版，第7页。

心临至湘西已走形、变样的"新生活运动"。夭夭居于中心，却无所依凭，游离于整体叙事之外。

《芸庐纪事》中的大先生在抗战爆发尤其是幼弟在前线受伤后，陷入近代以来的国运、文运之忧思中，构成"静"之重要一维。他认为，国运颓败与文运衰落互为表里，国民的健康品格才是战争胜利之关键。很明显，沈从文将自我意见投射其中，更显焦虑。何况，大先生以往并不长于沉思，南下北上、游街串巷皆凭兴致，行事为人多出于"天真烂漫的童心"。因此，其前后转变颇显突兀，其思虑不仅被架空，甚至有"内爆"的趋势，凸显出以"静"抵"动"的艰难。《动静》是唯一一篇"动—静"平衡的小说，也是其战争观、文艺观的最佳实践。叙事如此成功，应该与作家早年的部队生活相关。彼时，陈渠珍统领湘西篁军，沈从文曾在其手下做书记员，一度帮忙整理藏书藏品，深受其"稀有的精神与人格"影响。在沈从文眼中，他勤勉好学，"敏捷稳重"[①]。后世学人将这一"精神与人格"做了更进一步的剖解，认为其主要特征是"接受过现代思想洗礼和传统精英文化浸润"[②]。这在统兵将领与地方长官中，别显境界高远。当时的湖南省教育家曹典球评价他"智深勇沉，而性情恳挚，卓然有古人之风"[③]。文中虚构的湘西籍军官应有陈渠珍精神品格之投射，可谓作家的理想镜像。但是，若连及抗战现实，《动静》之"静"与作家的理想"静"境相去甚远。书中的军官原型即沈从文三弟沈岳荃，曾参与淞沪会战中的嘉善阻击战，且受重伤，文本所取即其返乡养病一节。这场战役败得惨烈，全师与日军奋战七天七夜后，大都壮烈牺牲，且均为湘西子弟。在《湘西·引子》《湘西·凤凰》《白魇》《一个传奇的本事》以及《长河·题记》等篇章中，沈从文一再提及，可谓压在他心头的"坟"。由此观照，文本内部的"动—静"平衡实是镶嵌在更广阔的时代动荡中的，难以持久。

---

① 沈从文：《从文自传》，载《沈从文全集》（第 13 卷），太原：北岳文艺出版社 2009 年版，第 356 页。

② 芳菲：《沿着无愁河到凤凰》，北京：中信出版社 2015 年版，第 30 页。

③ 陈渠珍著，韩敬山校注：《艽野尘梦》，广州：广东旅游出版社 2016 年版，第 291 页。

《雪晴》集是沈从文在湘西叙事中架构"动—静"关系的最后努力。"我"是来客，也是地方人事的见证者、转述者与评论者。在此，知识、想象与经验不断被刷新，让人们时时感到"震惊"。"动—静"关系正是经由"我"的多重身份架构起来，体现为变动的湘西社会与沉滞的乡间风俗以及"我"的静美理想三者之间的盘绕与悖反。"我"当晚寄宿在队长家，其母和一女孩子给"我"铺床，"那个似动实静的白发髻上的大红山茶花，似静实动的十七岁姑娘的眉目和四肢，作成一种奇异的对比，嵌入我生命中"①。这个名为巧秀的女孩，美得令人恍兮惚兮。然而次日醒来，她却和一个中寨青年私奔了。在对巧秀身世的回溯中，湘西习俗的惨烈浮出水面。其母早年丧夫守寡，和一个寨子里的打虎匠要好。族长原想将她嫁给自家儿子，见事不妙，便伺机报复，以违背族规为由，将其沉潭。但她被沉潭时，并无恐慌、羞惭，而是特别"沉静"。这"沉静"自带谴责的力量，让族长日夜不安，四年后发狂自杀。对于巧秀的私奔，"我"预言"一切事情还没有完结，只是一个起始"②。这"起始"意味着新的动乱与新的悲剧，使得"传奇不奇"。原因在于，近代以来的连年内战造成湘西自残自黩的割据局面，促生了新的土匪阶层，和原本游弋其中的游侠情绪相激荡，导致频繁且难以预控的械斗，并将热血青年卷入其中。中寨青年即死于械斗，此时巧秀已有身孕，未来极有可能重复母亲的命运。乡村的败坏，无可阻逆。

值得注意的是，沈从文早年随部队辗转于湘西时，的确到过"高岈"。这一生命经验最早被熔铸在《阿黑小史》（1928）中。沈从文明言："本书从乡村'牧歌'体裁，用离城四十里的高岈满家油坊作背景写成。约民七前后，曾住此村子里约卅天。"而同样以此经历为蓝本的《雪晴》在彼时应已成稿，因为他随后提及"《雪晴》六章，叙述较好"，并认为"后来《雪晴》第二，各

---

① 沈从文：《雪晴》，载《沈从文全集》（第10卷），太原：北岳文艺出版社2009年版，第410页。

② 沈从文：《巧秀和冬生》，载《沈从文全集》（第10卷），太原：北岳文艺出版社2009年版，第432页。

篇章均从抒情为起点，将来宜两者合而为一"①。《雪晴》②初稿已不可见，但从1947年发表的篇章来看，它实在难以与《阿黑小史》"合而为一"。后者着重凸显五明和阿黑这一对湘西小儿女的恋爱，明净如水的喜悦与凉薄似雨的感伤相交织，抒情纯粹而浓郁。但《雪晴》中，恋爱书写已退居次要地位，作家更在意表现湘西社会的急剧变动与日益败坏。何况，此时还多了一篇《梦魇》。"我"的画家梦被湘西美景打败，算是"梦魇"。但湘西变得如此糟糕，物是人非，是一场更严重的"梦魇"！此外，叙述者"我"一直处在被否定的窘局中。风景之美取消了"我"的画家梦，巧秀与人私奔破坏了"我"的青春想象，团防局的老师爷则一再劝诫"我"不要只读书。一系列的否定表明湘西人事已超出了"我"的把控能力，甚至逾越了语言表达的界限。沈从文非常"依靠一种实感经验来从事写作"③，叙述者"我"与现实中的"我"往往高度同构。如是观之，《雪晴》三篇在1947年即使未被重写，想来也应别有所寄，与激烈的国共内战潜在对话。不过，尽管他颇有挫败感地坦白自己跟不上时代文运，但也正是这种"落后"与"游离"使得重新检视湘西的历史与现实成为可能，"动—静"错动中凝聚的是沈从文将未来与记忆、现实与历史、地方与国家对接起来的努力。因之，地方性书写获得了恒久的全域性价值。

　　新的时代终将来临，但问题并未就此结束。新中国成立后，沈从文创作停辍，却并未停止实验"动—静"关系的多重组合可能，尽管此时的探索并不具有强烈的自觉性。这体现在学者已经关注到的关于土改的作品中，亦体现在作为"行动"的写作中。与迭变难测的政治运动相比，埋首于坛坛罐罐、

---

　　① 沈从文：《题〈阿黑小史〉单行本》，载《沈从文全集》（第14卷），太原：北岳文艺出版社2009年版，第460页。
　　② "这里所说的《雪晴》当是《雪晴》《巧秀和冬生》《传奇不奇》三个连续性短篇小说的总称，因此'《雪晴》第二'实指《巧秀与冬生》和《传奇不奇》。"参见《沈从文全集》编辑委员会对《题〈阿黑小史〉单行本》中相关内容所做的注释。《沈从文全集》（第14卷），太原：北岳文艺出版社2009年版，第461页。
　　③ 张晓眉：《中外沈从文研究学者访谈录》（第一辑），太原：北岳文艺出版社2015年版，第187页。

花纹图饰的文物整理与研究彰显的不正是可贵的刚毅、沉静之品格吗？他把对湘西小儿女、乡绅或军官的殷殷期待终于转化为自身的主体塑造。1958年 6 月，在各行各业"大跃进"的形势下，沈从文促成博物馆在全国范围内开展有针对性的专题巡展。"这算是沈从文个人的'大跃进'，与整个社会轰轰烈烈的运动反差何其巨大。"① 但从另一方面讲，这也体现了沈从文在博物馆——另一重意义上的"边城（湘西）"实践了"动—静"辩证关系，即在艺术跨界与实地行动中形塑而成、与事功相对的抒情精神，如是这般地隐伏于历史边缘处，并在时机得当之际重新介入当代文学发展，进而得到新的继承与创造。

第三节　纪事、入理与绘景间的持续平衡：
孙犁的冀中书写

在解放区文学史上，孙犁对抗日战争的书写持续时间较长，从 1940 年开始，一直到 1949 年新中国成立之际。在此期间，作为地域的、政治的、文化的及审美精神上的解放区文学，一直都处在不断的拓展、变化中。相较于赵树理由效仿五四新小说转到汲取民间文化资源，孙犁的书写姿态一向笃定，几无叙事策略上的更弦易辙，并且其创作获得了超越特定情境的审美品格。追溯其原因，学界有代表性的观点是，孙犁与当时注重表现革命暴力与阶级冲突的革命、战争之叙事不同，而是"惯于在社会政治冲突之外表现人性之善、人情之美、人伦之和谐"②，在"'公我'/'个我'的统一：革命生活与有情的叙述"③之间取得了统一。的确，作家的革命姿态为叙事赢得了富有弹性的表现空间。宏观的抗战剧变、细腻的伦理道德与日常的地方风景兼而有之，不仅拓展了抗战题材的表现范围，也触及了宏观叙事光照不到但同样是抗战事业重要组成部

---

① 张新颖：《沈从文的后半生（一九四八～一九八八）》，桂林：广西师范大学出版社 2014 年版，第 130 页。

② 杨联芬：《孙犁：革命中的"多余人"》，《中国现代文学研究丛刊》1998 年第 4 期。

③ 张莉：《重读〈荷花淀〉：革命抒情美学风格的诞生》，《小说评论》2021 年第 5 期。

分的生活角落。进而，暗合了文本接受者的阅读期待与情感结构。但是，这种既要政治正确又要具有特色的选材，也对框架设置、情节布局、笔法语调等叙事手段的运用提出了较高的要求。

实践证明，孙犁的确做到了纪事、入理及绘景之间的互渗互融，转切自然，整体平衡，由之生成的抒情风格亦清新朗然，生动悦人。有研究者认为，孙犁舍残酷而张优美不过是一种叙事策略，"非但不是通常认为的个性抒情，反而是客服个性、反复调试的产物"，体现了"冀中战时语境造就的'非个性'乃至'反个性'的文学观，是孙犁'遇合'延安文艺体制并得以成名的关键"①。这一观点不无合理之处，但过于强调外在环境（压力）对孙犁叙事的影响，实际上弱化了孙犁在"反复调试"中凸显的主体性。从1944年春到1945年抗战胜利，孙犁在延安先是抗大文学院的研究生，后是教员。这段时期，他生活安定，也相对富足。在未到达延安时，孙犁一直过着游击生活，饥饿、寒冷、病痛时不时地伴随着他。抗战胜利之后，他奉命从延安回到冀中，做教师、参加土改乃至专业写作等，其间，甚至因为家庭成分是富农而受到批判。但是，孙犁整个现代时期的创作却具有一贯性，无论是在取材上还是在叙事架构以及整体的风格导向上。这说明，孙犁一定持有相对明确的创作理念，虽然在当时他的这种理念并不具有系统性。因之，作家如何成功地在政治与审美之间进行调和，既取决于其所处的具体的抗战环境，更与彼时作家的社会身份、承担的事务以及个人的创作观密切相关。正是诸种因素之间的契合，使得孙犁小说在叙事上保持了一种持续的平衡，为解放区文学的书写提供了另一范本。

一、纪事的自然化与拟客观化

若以今天的批评概念框定孙犁当年的抗战书写，可称之为"非虚构写作"。"非虚构写作"强调写作者的在场性，这是叙事得以展开的基点。抗战时期，孙犁做过记者及报刊编辑工作。1939年春，他由冀中区的抗战中学调到阜平，

---

① 熊权：《"革命人"孙犁："优美"的历史与意识形态》，《文艺研究》2019年第2期。

在晋察冀通讯社工作，此后，在晋察冀文联、《晋察冀日报》任编辑，1941年还回冀中区参与了群众性的大型报告文学《冀中一日》的辑录工作。文联的工作属性体现出文学之想象性、审美性面向，通讯社、日报社以及报告文学的记者及选辑工作，则更强调写作的真实性。

这样的客观真实性，首先表现在孙犁小说题目的命名上，比如《邢兰》（1940）、《战士》（1941）、《丈夫》（1942）、《走出以后》（1942）、《游击区生活一星期》（1944）、《荷花淀——白洋淀纪事之一》（1945年）、《芦花荡——白洋淀纪事之二》（1945）、《白洋淀边一次小斗争》（1945）、《麦收》（1945）、《杀楼》（1945）、《碑》（1946）、《"藏"》（1946）、《钟》（1946）、《纪念》（1947）、《光荣》（1948）、《蒿儿梁》（1949年）、《采蒲台》（1949）、《村落战》、《山里的春天》、《芦苇》（外一篇）、《女人们》等中短篇。这些作品主要以冀中平原军民抗击日军扫荡为故事展开的基本语境，作家将叙事重点放在了以家庭为活动中心的乡民对正规军队、驻村民兵的支援上，其间，甚至作家自己也投入到抗日的队伍当中。可见，这样的选材并不是作家的特意选择，恰恰来于其所历所见。因此，这些小说基本上以人物、地点及主题关键词命名，比较直白地凸显出所写内容的地理特征、人物关系及事件性质。

其次，这种客观真实性体现在叙述人称的设置上。除《荷花淀》《芦花荡》采用了全知全能的第三人称叙事外，其余的叙述者均是第一人称"我"。"我"是故事得以被讲出的诱导者，也是讲给潜在读者听的转述者，介入但不干预，这使得整个叙事发展有一种超级写实的客观化倾向，读者阅读的时候往往会不假思索地跟着叙述者走。具体来讲，在叙事中，"我"将自己深入战地及百姓生活时的姿态放得很低，不猎奇、不指导，认真观察聆听，负责任地穿针引线，转告读者。1944年3月，"我"到曲阳游击区去（《游击区生活一星期》），六区农会的负责人老李为"我"带路，一路上"我"听从他的安排，赏风景、看炮楼，听他讲与炮楼上的鬼子勇敢周旋的故事。到了游击区，"我"细致观察妇女们纺线，着重刻画了游击英雄三槐母亲纺线时的安详平静。而她们躲避敌人时的迅速，战争来临时的紧张，战事结束后的活泼愉快，以及重新纺线时的勤勉，也被"我"一一写下来。

孙犁喜欢阅读鲁迅的小说，受其影响颇深。但是，其叙事似乎并未着染上鲁迅小说中的"我"对底层"哀其不幸，怒其不争"的审视色彩，也与丁玲在《我在霞村的时候》中"我"的积极介入、评判不同。"我"经常随机关驻村，住在老乡家里，仿佛是安置在暗处的一架摄像机，客观地拍摄老乡们的抗日故事，充满了记者的职业自觉。《邢兰》开头即表明叙事目的，就是为记录这个叫邢兰的人。邢兰积极抗日，组织了村合作社，侦察村里的汉奸活动。"我"知道这些，恰是因为曾住在他家里。再如《战士》，"我"驻村时，几次去河对岸镇上的商店买猪肉，掌柜是个残废军人，经常给伙计们讲自己参加战斗的故事，后来在反扫荡中，他又参加了伏击战。"我"像一架摄像机，记录了掌柜的英勇事迹。孙犁喜欢写作，记者职业在赋予其写作时间与写作正当性之外，在某种意义上，亦影响了其叙事姿态。这种客观化的叙事姿态在第三人称叙事中表现得更为直白，孙犁甚至直接将其归属于"纪事"系列，如《荷花淀》《芦花荡》。对此，孙犁解释道："《荷花淀》所写的，就是这一时代，我的家乡，家家户户的平常故事。它不是传奇故事，我是按照生活的顺序写下来的，事先并没有什么情节安排。"① 事实当然并非如此，凡是书写，必定涉及材料的剪裁。但孙犁的这般强调倒也道出了他试图将故事内容做客观化处理的努力。扩而言之，抗战时期小说创作的客观化是一种总体趋势，以"纪事"冠之，并不是孤立的现象，一向擅长抒情的沈从文此时创作《芸庐纪事》即为一例。

最后，客观化倾向还体现在"我"的实质性抗敌之书写上。"我"在一场场的游击战斗中并非没有作为，但在叙事中，"我"非常自觉地略去了自己的英雄事迹，重点呈现乡民抗战。《采蒲台》中，"我"被县里派去组织渔民的对敌斗争。依据常理，"我"肯定在这场斗争中发挥了重要的组织、领导作用，但叙事并未沿着这一理路展开，而是详细描述了"我"的住家曹连英一家的生活状况，尤其是卖编席被汉奸欺压的事情，最后支部书记将大家武装起

---

① 孙犁：《关于〈荷花淀〉的写作》，载《孙犁全集（修订版）》（第⑤卷），北京：人民文学出版社 2016 年版，第 57 页。

来，抢了敌人的一船粮食。行军打仗、深入采访，"我"并非没有激烈的情感波动，"我"的感情世界也被编入所观察、所书写的对象中。行军打仗的冀中平原与自己的家乡在田园风光、地势地貌及对敌作战的方式上都有相似之处，"我"的思乡情愫因之不免被屡屡勾起。何况，老乡的质朴善良、无私帮助也让"我"时时想起亲人。但在对故乡与往事轻描淡写地简单提及之后，"我"还是浓墨重彩地回到对乡民的生活与抗日精神之刻画上。《女人们》中，"我"送生病的15岁的顾林回原部队，经过一个小山庄高坡时，顾林病情加重。"我"去老乡家，想休息一下。老乡家只有一个姑娘在家，她毫不犹豫地借被子给"我"，又将红棉袄脱下来给"我"盖上。这让"我"想起幼年生病时照顾自己的母姊。按照新文学一贯的叙述理路，接下来应该会顺承"我"的联想，陷入回忆，甚至难避感伤。但是，孙犁却立即驾轻就熟地将话题转至老乡身上，进一步叙述姑娘的政治进步故事。《山里的春天》亦是如此，"我"帮一个抗战家属翻沙，谈及自己在外，家属在家，干农活也会有人来帮忙，语气非常淡然，其间的转圜顺理成章。

但是，小说毕竟是虚构之物，在剪裁故事、组织情节之外，作家还必须回应时代价值导向之需要，需要承担起道德重建之要务。有机镶嵌在客观化、自然化叙事之大框架中的伦理叙事，才是其文本的血肉所在，决定着小说的价值品质与审美高度。何况，在这种客观化的叙述表层之下，隐含着孙犁深重的叙事机心，他的逻辑不是生活的逻辑，而是情感的、伦理的逻辑。其写作过程其实也是将生活赋予理想化色彩的过程。从某种意义上讲，孙犁也同沈从文20世纪30年代的湘西叙事一样，编织生命的与审美的乌托邦，以之寄寓对时代问题的本质性认识与对国家民族命运的关怀。

二、入理：政治理性与生活伦理的交织

作为一名根据地的现实主义作家，孙犁有着明确而坚定的伦理担当。他认为作品的情节"应该是合乎情理的或是合乎人情的。这种情理或人情又是应合乎一个时代的伦理观念的。革命的年代里，社会生活提供了很多伟大的动人的情节，作家应该把时代的激动的脉搏，体现在他的作品里，这种成功也是主

题的和现实主义的成功"①。这就决定了孙犁的现实主义伦理承担在叙事中不是批判的、否定的，而是肯定的，是出自创作本能的。孙犁是受到朋友的鼓励而走上抗战道路的，全面抗战爆发至 1943 年去延安之前，他一直都处在游击状态中，即便是做编辑，也是一个人一个书包，人在稿存。孙犁喜欢清静，他到延安后，整风运动已经过去了，并且延安的生活比他在冀中游击区的生活好很多，除了忍受夫妻异地、音信中断的煎熬外，这段时期对孙犁来说几乎算是愉快的。因此，孙犁不太可能关注或感受到文艺与政治之间的错动。他的创作渐入佳境，《荷花淀》就是在此时写成，是政治行动与家常生活的有机融合，情理兼具。正如其文艺观昭示的，艺术创作"是生活和政策完美和丰富的结合，以人作比，生活是血肉，政策是精神，是一种天然的和谐的结合。如果以织布作比，政策是经，生活是纬，它把生活坚韧地贯穿起来，并且从这种结合上作家才有可能和余地织出生活美丽的花纹。对生活要全部地熟悉和熟练，对政策要从生活里体验出来"②。解放区文学中，以小说《小二黑结婚》、歌剧《白毛女》为代表，以家庭为核心的两性恋爱多被革命话语所征用。孙犁的小说似不如此，在其大部分叙事中，夫妻关系、亲子关系本来就稳固和谐，他们参与到战争中是基于朴素的保家卫国之道理。生活伦理和政治伦理各自独立也彼此支撑，不需要哪一方去"改编"对方。这种"情理"或"人情"，就是千百年来沉淀在日常生活中的更为传统与恒定的人伦关系。

夫妻关系是民间日常伦理关系的核心所在，最能体现劳动人民的道德信仰与精神境界。《荷花淀》之所以可读性强，能够成为经典，就在于小说的抗战叙事被镶嵌在了男主外、女主内以及夫唱妇随的传统夫妻相处模式中。以水生嫂为代表的乡村女性，要照顾家庭，因为丈夫们在打游击。在丈夫们的影响下，她们也参与其中。而在对敌的危险时刻，丈夫们及时赶到，即所谓"配

---

① 孙犁：《论情节》，载《孙犁全集（修订版）》（第③卷），北京：人民文学出版社 2016 年版，第 459 页。

② 孙犁：《看过〈王秀鸾〉》，载《孙犁全集（修订版）》（第②卷），北京：人民文学出版社 2016 年版，第 473 页。

合子弟兵作战，出入在那芦苇的海里"①。"配合"既指战争的实情，也暗合了一种传统而稳固的夫妻相处模式。在日军侵略这一无常而残暴的战争语境下，这种相处反而被赋予一种质朴的浪漫色彩。同时，这种传统的相处模式也滋生了夫贵妻荣的心理意识。《"藏"》中，媳妇浅花勤劳持家，但总嫌弃丈夫新卯不是村干部。不是也罢，关键是每天忙得不见人影。浅花因此起了疑心。通过半夜跟踪才知，丈夫忙于"反扫荡"工作，挖洞种菜，做各种预备防护，浅花因之感到很羞愧。《丈夫》中，正是秋收忙碌时刻，但儿媳妇没心思干活，鬼子的到来固然使生活不好过了，但丈夫参军抗敌，没有音信。带孩子回娘家，看到婶子家大姐的丈夫做了伪军，升官发财，她非常羡慕。她也知道当伪军很不光荣，但在回来的路上，她遇见了我方的军队，走到家里，又收到了丈夫的来信，心情就快活起来。夫贵妻荣的心理模式并没有改变，支配这些妻子心态得以改变的，是投敌羞耻、抗敌光荣的道德准则。在其支配下，她们重新体认了丈夫的尊贵及自我的价值。

传统婚姻讲究门当户对，孙犁的抗战叙事亦遵循这一原则，只不过由门第地位、财富知识等标准转化为在抗敌工作中彼此思想、行动的一致。《光荣》中，七七事变爆发后，在饶阳县城北的滹沱河岸边，到处都是枪声，国民党官兵纷纷南逃。因此，村里成立自卫组织，在大道边卡住逃兵的枪。15岁的原生，原本是个乡野的顽皮孩子，秀梅告诉他远处有一个疲惫的拿着枪的逃兵，原生趁机夺得了枪支，成了人民解放军的战士。原生参军之后，媳妇小五一天天落后，好吃懒做，而秀梅在村里当了干部。小五后来和秀梅闹矛盾，小五老觉着是因为秀梅鼓动原生去当兵，害得男人不在家，没有个盼头，后来干脆离家不回了，倒是秀梅经常来家里帮老人做点活。后来原生回家，立了功，活捉了旅长，区里要给开庆功大会，秀梅也到处替他宣扬这种光荣。这个时候，大家都说秀梅要是和原生结婚，真是合理应当，是幸福美满的一对。而在原生，秀梅是那么"可爱"并值得"感谢"。小说叙事并非没有瑕疵，比如原生从顽

① 孙犁：《荷花淀——白洋淀纪事之一》，载《孙犁全集（修订版）》（第①卷），北京：人民文学出版社 2016 年版，第 39 页。

皮到政治醒悟的转变太快，秀梅和原生的生活几乎没有交集，不过是一句"告诉"而已。原生参军之后，秀梅和他的连接，是秀梅帮原生父母做活。原生立功回家，相当于古代的"衣锦还乡"了，秀梅替他宣扬这种光荣，也以他为荣。这无疑是对传统才子佳人故事的翻写，但这种翻写立足于民间生活伦理。秀梅欣赏原生，原生感谢秀梅，这是他们能够共同生活在一起的基础。秀梅的"告诉"也不同于五四话语中的"启蒙"。启蒙总是带有自上而下的等级意味，而"告诉"显然表明作家没有将原生的地位放低。秀梅帮原生的父母干活，可能出自她的淳朴、善良，但从恋爱婚姻角度看，她显然是先将自己镶嵌到了一个家庭组织关系中，以"孝顺儿媳"的身份获取了一种道义上的支持。因此，这种结合完全不同于以思想启蒙、革命斗争为主题的恋爱叙事模式，与赵树理《小二黑结婚》中的恋爱模式亦有区别。个体与家庭（父母）、个体与他者（村人）之间的关系恰切、和谐，无须抗争。

与赵树理、李季等解放区作家一样，孙犁也讲求故事结局的"大团圆"，他甚至认为没有"大团圆"[①]的喜庆结果，就不算为人民的写作。《钟》中，村西庙里的尼姑慧秀爱上了村里年轻的农会主任大秋。大秋一心抗战，慧秀有了身孕，但为大秋的名誉和前途考虑，不能说出来。开麻绳铺的地主林德贵想霸占慧秀，没有得逞。后来，孩子生下来没有活成。慧秀也参加了村里的抗日工作，得到了大家的高度认可。在工作中，慧秀很少和大秋交流。敌人来扫荡，征集破铜烂铁，慧秀正想把钟给藏起来，恰好大秋也赶过来藏钟。因为此事，两人才算有了真正的交流，开始彼此关心。鬼子进村，要逮捕大秋，审问慧秀，要她供出大秋，慧秀不从，被敌人用刺刀扎伤。村民抗争取得了胜利，慧秀的伤也好了，最终和大秋成婚。接着，抗战胜利后的土改中，林德贵这个汉奸也被斗倒了。慧秀和大秋一同做村里的工作，还是那样活泼和热情。最后，大庙改成了农民开会议事演戏跳舞的大广场，广场前面有一棵枝叶茂盛的小榆树，那口钟就悬挂在那里。春夏秋冬，这口

---

① 孙犁：《看过〈王秀鸾〉》，载《孙犁全集（修订版）》（第②卷），北京：人民文学出版社2016年版，第474页。

钟清脆洪亮的响声，成了全村男女老少的号令，也是鼓励和追念，"是在祝贺一个女人，她从旧社会火坑里跳出来，坚决顽强，战胜了村里和村外的敌人"[①]。《钟》是孙犁小说中少有的矛盾冲突比较紧张、斗争比较激烈的作品，但"大团圆"的结尾软化了这种矛盾冲突，具有时代的与政治的双重内涵。

在孙犁的小说中，家庭关系一向是和谐、团结的，波及邻里，也是充满了和睦，并有着黄发垂髫怡然自乐的满足感。这首先是因为家庭关系都比较简单，一般都是三口，多至五口。不像巴金的《家》、路翎的《财主底儿女们》中那样的大家族，若有成年的儿子，一般都去参军打仗，妻子带一两个孩子留在家中，家里老人都很通情达理。这种简单的家庭关系，避免了很多农村通常有的矛盾纠葛。典型如《碑》中滹沱河边赵庄村赵老金家，赵老金60多岁，家中有老伴和一个十六七岁的姑娘。姑娘的两个哥哥均已夭折。老伴热情善良，姑娘安稳懂事又机灵。1942年"五一"事变之后，八路军和工作人员住在赵老金家。夜晚纺线时，母女俩经常谈起八路军住在家里的情形。10月底的一个夜晚，李连长来了，十几个人要过河，请赵老金帮忙划船，赵老金当然欣然答应。孙犁仿佛是对乡村人际关系做剪影，省略了很多与主题无关的枝节，将这些吉光片羽和抗战这一宏大事业联系起来。孙犁的小说很少出现反讽的语调，也少诙谐。这是因为，他的人物关系安排始终系于家庭，而这种家庭关系在现代观念的比照下，是相当传统的。或者说，从思想维度上讲，是相当儒家的。孙犁小说中的人伦关系并不因战争的到来而遭到破坏，自有其完整性。在战争的挤迫与威胁下，这种人伦关系反而更紧密、更真诚、更纯粹了。战争淬炼了这种人伦关系，人伦关系也成了对抗日军的重要力量。从某种意义上讲，孙犁的小说因此获得了一种浪漫主义品质。孙犁当年置身于时代与生活中时，就曾说"这种时代，生活本身就带有浓烈的浪漫主义色彩"。这种浪漫主义摈弃颓废与悲哀，"是积极的浪漫主义，我们渲染的目的是要加强人们的战斗意

[①] 孙犁：《钟》，载《孙犁全集（修订版）》（第①卷），北京：人民文学出版社2016年版，第312页。

志"，这种浪漫主义"适合于战斗的时代，英雄的时代"。并且说到底，这种浪漫主义"实际上都是现实主义的问题"。① 根本原因在于，这种浪漫主义包容着时代精神。而落实在日常生活中的人伦关系，显然更能体现时代精神的整体动向。

孙犁在叙事中渗入的伦理观念无疑是非常传统的。比如，传统的贞洁观一味强调女性要守身如玉，而不考虑实际的境遇、条件。在作品中，这种观念就被作家嫁接到抗敌行为中，其目的显然是凸显乡民的抗敌精神。和日本鬼子拼命时，对贞洁的看重是支撑抗敌的动力。这些思想、情操"远远超出了传统的伦理范围，已经是一个支持抗战、保卫祖国尊严的问题了"②。但在个别学者看来，却细思极恐，是以抗敌的名义，"掩埋"了思想解放、伦理解放的重要性。水生离家前嘱咐妻子"捉住了要和他拼命"——这句嘱咐隐含的意思，在他看来是女性失节事大。由此，他追问："这是男人世界的传统还是女人（的）灵魂美德？"③ 对于传统的伦理关系，孙犁其实是比较认同的，尽管他在婚姻之外不是没有"无花果"般的心灵越轨。由此，我们看到孙犁小说平衡叙事的脆弱性，它是多么地依赖抗战环境。新中国成立之后，孙犁第一次见到赵树理，就评价他的《小二黑结婚》等小说是特定环境下的写作，离开了这个环境，写作就不再可能。④ 孙犁的创作又何尝不是如此呢？

三、绘景：生产、政治与欣赏功能兼具

浪漫主义总是和风景密不可分，在某种意义上，浪漫主义的表征之一就是风景的发现。柄谷行人认为，风景产生于人对自己内心的发现⑤，郁达夫的风景书写即是典型。但是，就革命浪漫主义而言，风景彰显的则是集体主义精神、

① 孙犁：《论战时的英雄文学》，载《孙犁全集（修订版）》（第②卷），北京：人民文学出版社2016年版，第449页。
② 郭志刚、章无忌：《孙犁传》，北京：北京十月出版社1990年版，第167页。
③ 许子东：《重读20世纪中国小说Ⅰ》，上海：上海三联书店2021年版，第350页。
④ 郭志刚、章无忌：《孙犁传》，北京：北京十月出版社1990年版，第281—282页。
⑤〔日〕柄谷行人：《日本现代文学的起源》，赵京华译，北京：生活·读书·新知三联书店2006年版，第15页。

英雄主义气概。在孙犁眼中，风景饱蕴着历史精神，是历史、人格赋予风景以意义。燕赵之地多悲歌，孙犁认为，"荆轲辞别燕太子和朋友，易水一条河而已，英雄的慷慨悲歌，才使易水永远呜咽怒愤"。从荆轲刺秦王、高渐离击筑的故事，孙犁延及整个《史记》，认为司马迁在其中表达的悲壮正义，并未随着文章的结束而结束，"文章的结束只是作者感情的高潮点，积累的感情就永远像一个瀑布，灌注到各个时代"①。这一风景评判标尺同样适用于外国文学作品。俄国作家果戈理的短篇小说，其诗意在于：

> 在果戈理的短篇著作里，我们已经看到那些香馥的草原，迷茫的道路，美丽的夜晚，富有诗意的小镇和奋勇热烈的战争生活了。他的抒情不是柔细单纯的风景画，其中包含了丰富的历史、社会、民俗学的知识，贯彻着对于国家、对于人民的负责的精神。……而这才真正成了诗篇。②

富有人文内涵的风景铸就了文本的诗性内容，但孙犁笔下的风景书写并不像有的研究者认为的那样，是在"意识形态主导下"进行的，具有"自为的生命力"部分"溢出了作家主观意识的边界"。③ 它首先是庄稼田地，是乡民赖以生存的资本，是他们日常劳作的一部分。抗战时期，冀中平原对田地的开垦利用到了无以复加的地步。房前房后、户里户外、沟沟道道，无论面积大小，均会种上庄稼，以对抗日军烧杀抢掠带来的农田破坏。固然，千百年来的田园风景就是如此这般，日军进犯前如此，抗战胜利后亦如此。但是，在战争场域中，其维持乡民基本生存的功能被推到了极致。在此前提下，才有了新的内涵叠加。因此，以特殊的地形、地势，以荷花淀、芦苇荡为主要场景的冀中平原

---

① 孙犁：《慷慨悲歌（札记）》，载《孙犁全集（修订版）》（第②卷），北京：人民文学出版社2016年版，第456页。

② 孙犁：《果戈理》，载《孙犁全集（修订版）》（第③卷），北京：人民文学出版社2016年版，第396页。

③ 郭晓平：《孙犁小说的革命风景及其书写机制》，《齐鲁学刊》2017年第1期。

找到了反击日军的最佳方式，乡园风景成为作战的重要武器之一。在这两者的基础上，才具有作为文人的孙犁所赋予的独特审美意义。也就是说，孙犁的风景书写是政治（战争）的、生产的与审美的有机融合，作为文本重要的结构性要素，风景书写与抗战事件、乡间伦理共同成就了叙事的平衡性与表意的理想性。

具体言之，风景的结构性首先体现为战争巨变与日常生活之间的紧密关联。正如《荷花淀》的开头：

> 月亮升起来，院子里凉爽得很，干净得很，白天破好的苇眉子潮润润的，正好编席。女人坐在小院当中，手指上缠绞着柔滑修长的苇眉子。苇眉子又薄又细，在她怀里跳跃着。
>
> 要问白洋淀有多少苇地？不知道。每年出多少苇子？不知道。只晓得，每年芦花飘飞苇叶黄的时候，全淀的芦苇收割，垛起垛来，在白洋淀周围的广场上，就成了一条苇子的长城。女人们，在场里院里编着席。编成了多少席？六月里，淀水涨满，有无数的船只，运输银白雪亮的席子出口，不久，各地的城市村庄，就全有了花纹又密、又精致的席子用了。……
>
> 这女人编着席。不久在她的身子下面，就编成了一大片。她像坐在一片洁白的雪地上，也像坐在一片洁白的云彩上。她有时望望淀里，淀里也是一片银白世界。水面笼起一层薄薄透明的雾，风吹过来，带着新鲜的荷叶荷花香。[①]

编苇织席是白洋淀人维持生活的必要手段。频率副词"每年"，凸显出它是不受战争影响、更为常态也更具历史性的劳作方式，全域性方位词"全淀""各地"则将局部而典型的劳作场景——女人编席置于更广阔的交易活动

---

① 孙犁：《荷花淀——白洋淀纪事之一》，载《孙犁全集（修订版）》（第①卷），北京：人民文学出版社 2016 年版，第 31 页。

中，予以表现。天气的"凉爽"、院子的"干净"与女人手指的"柔滑细长"以及苇席的"银白雪亮"、淀里的"银白""荷香"描述得极为妥帖。人、物、景彼此相依，是最基本的生活实际，充满人间烟火气息，也体现出风景的自足性，构成审美的基础。连及接下来的叙事，战争中的夫妻别离及夫唱妻随式的抗敌被置于这一风景中，民族大义被镶嵌在地方风物之美中，风景的主体性被凸显，而不是像其他抗战小说中的风景描写，先在地被赋予政治内涵。

其次，随着叙事的不断展开，风景也逐渐被细化。水生是小苇庄游击组长，要带领村里的青年外出打游击。女人们寻夫未果，她们"摇开靠在岸边的小船。现在已经快到晌午了，万里无云，可是因为在水上，还有些凉风。这风从南面吹过来，从稻秧苇尖上吹过来。水面没有一只船，水像无边的跳荡的水银"①。在对丈夫一顿嗔怨之后，"她们轻轻划着船，船两边的水哗，哗，哗。顺手从水里捞上一颗菱角来，菱角还很嫩很小，乳白色。顺手又丢到水里去。那颗菱角就又安安稳稳浮在水面上生长去了"②。女人们在水中娴熟地划船、捞菱角，说明她们谙熟这种生活，也为接下来在鬼子围剿苇塘时灵巧作战埋下伏笔。而鬼子的大船来追时：

> 她们奔着那不知道有几亩大小的荷花淀去，那一望无边际的密密层层的大荷叶，迎着阳光舒展开，就像铜墙铁壁一样。粉色荷花箭高高地挺出来，是监视白洋淀的哨兵吧！③

叙事至此，是比较明确地将风景战争化了。如果将这两个比喻句单列出来，会觉得有些笨拙、矫揉造作，喻体和本体之间实在没有多少相似性。但置于叙事中，却毫无违和感，读者甚至会觉得非常恰切，会被隐含其间的、单纯

① 孙犁：《荷花淀——白洋淀纪事之一》，载《孙犁全集（修订版）》（第①卷），北京：人民文学出版社 2016 年版，第 35 页。

② 孙犁：《荷花淀——白洋淀纪事之一》，载《孙犁全集（修订版）》（第①卷），北京：人民文学出版社 2016 年版，第 36 页。

③ 孙犁：《荷花淀——白洋淀纪事之一》，载《孙犁全集（修订版）》（第①卷），北京：人民文学出版社 2016 年版，第 36—37 页。

而真诚的爱国情感感动。该审美效果的产生，恰是因为前文将风景做了生活化的、日常化的描绘，并将抗战嵌于其中，而不是相反。顺之，她们往荷花淀里摇，"几只野鸭扑楞楞地飞起，尖声惊叫，掠着水面飞走了。就在她们的耳边响起一排枪"①。这一排枪正是丈夫们对鬼子的反击。秋季她们学会射击之后，"冬天，打冰夹鱼的时候，她们一个个蹲在流星一样的冰床上，来回警戒。敌人围剿那百顷大苇塘的时候，她们配合子弟兵作战，出入在那芦苇的海里"②。"打冰夹鱼"是日常生活，"来回警戒"则是抗敌作战，"芦苇的海"既是他们祖祖辈辈赖以生存之地，也是当下的战场。农事的日常性与战争的非常态性紧密关联，形成一种特殊的张力，构成孙犁写景的基本结构。

值得注意的是，《荷花淀》的风景写法在孙犁的整体小说创作中并不是孤案，而是几成模式。《钟》中，庙宇旁侧芦苇坑的四季风景年年相似："到了春天，苇锥锥像小牛犊头上钻出来的紫红小犄角，水灵灵地充满生气。到夏天，雨水涨满，是一片摇动的绿色的大栅帐。到冬天，它点缀着平原单调肃杀的气象，黄白的芦花从这里吹起来。"③景致的恒常不变甚至可以让叙述者省略叙事时间，村庄采蒲台"地势低下，云雾很低，风声很急，淀水清澈得发黑色。芦苇万顷，俯仰吐穗"④。不仅村庄的景象如此，作为冀中平原的母亲河，滹沱河的生态亦是每年相似。每到夏季，"常常发水"，两岸居民"年年受害"，"一到这个时候，就在炎炎的热天，背上一个草筐，拿上一把镰刀，散在河滩上，在日光草影里，割那长长的芦草，一低一仰，像一群群放牧的牛羊"⑤。

---

① 孙犁：《荷花淀——白洋淀纪事之一》，载《孙犁全集（修订版）》（第①卷），北京：人民文学出版社 2016 年版，第 37 页。

② 孙犁：《荷花淀——白洋淀纪事之一》，载《孙犁全集（修订版）》（第①卷），北京：人民文学出版社 2016 年版，第 39 页。

③ 孙犁：《钟》，载《孙犁全集（修订版）》（第①卷），北京：人民文学出版社 2016 年版，第 291 页。

④ 孙犁：《采蒲台》，载《孙犁全集（修订版）》（第①卷），北京：人民文学出版社 2016 年版，第 279 页。

⑤ 孙犁：《光荣》，载《孙犁全集（修订版）》（第①卷），北京：人民文学出版社 2016 年版，第 171 页。

自然生态状况生成了特殊而稳定的耕作内容与生活节奏，也构成了孙犁经久难忘的少年记忆。

记忆是审美得以可能的底色，而乡民勇敢、乐观的抗战态度则使得这番风景获得了时代性与政治性品质。自然风物之美常常和战争设施，如日军的"炮楼"、我方的"地洞"并置在一起，前者令人心境平和、纯净、舒缓，后者则时刻警示着战争的危险就在身边。对照之下，风景更显亲切，"我看见旷野像看见了亲人似的，我愿意在松软的土地上多来回跑几趟，我愿意对着油绿的禾苗多呼吸几下，我愿意多看几眼正在飘飘飞落的雪白的李花"①。"旷野"舒缓"我"的情绪，亦隐含着根据地人民对和平生活的向往。旷野的清新纯净与紧张激烈的战事是对应而非从属关系，这意味着乡野风景在一定程度上独立于时代风云变幻，又与当下的战争情境相对照，在被后者修辞化的同时，也以坚韧的日常品格体现历史之"常"，进而构成"有情"书写。这种叙事方法，来自孙犁的古典文学素养。述及唐代文人柳宗元，孙犁说他能"把自然界、人的日常生活的现象，和政治思想、社会组织联系起来。就是说，他能用自然规律、生活规律，表达他对政治、对社会的见解和理想。使天人互通，把天道和人道统一起来。他用以表达这样奥秘的道理的手段，却是活生生的，人人习见的现实生活的精细描绘"②。就"自然界"（风景）的书写而言，孙犁的确是工笔细描。他擅长依照风物的层次关系，在彼此的衬托搭配中绘出乡野风景的清新、质朴。《菅儿梁》中，1943 年冬，敌人扫荡。杨纯医生带着看护、五个伤员，原本住在北台脚下的成果庵里。情况紧急，区委书记夜里就通知他们转移到菅儿梁去。"隔着山沟，可以听见在树林边缘奔跑的麕字的尖叫。"③ 走到村庄，"全村只有一棵歪把的老树，但遍山坡长着那么一丛丛带刺的小树，在冰天雪

---

① 孙犁：《游击区生活一星期》，载《孙犁全集（修订版）》（第①卷），北京：人民文学出版社 2016 年版，第 49 页。

② 孙犁：《谈柳宗元》，载《孙犁全集（修订版）》（第⑤卷），北京：人民文学出版社 2016 年版，第 145 页。

③ 孙犁：《菅儿梁》，载《孙犁全集（修订版）》（第①卷），北京：人民文学出版社 2016 年版，第 106 页。

地，满挂着累累的、鲜艳欲滴的红色颗粒"①。老乡主动帮忙照看伤员，还帮忙寻找食物。村主任的丈夫生病，杨医生则详细问诊，老乡们积极帮助队伍转移，军民鱼水之情满溢纸端。此刻的风景，在叙述者眼里是"树林里积着很厚的雪，向阳的一面，挂满长长的冰柱。不管雪和冰柱都掩不住那正在青春的、翠绿的杉树林。这无边的杉树，同年同月从这山坡长出，受着同等的滋润和营养，它们都是一般茂盛，一般粗细，一般在这刺骨的寒风里，茁壮成长"②。这无疑具有极强的隐喻性，军民关系的平等、融洽以及坚强勇毅的抗敌精神，都隐含其中。

不仅如此，孙犁在描述人事活动时，也往往掺入风景描写，使其彼此衬托。《芦花荡——白洋淀纪事之二》中，撑船给队伍送粮带人的 60 多岁老头在水中和鬼子作战，受了伤。但第二天他仍不屈服，依旧与鬼子周旋，"鬼子们追上来，看看就扒上了船。老头子又是一篙，小船旋风一样绕着鬼子们转，莲蓬的清香，在他们的鼻子尖上扫过。鬼子们像是玩着捉迷藏，乱转着身子，抓上抓下"③。孙犁笔下的风景无疑是日常的，这恰如中国古典诗文："比起西洋文学来，中国文学见得平淡无奇。中国的诗文是有如家常饭菜，家常的平实的境地里才是满蓄着风雷。"④ 具体体现在《诗经》中，则是"种稻割麦蒸尝的陇亩与家室风景"⑤。孙犁小说的抒情性由之生成，因战争摧毁而凸显出的脆弱易变与日常的质朴坚韧相互制约，保证了叙事的平衡。

如何在残酷的战争中表现真善美，不仅是叙事技巧问题，还关联着作家的人生观、文学观。孙犁晚年在接受记者采访时讲道："我经历了美好的极致，那就是抗日战争。我看到农民，他们的爱国热情，参战的英勇，深深地感动了

---

① 孙犁：《蒿儿梁》，载《孙犁全集（修订版）》（第①卷），北京：人民文学出版社 2016 年版，第 107 页。

② 孙犁：《蒿儿梁》，载《孙犁全集（修订版）》（第①卷），北京：人民文学出版社 2016 年版，第 113 页。

③ 孙犁：《芦花荡——白洋淀纪事之二》，载《孙犁全集（修订版）》（第①卷），北京：人民文学出版社 2016 年版，第 143 页。

④ 胡兰成：《中国文学史话》，北京：中国长安出版社 2013 年版，第 195 页。

⑤ 胡兰成：《中国文学史话》，北京：中国长安出版社 2013 年版，第 17 页。

我。我的文学创作，就是从这个时候开始的。我的作品，表现了这种善良的东西和美好的东西。"孙犁也见过"邪恶的极致"，发生在"文革"十年，"这些东西，我体验很深，可以说是镂心刻骨的。可是我不愿意去写这些东西，我也不愿意回忆它"①。战争年代同样存在邪恶，孙犁也经历过军民冲突，在去延安的途中因被锅灶炸伤，惊惶难定。偏偏此时又与在河下游洗菜的乡女因为卫生问题发生口角，不免迁怒对方，但在新中国成立后创作的《山地回忆》中，他却改写了这一故事逻辑，两人拌嘴之后，反而互相理解了，女子还送他一双手工鞋垫。② 由此可见出作家深沉的叙事动机。正是这追求"美好的极致"之渴望，使叙事中的政治内容、伦理关系与风景书写间保持了持续而稳定的平衡。

① 孙犁：《文学和生活的路——同〈文艺报〉记者谈话》，载《孙犁全集（修订版）》（第⑤卷），北京：人民文学出版社 2016 年版，第 241 页。

② 郭志刚、章无忌：《孙犁传》，北京：北京十月文艺出版社 1990 年版，第 181—183 页。

第四章

古典传统再造中叙事抒情化的可能与限度

第一节　古典文化与历史：抗战文学的重要资源

与五四新文化运动强烈批判传统思想文化的步调一致，中国现代小说的发生、发展以对传统文化的深度反思为基本价值立场。在不断展开并深化的形象化表现中，批判与否定是主基调，以鲁迅的短篇小说《狂人日记》、巴金的"激流三部曲"以及老舍的长篇小说《赵子曰》《离婚》等为代表。即便是持文化保守主义立场的沈从文，在田园牧歌般的《边城》中，也对传统文化能否积极介入现代社会流露出犹疑态度。现代小说的叙事结局多以悲剧收场，审美色彩多以悲凉为主，究其根本原因，与深蕴在文本内部的这一文化价值取向是密不可分的。不可否认，当浩如烟海的经书诗文无法为个体提供安身立命的自洽逻辑时，当古典资源不足以解释整个国家民族所遭遇的政治危局时，对传统文化携带的负面资产做最根本的清理，是知识分子的精神救赎之途，是古老中国在列强环伺的国际环境中迈入现代世界、追寻新生的必由之路。

但是，微而观之，在不同的历史情境下，现代作家对古典传统的反思方式、态度及深广度是有区别的。较之以往，1937 年全面抗战爆发之后，文坛对古典历史、文化、文学等传统资源有了更为繁复的阐释、承继及再创造。尤其是 1938 年武汉、长沙相继沦陷后，整个创作氛围变得深沉、凝重。作家们不约而同地回望更为深厚的民族文化积淀与更为久远的民族历史事件，企图在厘清战争爆发思想根源的同时，汲取其间蕴含的精神能量，以鼓舞全民抗敌士气。这种对传统回望与新造之普遍，几乎跨越了解放区、沦陷区与国统区的政治区隔。身处国统区的老舍，在三卷本的长篇小说《四世同堂》中，对传统文化进行了全面检视，肯定中有批判，批判中有新的期待。炮火催逼古典诗意蜕变、升华为抗敌激情，但以"气节"为革新的抒情内容并未改变。30 年代的现代派诗人卞之琳此时辗转于解放区与国统区之间，其片段连缀式的长篇小说《山山水水》始终以古典意象、传统抒情技法（如"姿""空白"等）为核心要素。在解放区，赵树理则活用传统的民间艺术形式，在《小二黑结婚》《李有才板话》等短篇小说中创造出新评书体叙事样式。如果延及话剧领域，更具有代表性的是郭沫若的"抗战史剧"，《棠棣之花》《屈原》《虎符》《高渐离》《孔雀胆》和《南冠草》以"失事求似"的审美原则激活了历史事件与人物，与当下进行的战争、革命形成更直接的对应关系。

总体来讲，在抗战和新中国成立这一总体时代任务之下，对古典传统的"再征用"主要包括两个方面：一是对传统文化在抗战现实中的价值与作用进行再思考；二是对历史材料的再利用，即以历史人物、事件为题材进行创作。当然，传统因素的介入并不意味着叙事抒情化的自然生成。比如，杨刚的《公孙鞅》，以及廖沫沙的《曹操剖柑》《陈胜起义》等，侧重于描写历史上的政治斗争与农民起义。作家以解决现实问题为基本出发点，在尊重基本历史事件的基础上，着重描绘当时的社会环境，勾勒出当时的社会矛盾，并对人物的身份、品质做出一定程度的典型化处理，进一步突出在特定的社会矛盾之下人物行动的历史意义，遵循的是在典型环境中塑造典型人物的现实主义创作方法。作家在对历史事件的重构中，企图把握的是一种宏观的、能够代表主流意愿的社会走向。

但是，总有作家基于自身的审美经验积累、叙事惯性与价值偏好，以充满诗性的语调重叙历史事件、重塑历史人物，以更包容的情怀思索传统文化在现代主体生成中的重要作用，以间接而又深沉的方式求索民族独立之道。沈从文以保守主义立场重叙湘西、鹿桥以昂扬乐观的青春姿态书写战争中的求学经历、冯至以朴素的存在主义哲学回望原初历史，都是这一抒情化叙事的积极实践。不过，因为沈从文的湘西叙事更多牵涉地方与国家、少数民族与汉民族之间的复杂思考，所以，本章以鹿桥、冯至的创作为典型个案，深度论述古典传统回望与新造中的抒情可能及其限度。

总体而言，这两位作家一向亲近传统文化，对中国传统的抒情精神尤为重视。鹿桥的长篇小说《未央歌》将传统文化的表现推向极致，整体性地凸显传统文化参与现代主体塑造时的价值、功能，其抒情性既包括技术层面上的风景描写、意象征用、诗词征引，也包括氤氲于字里行间的氛围情调及整体上的价值取向。诗人冯至在小说《伍子胥》中则另辟蹊径，舍弃事件冲突与人物冲突，强调个体的自我超越。作家强烈的主观感受、情感体验以及人格理想的投射，使小说的哲理与抒情有机融合，开拓出历史题材再书写的新路径，同时引出 40 年代抒情诗的命运问题。

第二节　传统文化的正向书写：鹿桥《未央歌》论

《未央歌》体现了古典小说以史传为正统的叙事观，力图追求历史书写的真实。从微观层面上讲，其成书首先源于作家自身的切实经历。1944—1945 年，从西南联大外文系毕业不到两年的鹿桥，在准备赴美留学的间隙，按捺不住自己对刚刚过去的大学生活的深情留恋，娓娓叙述了联大师生读书、交游、服务抗战等校园内外生活，总体上充溢着和谐、温暖、美善的青春歌调，是为《未央歌》。这一青春歌调的生成，根本在于作品对传统文化的正向阐释。正如作家直言："未央歌本着进取乐观精神，及与自然接近多得的活力，正是主张援儒入禅，也援儒入道的。"[1] 相对单纯的文化取向成就了小说的抒情格调，对此，他说得非常明白："未央歌既是一本重情调及风格的书，里面的角色及故事又多是为了方便抽象地谈一种理想而随笔势发展的。"[2] 五四以来对传统文化的反思与批判，容易导致小说讽刺风格的生成。而正向肯定则接续了温柔敦厚的古典诗教传统，自然也内含着古典时期的伦理观、自然观和历史观。

---

① 鹿桥：《再版致未央歌读者》，《未央歌》，合肥：黄山书社 2008 年版，第 18 页。
② 鹿桥：《再版致未央歌读者》，《未央歌》，合肥：黄山书社 2008 年版，第 19 页。

一、以史传为正统的小说创作观

鹿桥去西南联大读书比较曲折，其大学生活也比较离奇、丰富。1936 年南开中学毕业后，他被保送至燕京大学生物系。但此时他休学一年，与好友徒步旅行，了解都市之外的中国。行至南京后，卢沟桥事变爆发。北返无望之下，他遂入学西南联大前身，即暂驻长沙的国立第一临时大学，后来随校来到昆明。起初，他在生物系，出于兴趣，他旁听了哲学系冯友兰先生的课程。为迎合父亲让他做外交官的期望，他兼修了政治系的外交史。因喜欢以校园生活为素材进行文学创作，想调入文学院，不成，最终毕业于外文系。广泛学习与勤奋写作为其赢得了很多跨年级、跨系别的朋友，《未央歌》所涉及的与他实际的人际交往与活动场域密切相关。聪慧、通透的生物系小童（童孝贤）的原型是他自己。即便是完全虚构的校花——外文系蔺燕梅"有些心性、思想，也是他自己的写照"，容貌则是"他几位'女朋友'的综合体"。[①] 端庄稳重的知心学姐伍宝笙，原型即鹿桥当年的学姐——生物学系的祝宗岭，后来成为北京农业大学生物学院植物生理学教授。心理学系朱石樵的原型是当年与自己徒步旅行的好友陆智周，治学严谨而又关心学生的哲学系金先生，则不免让人联想到金岳霖教授，等等，不一而足。对实际生活中老师、学友的广泛征采，赋予小说以实录品质，堪称"信史"。

从宏观层面上讲，文本的叙事起伏与抗战进程一致。1938 年，较发达的东南沿海地区已大面积沦陷，国民政府紧急修建了滇缅公路，以保证国际援助的战略物资能够顺利输入。昆明一带因商人不断增多而弥漫着浮躁之气，濡染校园，这是诱惑，也是鞭笞。宋捷军之流弃学从商，更多的学生则投身学问，理想的意气受到激发。时局剧变也致使个体的命运身不由己地转航。聪明伶俐的凌希慧是个孤儿，由身为商人的叔父抚养长大。为应对乱局下的家业传承，他逼凌希慧辍学嫁人。好在凌希慧意见笃定，做了随军记者，才避开了命运的深渊。1940 年日军进犯越南，滇越公路中断。1942 年 1 月起，日军又进犯缅甸，

---

① 朴月：《往事如烟：鹿桥姑夫与我》，载朴月编著：《鹿桥歌未央》，台北：台湾商务印书馆 2006 年版，第 128 页。

中、英盟军在缅甸同日军进行了一系列防御和反击战斗。国民革命军亟须补充兵力，薛令超等应召入伍。昆明聚集了大量伤亡士兵、平民，余孟勤与蔺燕梅、范宽湖范宽怡兄妹利用暑期积极参加医院护理、统筹、访问等服务工作。与之相随，青春的浪漫爱情也曲折展开，随性诗意的蔺燕梅与严谨恭正的余孟勤因卡车事故闹矛盾，伟岸聪慧、矜夸自持的范宽湖向蔺燕梅表白被拒而转学重庆，其间的系列误会与尴尬促使蔺燕梅转向宗教，未果，最终赴滇南参加字典编纂工作。至此，一代同窗开始风流云散，而抗战胜利大局亦渐趋明朗。

不过，在真正谈及为什么要选用小说这一虚构性极强的文体来表现自己的大学生活与精神风貌时，鹿桥却表现得极为随性，认为"小说"不过是个载体与外表，是"紫罗兰缠绕的花架子""盛事物的器皿"①，他真正要表现的是自己在西南联大求学时所感受到的文化氛围，是读书、游玩、服务社会等事情在他心头留下的种种印象。这些氛围与印象恰似营养丰富的土壤，培育出丰富而真挚的情感。《未央歌》的确有着浓郁的抒情性，研究者甚至认为它开创了一种新的叙事局面，即"成功证明用'情调风格'写一部抒情性的长篇小说是完全可能的"②。但是，若立足于文本实际，深入咀摸，在作家的率性表态之下其实别有寄托，深意存焉，不外于古典中国"文以载道"的传统。

与巴金《憩园》将叙述者"我"的身份设置为黎姓作家有相似之处，《未央歌》中也设置了一个小说家——外文系学生冯新衔，以创作套创作。有学者将黎姓作家所遭遇的写作困境视为现实中巴金对创作进路的思考③，若是这一观察立场合理的话，《未央歌》中围绕冯新衔创作而展开的讨论亦可看成鹿桥小说观的间接表白。冯新衔的女友是沈葭，比姐姐沈蒹低一年级。邻近毕业时，沈蒹和哲学系教师金先生举行订婚宴。宴席上，冯新衔被沈葭带去见父母，小童从旁谈及冯新衔的创作，说他要写一部关于学校生活的小说。沈父对小说

① 鹿桥：《未央歌》，合肥：黄山书社 2008 年版，第 1 页。
② 解志熙：《"情调"风格与"传奇"形态——20 世纪 40 年代国统区小说的浪漫叙事片论》，《新乡师范高等专科学校学报》2006 年第 3 期。
③〔德〕顾彬：《二十世纪中国文学史》，范劲等译，上海：华东师范大学出版社 2008 年版，第 202 页。

的认知就比较传统，"稗官者流，史书也要借重的。今日春秋校事便月旦政局了"①。一方面，将小说定位成稗官野史，不足为训；另一方面，却也强调这一野史的重要性，可为正史提供参照，微言显大义。冯新衔的应对是："主要的是学校生活的情调"，"故事是穿插罢了"②。这当然是晚辈的自谦之语，倒是叙述者后来有更详细的解释："令看的人从故事中感到勇于改过之价值，新生命之可贵，及生活的颠簸中，原有苦乐的两方面。于是灰心的人可以再鼓舞起来，站在高处的人要向挣扎的人援手，天赋低微的人也要打起精神来好好儿地过他一生。"③冯新衔如此明确的道德训诫正好与梁启超在《论小说与群治之关系》中开创的"新民"传统一致，而梁启超的以小说"新民"的思想恰"延续了儒家'文以载道'的精神"④。如此，反观鹿桥在"尾声"中看似潇洒的表态"文章得失，小不足悔"⑤，在系列出版序言中又郑重地追溯自己弘扬传统文化，以及看到作品在广大青年中广受欢迎的喜乐情景，实在是蕴含了文为世用的得意与动机。

二、以写意为主的人物塑造

中国现代小说的人物塑造具有鲜明的个性特征，它以人物特有的身量架势、清晰的神情语态为基础，讲求与所处自然环境、历史情境的高度恰切，其在文本中的叙事功能又与现代启蒙理性、政治理性的思想逻辑深度契合。在某种程度上，是否塑造出极具象征意义的人物形象是小说能否成为文学史经典的重要标准之一。阿Q、祥子、方鸿渐、曹七巧、小二黑等人物之所以能够跨越文学圈层而为大众读者熟知，就在于其个性化的性格、行动与精神状况蕴涵了丰富的社会内容与审美意义，甚至超越了其所属的时代，彰显出更具有普遍意义的幽微人性，是无可替代、不可多得的"这一个"。与之不同，多数古典小

① 鹿桥：《未央歌》，合肥：黄山书社 2008 年版，第 231 页。
② 鹿桥：《未央歌》，合肥：黄山书社 2008 年版，第 232 页。
③ 鹿桥：《未央歌》，合肥：黄山书社 2008 年版，第 519 页。
④ 许子东：《重读 20 世纪中国小说Ⅰ》，上海：三联书店 2021 年版，第 23 页。
⑤ 鹿桥：《未央歌》，合肥：黄山书社 2008 年版，第 646 页。

说，尤其是戏曲中的人物形象更具类型化倾向，注重突出人物的风韵意态，寥寥数笔就能够突出人物的精神气质，具有具象性的抒情风采与抽象性的理想化趋势。《未央歌》的人物塑造承续了这一古典传统，并进一步发扬光大。对此，鹿桥有着精细的辨析："大凡一部小说若是讲个故事，那么可以用人物、地点、情节搭成格局间架。可是未央歌……要活鲜鲜地保持一个情调，那些年里特有的一种又活泼、又自信、又企望、又矜持的乐观情调。"[①] "全书精神是真正'无我'的。……单就这一点说，未央歌就与红楼梦是完全异曲也异趣"，后者"处处是各别的我。'自我'的成分极重"。[②] 因之，他更欣赏《水浒传》的抽象之美。追溯起来，《水浒传》与《史记》在史观、章法上又一脉相承，只不过前者是官府修史的反向化、民间化的操作而已。如此来看，《未央歌》在史传传统的基础之上，实则通过人物的写意化进一步实践了古典文化中的抒情传统。

《未央歌》中，频密出场的联大学生有近 20 位，叙述者在介绍他们出场时基本采取了同一方式，或有神情描写，但一定落脚于对其由神情透露出来的气质格调之抽绎。如介绍余孟勤，是"面色白净，肩平额方"，"相当体面"，"两眼尤其有神"[③]。蔺燕梅入住宿舍后，第一次见到来访的伍宝笙，评价是："她这么温柔，尊贵，又是这么亲切的样子，就像圣诞节夜报喜讯的天使！"[④] 同宿舍的心理学系的史宣文，初次见到蔺燕梅的印象是："从来没看过这么细嫩的皮肤，华丽光泽的品貌，和那一对晶明清净、水生生的眸子。她在灯下闪烁着像快乐之神的造像，又像一只不避人的柔羽小雀。"[⑤] 余孟勤在茶馆首次见到新一级同学蔡仲勉："身体、相貌皆不错，一脸静静的神气。"[⑥] 而叙述者描写刚从岭南大学转来的梁崇榕、梁崇槐姐妹时，则是"姐

---

① 鹿桥：《未央歌》，合肥：黄山书社 2008 年版，第 16 页。
② 鹿桥：《未央歌》，合肥：黄山书社 2008 年版，第 19 页。
③ 鹿桥：《未央歌》，合肥：黄山书社 2008 年版，第 43 页。
④ 鹿桥：《未央歌》，合肥：黄山书社 2008 年版，第 59 页。
⑤ 鹿桥：《未央歌》，合肥：黄山书社 2008 年版，第 85 页。
⑥ 鹿桥：《未央歌》，合肥：黄山书社 2008 年版，第 104 页。

妹两个眉目之间都看出聪明大方的样子……"① 。鹿桥深受《儒林外史》《水浒传》的影响，"我像小孩游戏那样把这两部书给我的影响作为暗号留在未央歌里，表示我对这两部书（有）多感激"，尤其认同金圣叹对《水浒传》的看法，"水浒描写精细时便极精细，放手时又不着一尘乘风而去如惊翔白鹭不着半点泥水"。② 体现在人物塑造方面，就是散落在整体叙述中的人物品评似乎并不被叙述者所重视，因为寥寥数笔之后，又回到原有叙事的进程中了，但给读者留下了深刻的印象与绵远的想象，令人出神。进一步讲，古典文人如此看重人物品藻，是与他们立德、立功、立言的生命志向密不可分的，《未央歌》同样遵循这一传统的人物评价标准。童孝贤和宴取中、朱石樵等男生曾议论这些女孩子，都认为伍宝笙属于立德，蔺燕梅也是，其言行使人爱慕，而朱石樵认为蔺燕梅也属于立功，"因为她已经建立了一种爱美及尊重公共意见的风气"③ 。

此外，和现代小说大多注重叙事进程中人物性格的成长变化不同，古典小说中的人物性格多是定型的，从出场到终局都保持同一性格特点。《未央歌》中人物性格有变化的主要是蔺燕梅。刚入学时，她缺乏主见，毕业时则学会了决断，她的变化历程承载着小说着意表达的主题之一，即探讨何为校风，校风到底会给同学们带来怎样的影响。但是和蔺燕梅关系最为密切的如伍宝笙、童孝贤、余孟勤等，却是自始至终都持同一秉性。在某种程度上，人物性格健康乐观且始终如一，凸显了其所处世界的秩序稳定，以及非常重要的，在遽然转捩的时代，一代青年对自己人格仍能保全向上的信心以及能肩负时代使命的笃定。

行笔至此，或有论者连及京派小说的人物塑造，认定其与《未央歌》有相通之处。的确，以废名、沈从文为核心的京派作家群，在二三十年代现代都市畸形崛起、传统伦理趋于崩溃的历史语境下，着力于乡土世界的审美再

---

① 鹿桥：《未央歌》，合肥：黄山书社 2008 年版，第 246 页。
② 鹿桥：《未央歌》，合肥：黄山书社 2008 年版，第 20 页。
③ 鹿桥：《未央歌》，合肥：黄山书社 2008 年版，第 216 页。

造。通过塑造三三（废名《竹林的故事》）、翠翠（沈从文《边城》）等天真质朴而又始终如一的乡村少女，体现人性原本可能有的美善，以此重建民族品德。如此来看，《未央歌》在现代文学史的发展脉络中未必没有来路。但是，在 1937 年全面抗战爆发之后，废名虽避居故乡黄梅，却由抒情转向讽刺，以《莫须有先生传》《莫须有先生坐飞机以后》为代表，写意难续。沈从文和鹿桥虽同处西南联大，但此时却陷入如何抒情的焦虑与挣扎中，长篇小说《长河》、短篇小说集《雪晴》仍注目于湘西世界，但叙事充满了罅隙，暗示出原有的写意路径已无法应对时代的严峻挑战。因此，《未央歌》其实是古典写意手法在现代小说中全盘化用的成功文本，甚至亦将该手法所象征的天地观、生命观带进来，为以悲凉为主色调的现代文学着染上了温暖色彩。

三、人与自然相契合的环境营建

在论及中国现代小说中的风景书写时，研究者的理论起点往往是日本学者柄谷行人的"风景"理论，即风景的生成起源于人对自己内在精神生活的发现，即"只有在对周围外部的东西没有关心的'内在的人'（inner man）那里，风景才能得以发现"[1]。换言之，风景的书写体现了现代主体自我形塑的过程与形态。这一过程势必充满自我内部、自我与外界相冲突的挣扎以及不断调适的努力，风景着染上的晦暗或明亮的色彩正对应着其间的痛苦与欢愉。"我"在返归阔别 20 余年的故乡时看到的是"苍黄"的天空（鲁迅《故乡》），人与自然的疏离背后是对启蒙艰难的清醒认知与陷入绝望的困顿。郁达夫的《沉沦》开篇描写了留学异国的青年学生躺卧在清和早秋原野上的感受，如同睡在慈母怀中、贪恋于情人膝上。看似非常惬意，但从整篇来看，与自然的契合却反证出主人公的郁郁寡欢和更强烈的情欲苦闷。《未央歌》不同，其风景书写一直体现了人与自然的契合。在此，自然固然处在叙述者的观照之下，是客观存在之物，却不失其主体性，物我的地位是

---

[1]〔日〕柄谷行人：《日本现代文学的起源》，赵京华译，北京：生活·读书·新知三联书店2006 年版，第 15 页。

平等的，体现出天人相合的统一观。进一步言之，人与自然的契合，又是人与人之间、个体与家国之间呼应的表征。"楔子"中交代，西南联大的校园原是一家地主的田地，主人正是听信了一位风水先生的预言，相信日后必有英雄豪杰兴起于此，遂买下这片田地以备后世之用。在经受现代高等教育的鹿桥看来，这并非封建迷信，而是玄机存焉，"深埋在那些有时是故作玄虚的文字里实在是许多积藏的地形地势气象水流的看法及经验"。这风水是"历代不断的事实"，是古人经验与智慧的体现。[1] 可见，这种自然与人事的隐秘契合构成叙事展开的逻辑起点。

小说中自然风景的具体描写，主要集中于三个片段。首先是第一章，在雨季收尾的九月，以校舍为空间据点，对昆明城郊的山峰、田地、树木做了广角扫描：

> 新校舍背后，向北边看，五里开外就是长虫峰，山色便是墨绿的。山脊上那一条条的黑岩，最使地质系学生感到兴趣的石灰岩，是清清楚楚地层层嵌在这大块绿宝石里。山上铁峰庵洁白的外垣和绛红的庙宇拼成方方正正的一个图形，就成为岩石标本上的一个白纸红边的标签。四望晴空，净蓝深远，白云朵朵直入舞台上精致的布景受了水银灯的强光，发出炫目的色泽。一泓水，一棵树，偶然飞过的一只鸟，一双蝴蝶，皆在这明亮、华丽的景色里竭尽本分地增上一分灵活动人的秀气。甚至田野一条小径，农舍草棚的姿势，及田场上东西散着的家禽、犬马，也都将将合适地配上了一个颜色。一切色彩原本皆是因光而来。[2]

在这段宏观扫描与工笔刻画交叉运用的描摹中，偏于广度熏染的墨绿与重于宽度展示的黢黑同为深色系，相互搭配，赋予山峰以内敛与厚重的气质。庙

---

① 鹿桥：《未央歌》，合肥：黄山书社 2008 年版，第 4 页。
② 鹿桥：《未央歌》，合肥：黄山书社 2008 年版，第 12 页。

宇的洁白与绛红给整个山峰平添了灵动之气，成为其存在的注脚与标识。这种将小景融于大景的厘定无疑来自观察者的主观欣赏意愿。而紧接着则是大景背景之下小景的强力扩张，天空的净蓝与云彩的洁白同为饱满的亮色系，与山峰的深色系构成强烈对比，极具表现张力。位处这张力中间地带的就是水木鸟兽、小径草棚，是与人事活动相关的地面风景。视点的不断跳跃与传统绘画常用的散点透视有内在相通之处，在观察者眼中，深阔的高空与局促的地面、辽远的山脉与近前的农田都统一在日光之下，在不同色彩的协奏中实现和谐。

并且，对田野耕作的关注深化了自然描摹的意义，开拓出关于生死辩证的哲思向度。当观察者平视乡野劳作时，视点定格在一位年迈的老农夫和他幼小的孙女身上。田地路边是排得整整齐齐、长得又粗又大的浓阴白杨，中间有几株苍老的松树直挺挺地，拔起地面很高，那是一小片家坟。做工的间隙，老农夫就躺在坟墓上心安意适地休憩。象征派诗人李金发曾在《有感》《弃妇》等诗歌中以骇人的意象组合暗示生死为邻的紧张感，凸显生命的无常、短暂与脆弱，传达出身处遽然变革社会的现代人强烈的绝望感受。但是，在农夫，生死为邻恰恰充满了代际相承的踏实、稳妥乃至喜悦，这是相当独特的生命体验。

当然，也可以认为事实并不一定如此，只是观察者主观审美心理的投射，而这个观察者无疑就是以鹿桥为代表的西南联大学生。因此，他们自身的自然感受更为真诚与直白。夕阳西下时分，棉衣吸纳了一下午的阳光，正适合一场松软惬意的睡眠。这足以驱走他们曾跨越山海千里的疲惫，使他们忘记了正在经受的贫寒折磨，并再次提醒他们所处的青春岁月与伟大时代，精神的富有与心灵的快乐一同滋长，如同王子。如是，日头沉落让人感觉到宁静，晚霞、山水、花草虽失去光彩，重回素雅，但依然令人沉醉，让人仿佛置于梦境之中，难分真幻。

物物相合、物我共融的风景态势在其后的青春故事中徐徐展开。自然在叙事中第二处的集中体现，是 1939 年举办的暑期夏令会中。夏令会的地址是宜良县可保村的杨宗海。在云南方言中，海就是湖。光色旖旎的湖水隐于幽静的层峦之中，行云低垂，山风飘荡，湖水更显美丽，"令人觉得是可以敬重的好友"。活跃于山水之间，老师辈的金先生、顾先生都放下了架子，和同学们集体创作小说、较劲游泳。梁崇榕、梁崇槐姐妹的泳技高超，恰对应着山湖草木"充沛的生命力"，音乐、绘画、散文、诗歌似乎都不足以形容人事与自然协调共存而生发的浓密诗意。在此情此景的衬托之下，哲学系的余孟勤善于理性分析的冷静性格更是得到了凸显，与多愁善感、灵性十足的蔺燕梅的对比更加强烈，也为后来的冲突埋下了伏笔。在这场夏令会中，余孟勤和蔺燕梅还参加了当地乡民举办的拜火会，他们载歌载舞，大受土司家族的欢迎。自然美景与民俗文化的相得益彰表明，联大师生已不再单单是异域风景的观察者、欣赏者，他们本身也参与了当地环境的构建，镶嵌于这美丽的风物之中，自然也发挥了教化功能。后来余孟勤和蔺燕梅因为在昆明车站参加抗战医疗服务而产生过节，蔺燕梅替补卡车司机却撞坏了车灯，余孟勤认为她给团队丢了脸。一气之下，蔺燕梅离开昆明，"投奔"范宽湖、范宽怡所在的宜良医院服务队。返回学校时，一行人在晚上陪伴蔺燕梅去附近的天主教堂拜访其姨母。访人不遇，还遭逢落雨，紧接着又是晴好如初。雾气迷蒙，令蔺燕梅、范宽怡心情大悦，而童孝贤趁机发表如何欣赏风景的见解，强调心无挂碍的重要性。这是自然书写的第三处。

小说共 60 万余字，自然书写当然不限于以上章节，而是更多地散落于具体的人事场景中，与彼时彼地的境况相结合，以润物无声的方式，在塑造人物形象、表现思想境界、深化主旨意蕴等方面发挥着毛细血管般的重要作用。总之，《未央歌》中，风景之旖旎已化为除却教育之外的精神滋养，是作家为故事的展开与情感的释放而悉心营建的外在环境。

四、儒释道相结合的传统文化价值取向

如本章开篇所言，中国现代文学总体性的价值立场是建立在对传统制度、思想文化、日常伦理等全面而激烈的反抗之上的。但不可否认的是，在现代文化建设进程中，对传统文化持保守、稳健的态度一直存在，相当程度上弥补了激进主义者人为或客观上造成的文化断裂。单从与文学紧密相关的方面来说，1922 年以《学衡》杂志为阵地的学衡派就秉持中立态度，提倡整理国学。任

教于东南大学英语系的吴宓，是学衡派的灵魂人物，他更是不遗余力、自始至终地传播其向传统倾斜的文明观："中国古代之文明，一线绵长，浑沦整个，乃黄帝尧舜禹汤文武周孔之所创造经营，亦即我中华民族在此东亚一隅土地生存栖息者智慧精力之所凝聚。此文明之全体，可称为儒教之文明。"① 此后，京派理论人物朱光潜推崇严正、静穆的希腊文化，梁实秋留学哈佛，接续学衡派继续提倡白璧德的"新人文主义精神"，这强化了中国现代文学的古典主义倾向，和左翼革命文学的热烈、激变构成鲜明对比。时序流至 20 世纪 40 年代，西南联大哲学系集聚了冯友兰、贺麟、钱穆等新儒家代表人物。鹿桥旁听过冯友兰先生的课程，前文已述。目前，虽然没有直接的史料证明他也同时受到另外两位先生的教导，但作为风气濡染，想必也对他产生了潜移默化的影响。儒释道相结合的传统文化精神是小说的精髓所在，其中，当然以儒家文化为核心。

在儒家设定的人际关系之差序格局中，"友情"是重要的"五伦"之一。"以家族观念和报应观念为中心的道德理由加重了这种情感"，同伴关系往往转换成兄弟、姐妹等骨肉关系，"接近于奉献精神和英雄主义精神"。②《未央歌》聚焦于青年学生校园内外的交游活动，书写其友情是应有之义。但是与鲁迅的《在酒楼上》《孤独者》，柔石的《二月》以及丁玲的《莎菲女士的日记》等强调彼此人格的独立与差异不同，《未央歌》中，作家将来自五湖四海的平等同学关系转变成了基于家庭伦理的兄弟姊妹关系。西南联大实行"保护人制度"，即让高年级同学和刚入校的新生结成对子，前者帮助、带动后者尽快适应大学生活，并在读书习惯及人格养成上助一臂之力。伍宝笙和蔺燕梅因这一制度而相联结，但其友谊的深度与性质均不可以一般的同学关系论之。两人以"姐妹"相称，伍宝笙自觉地对蔺燕梅负责任，蔺燕梅在心理上也比较依赖她。蔺燕梅因跟随余孟勤苦读书变得呆板，并且分歧不断。有同学责怪伍宝笙没有

---

① 梅光迪：《人文主义与现代中国》，载《梅光迪文集》，辽宁教育出版社 2001 年版，第 225 页。转引自刘增杰、关爱和主编：《中国近现代文学思潮史》（上卷），上海：上海文艺出版社 2008 年版，第 463 页。

② 〔意〕史华罗：《中国历史中的情感文化——对明清文献的跨学科文本研究》，林舒俐、谢琰、孟琢译，北京：商务印书馆 2009 年版，第 319 页。

尽到责任，她虽觉委屈，但还是非常关心他们之间的冲突。蔺燕梅在感情上遭受挫折，受到误解，想归信天主教，伍宝笙连夜赶往昆明平政天主教堂，生怕她受洗，这种关爱之情已远非同学关系所能涵盖的了。

回到蔺燕梅信教这一叙事节段，儒家文化的表现又被推进一层。因为她主动而强烈的救赎意识并非源于对原罪的清醒认知，而是与儒家道德训诫中的羞耻心性密切相关的。暑期，他们在昆明火车站救助战争伤员的医院中做义工。蔺燕梅因为代替请假的卡车司机运输物资而出了点事故，把车撞坏了。虽无大碍，却被做事严苛的余孟勤指责了一番。一气之下，她跟随在乡下做医疗服务的范宽怡离开了昆明。在乡下的一段时光，除了服务，她还和范宽怡的哥哥范宽湖参加少数民族的聚会，范宽湖也渐渐喜欢上了蔺燕梅，然而蔺燕梅和余孟勤闹矛盾的心结还未打开。在返回昆明的火车上，范宽湖亲吻了清晨似醒非醒的蔺燕梅，蔺燕梅又恼又羞，何况，乘警还对此投以鄙夷的眼光。她觉得再也没有脸面去见老师、同学，抵达昆明后，就直奔姨母所在的天主教堂。虽然最后被史宣文和伍宝笙劝解了过来，但范宽湖因为受流言的攻击而报考飞行军官，离开了学校，这又使得蔺燕梅觉得自己很对不起范宽湖。小童向她示好，她担心自己会伤害他，最后就选择去文山做字典编纂工作。在这一系列波折中，推动人物选择的就是一种违反社会伦理道德的羞耻之心，这种羞耻心的产生当然是以自己的良知觉醒为基础的，但同样也看重世人的眼光，注重群体间的和谐，关注个体给他人带来的影响。

此外，向释道文化向度的拓展，也充分表明传统文化内部的再生活力。不仅联大部分用地的地契由邻近的寺庙住持所赠，而且与寺庙师父的往来也构成同学们的日常生活内容之一。桑荫宅常代幻莲师父借还书，彼此相熟。谈及傅信禅赌博、宋捷军弃学经商等不良倾向，幻莲师父认为，人之天分不同，人的职责就是"各尽本分，不要因外物而动"，最重要的是"莫忘自家脚跟下大事"①。道家文化则主要体现在小童顺应天性与自然的生活态度上，且心胸旷达无碍，这也是他认为自己是蔺燕梅的心理解药的重要原因。

---

① 鹿桥：《未央歌》，合肥：黄山书社 2008 年版，第 345 页。

事实上，作家以史传为正统的小说观、写意式的人物塑造、人与自然相契合的环境营建均是儒释道文化三相交织、彼此支撑的具体体现。之所以将这一氤氲字里行间的文化样态单列论述，是要凸显其在叙事中的核心地位。虽然此前京派、新月诗派、现代诗派等作家群体的创作都有取法于古典哲学观念、文学手段的倾向，但像《未央歌》旗帜鲜明地宣讲传统文化在文本中的全覆盖与深渗透，却是前所未有的。

《未央歌》接续了中国传统文化中优美、明媚的部分。无可讳言的是，这种明媚化叙事或许削弱了文本中人事冲突的表现力度，对一向追求激烈对决甚至偏嗜悲情的现代读者而言，在阅读体验上不够过瘾。但是，与同时期的青年作家路翎的《财主底儿女们》相比，《未央歌》无疑柔化了战争的惨烈，也让我们重新思考中华民族在艰难的现代性蜕变中，传统的思想资源到底在什么程度上能够介入到现实的变革中来，以在启蒙、救亡之外开出一条新的前进路径。当代学者在考察古典传统在 20 世纪文学中的复活以及其与现代价值的和解时，将刻度厘定在了 80 年代张炜的《古船》、90 年代陈忠实的《白鹿原》等长篇小说上，尤其认为"陈忠实是 90 年代直接标举中国传统文化正面价值的第一人"①。这自有其逻辑，尤其是以宏大叙事的演变为主线，其论证更充分。但亦要承认，这也充分说明《未央歌》传统文化的正向开拓之叙事价值至今在大陆学界还未引起足够的重视。这一方面固然由于创作与出版时间的落差，毕竟它在大陆的出版比在台湾、香港晚了近半个世纪。但另一方面，更重要的是，从整体上讲，我们如今对传统文化的认知基本上还囿于五四的思想启蒙框架，对五四时期激烈的反传统之趋势缺乏深度反思。即使以反思为前提，对传统文化的正向形态与价值如何嫁接、融入现代文明的历程中，也缺乏清晰的、可操作的模式，以致总是流于形式与表面。在这个意义上，对《未央歌》中传统文化的正向书写研究，有助于重勘抗战小说叙事版图的多元图景，甚至为当下文学的传统叙事构建、传统文化在日常生活的再融入提供一定的启示。

---

① 陈晓明：《建构中国文学的伟大传统》，《文史哲》2021 年第 5 期。

第三节　以情调统驭现实与历史：《未央歌》续论

但是，问题并未就此结束。长久以来，或受文本风格实情及作家自我表白的影响，内地（大陆）学界多将《未央歌》置于与史诗相对应的抒情一脉予以定位，是和主流的"分析性"叙事相对应的"浪漫性"叙事之典型。[①] 即便将其置于现代大学叙事中，也是强调它展现的校园生活带有"牧歌情调"[②]，落实在语体上则是"既是散文诗，又是抒情歌"的"新文言"[③]。与之相对，有香港学者不吝溢美之词，将其上升到"史诗"高度，置于文学秩序的中心。司马长风认为，《未央歌》把"族国兴亡的悲壮，离乡背井的哀愁、相濡以沫的友情，物质生活的贫乏、乐观的希望，以及爱情的歧误、人生的蹉跌，浑成悲欢离合、挣扎啼笑，以写意的彩笔、活泼泼的画了出来"，"是一部可歌可泣的散文诗，一部六十余万字的巨篇史诗"[④]，并将其与巴金的《人间三部曲》、沈从文的《长河》、无名氏的《无名书》合称为 40 年代长篇小说的"四大巨峰"。[⑤] 如此褒评也在读者那里得到印证，台北故宫博物院原副院长李霖灿指认它"是描绘昆明西南联大学生在抗战时的生活史诗"[⑥]。

以上两种观点对史诗本身的理解并无相左之处，它们共同分享了抗战时期通行的、主流的评价话语。退一步讲，将《未央歌》定位于史诗，可能并不是出自严谨的学理判断，而更像一种油然生发的审美修辞。这恰恰说明了作为价值尺度的史诗已得到专业研究者与一般读者的认可，他们熟稔于心，乃至习

---

① 解志熙：《"情调"风格与传奇形态——20 世纪 40 年代国统区小说的浪漫叙事片论》，《新乡师范高等专科学校学报》2006 年第 3 期。

② 陈平原：《文学史视野中的"大学叙事"》，《北京大学学报》（哲学社会科学版）2006 年第 2 期。

③ 杨绍军：《西南联大的文学书写研究》，云南大学博士学位论文，2019 年，第 99 页。

④ 司马长风：《中国新文学史》（下卷），香港：昭明出版社 1978 年版，第 113 页。

⑤ 司马长风：《中国新文学史》（下卷），香港：昭明出版社 1978 年版，第 112 页。

⑥ 李霖灿：《田园交响乐》，载朴月编著：《鹿桥歌未央》，台北：台湾商务印书馆 2006 年版，第 76 页。

焉不察。只不过在作家及学者看来，真正能够进入史诗行列的，是那些鲜明而坚决地正面书写波澜起伏民族抗争的作品，它们能充分体现处于历史旋涡中的人物紧张而激烈的外在或内心斗争，进而张扬英雄主义与主观战斗精神。即便是写平民及其日常生活，也要以促动历史进步的本质力量贯通之，取得史诗倾向性。据此，《未央歌》远不够史诗量级，司马长风的评价"显然是揶扬过分了"①，"太高了"②。

但是，回归文本，这些研究者都各有洞见与不见之处。一方面，对"情调"的坚执追求固然连带出作家有限的思想深度与失之偏颇的现实视野，有"刻意营造"抒情氛围③与"刻意回避"社会丑恶之嫌④。但《未央歌》并非不涉全面抗战之进程，不仅西南联大本身就是战争的产物，而且具有"史诗"倾向的抗战进程结构性地推动着情节发展。战争威胁之下的困苦、短视、浮嚣一同被裹挟在情节推演中，从侧面泄露而出。另一方面，对史诗时代性、宏大性与散文诗写意性、生活性之两极的强调，亦显示出文本叙事维度的张力。但是在司马长风的评判中，这一张力却被忽略了。情调产生的深厚根基恰在于不断推进的、激烈而残酷的战事被框定在了治乱兴衰不断循环的传统史观中，在于以"自由""独立"等现代价值为尚的高等教育理念被巧妙地融合在儒释道文化中。意即，《未央歌》中的情调极具统纳性。不可否认，这种统纳内部也存在着叙事败笔与裂隙。⑤ 如果连及文本创作周边，放眼于鹿桥后来自陈的整体创作计划，则更能显示《未央歌》作为"绝唱"的难以为继之处。研究者在评述王德威的"抒情传统论"时特意指出，抒情恰恰是因为史诗而能成其大，正是背靠"'史诗'这样一个恢弘的背景、体系和话语"，作为风格的"抒情"

① 解志熙：《"情调"风格与传奇形态——20 世纪 40 年代国统区小说的浪漫叙事片论》，《新乡师范高等专科学校学报》2006 年第 3 期。

② 祝振强：《"情调"小说：鹿桥的〈未央歌〉》，《中国现代文学研究丛刊》1992 年第 1 期。

③ 陈平原：《文学史视野中的"大学叙事"》，《北京大学学报》（哲学社会科学版）2006 年第 2 期。

④ 解志熙：《"情调"风格与传奇形态——20 世纪 40 年代国统区小说的浪漫叙事片论》，《新乡师范高等专科学校学报》2006 年第 3 期。

⑤ 祝振强：《"情调"小说：鹿桥的〈未央歌〉》，《中国现代文学研究丛刊》1992 年第 1 期。

才能上升为一种"文类""情感结构",昭示出特定"史观",① 该观点充分表明"抒情"与"史诗"之间存在着重要而复杂的辩证关系。《未央歌》无疑就是"抒情"与"史诗"辩证的叙事范本,"抒情"中的"情"即上文所言的"情调","史诗"则指小说的叙事框架、情节推进都与全面抗战密不可分,进而言之,"情调"就是被裹卷在这一历史进程中的。因之,《未央歌》情调与史诗的繁复辩证,体现了历史转捩期现代小说叙事的多元进路与潜在可能,亦给当下具有浓郁抒情倾向的小说创作带来有益启示。

一、战事推进中的历史回归

《未央歌》中,史诗倾向的显著体现是抗战及其进程在叙事中的结构性存在。从宏观来讲,西南联大本身就是抗战的产物,清华、北大及南开三所大学在昆明的聚散与抗战大势密切相关。从微观来讲,联大学风好坏及学子们的前途选择与昆明在整个抗战中的位置相关。滇缅公路的修建、畅通、中断都对昆明的商业发展、文化氛围产生了重要影响,进而激发了大多数学生的问道意志,也不免诱惑部分青年早早加入挣钱大军,喧嚣着浮躁之风。而日本对缅甸的步步紧逼,又牵制了国民革命军兵力,不少学子应征入伍,或参与后方的医疗服务。但是,与抗战主流文学不同的是,这一涵盖时代进程、左右政治势力角逐的系列战争事件在为文本获得基本的历史质地并培育出史诗之土壤后,却并未朝向英雄或类英雄形象塑造的叙事方向发展,从而获得真正的史诗品格。较之现实的骨架,更夺读者心魂的是藤蔓般匍匐、蔓延于整个叙述空间的抒情之调性,即情调。昆明美丽的地方性风物、青春人生的特质以及作家对理想的有意强调固然是情调的构成要素,但根本缘由则在于,文本始终盘桓着治乱兴衰、回环往复的传统历史观。向传统的回望与对历史的信心,箍制了抗战进程不断推进必然带来的毁灭倾向之无节制表现,并且在相当程度上改变了五四新文学以来四处氤氲、挥却难去的悲凉气氛,为乐观抒情奠定了坚实基础。

治乱相替的朝代更迭史观是《未央歌》叙事得以展开的基点。"楔子"中,

---

① 季进:《抒情·史诗·意识形态——普实克的史诗论述》,《文艺争鸣》2019 年第 7 期。

昆明云姓大户人家，因老太太去世，就坟墓一事约请风水先生。秋忙返乡，云老将其送至城西郊外，休憩四眺，一派盛年村景。但风水先生却说这显示出"治久必乱的朕兆"——"这菜园里日后必聚集数千豪杰，定是意外是聚会"，"竟是聚集多少负笈学子亦未可知！"① 于是，云老便将这爿田地买下，以期有用于后世。当这个故事已沉淀为无可考证的传说时，"起了大乱"，抗战全面爆发。1938 年春，中央航空学校在昆明城东南部巫家坝建立分校，长沙临时大学迁来，清华、北大与南开在昆明正式合并为国立西南联合大学。1938 年9 月，昆明城内开始受到日军不断的空袭，尤其是城西北一带——正是当年的菜园田地。时至 1941 年太平洋战争爆发，西南联大需要新校舍，董常委在日落时分散步至环城马路，随意走进疏散住宅附近的三分寺，巧遇住持解尘和尚，未等董常委说明自己的难处，和尚便拿出菜园地契交给董常委。风水先生当初所言，居然应验。只是，这原件地契并无云老署名。也许当初就无署名，抑或这为小说家杜撰，但不管哪一种，均体现了民间百姓依照治乱兴衰之规律预早应对危机的自信与聪慧。先知般的行动解决了战火纷飞下政府无暇顾及、无能为力的校舍问题，为摇摇欲坠的中国的文化绵延与传承做出了贡献，是传统文化与现代教育互契的物质基础。

除此，作家无中生有般地直接将故事推至谁也说不清的久远年代，让真假难辨的传说为宏大历史启幕，自然也打破了有始无终的现代线性时间观，是治乱兴衰的循环观对叙事的内在要求，暗示西南联大迁至昆明是历史发展中的必然，抗战不过是机缘而已。既然如此，回溯真实的历史事件之推进就不仅显得没有必要，还会影响其表达意旨。对比同样以西南联大为题材的当代长篇小说宗璞的《南渡记》，会更清楚地认识到这一点。《南渡记》首先历数九一八事变以来日军如何蚕食鲸吞中国东北、华北，而后才引出抗战全面爆发逼迫学校南迁，国家民族危亡之秋，前途难测，仓皇与悲壮溢于言表，这几乎是抗战正史的录写。相较之下，《未央歌》因为相信"合久必分，分久必合"之兴衰规律，自然对国家民族的前途多了几分笃定与乐观。这也决定了在接下来的叙述

---

① 鹿桥：《未央歌》，合肥：黄山书社 2008 年版，第 3、4 页。

中，无论政局多么严峻、生存多么艰困，联大师生都能以自由之心、昂扬之姿出入于读书交游与前线奉献之间。唯有在这种史观框架下，才能理解《未央歌》何以能巧避战争之恶、人性之丑而不书，而不是"刻意回避"。

进一步讲，《未央歌》其实并不回避世事污浊、人事纷争。滇越道路的开通致使铁路公司与乘客间的冲突增加，叙述者如此议论：

> 这种急骤的变化很叫人有感触，慢慢地可以领悟到世界是一个大沙漠，震动接着震动，平衡接着平衡。世界大同的日子是踏着震动时留下的血迹走到的。那时沙盘上不再有丘陵，人间世没有分界。①

这些污浊与纷争也可以在历史的自愈中被净化、弥合，因为治乱兴衰在彼此的制约中自行交替消长，《未央歌》情调中的乐观主义与理想主义"质素"由之炼成。鹿桥很敬重钱锺书，喜欢其《谈艺录》，还曾将《未央歌》寄送与他，但他很不认可《围城》，认为中国人不是钱锺书所讽刺的那样。② 这分歧不单是创作视角、生活经验以及学历素养之不同，最终还是要归结到历史观上。

此外，小说题目具有鲜明的时间意识，古风盎然。在《诗经》《楚辞》《老子》等典籍中，"未央"之表述往往与君王政治、士人美德、天道运行紧密关联。鹿桥命名时，语意所及未必如此丰富，但小说的精神实质却与其高度一致。可以说，宏观的战局变幻与深远的历史回归，使小说充满史诗与情调，也充满既对峙又共生的张力。从叙事内容上看，文本实则超越了经验的、政治的及地域的写实限制，而深入文化传统中的人格养成与现代教育中的校风建设该如何互融互契之层面，具有不可替代的理想性。

---

① 鹿桥：《未央歌》，合肥：黄山书社 2008 年版，第 249 页。

② 谢宗宪：《吴讷孙（鹿桥）小传》，载朴月编著《鹿桥歌未央》，台北：台湾商务印书馆 2006 年版，第 48 页。

二、史诗的暗中支撑与情调的正面呈现

战争在总体上主导叙事走向与形式架构，在 20 世纪 40 年代的小说中是普遍现象，而更能规定叙事走向与形式架构之表现形态的则是作家所持的政党观——一种被镶嵌在作家思想文化谱图中的狭义政治观。《未央歌》的特殊性在于，跳脱了具体的政党观念的影响与制约，紧紧抓住"培养什么人"这一教育核心问题，在更悠远的文化传统中寻找支撑国家民族度艰纾困的精神资源与信仰根基。

鹿桥写作《未央歌》时不过 25 岁，所见所历多囿于校园生活，较为单纯，叙事较少受到政党政治的影响，自在情理之中。但赴美留学前，在重庆受训期间亦被动员加入国民党，他却选择了拒绝。[①] "我不是说政党制度本身是好是坏，我要问的是它合不合国情？在中国，天下大乱时，是群雄并起。大治时是因为'定于一'，有真命天子。"[②] 与西方倚重民主与法治的"政党政治"不同，中国的"社会安谧是建筑在人民教养的质素上"，这"质素"是超越民主与法治的"中国的天理良心、公道在人心里及扪心无愧"，是"三个以'心'为出发及归宿点的传统"。[③] 鹿桥发表这番肺腑之言时已至生命晚境，却完全可视作《未央歌》何以具有强烈传统文化倾向的阐释注脚。此处的"心"所涵盖的良知、公义与担当亦是现代教育精髓之所在。由此，文本所包孕的文化能量跨涉了现代教育养成与古典文化濡润之两极，情调也因之上升为包括"价值、理想"在内的"意识形态"层面[④]，为如何处理现代与传统之关系提供了别一解决路径。

因之，《未央歌》书写的虽然都是大学校园的日常交游、学习生活，看似

---

① 谢宗宪：《吴讷孙（鹿桥）小传》，载朴月编著：《鹿桥歌未央》，台北：台湾商务印书馆 2006 年版，第 20 页。

② 鹿桥：《忆〈未央歌〉里的大宴：少年李达海》，载朴月编著：《鹿桥歌未央》，台北：台湾商务印书馆 2006 年版，第 291 页。

③ 鹿桥：《忆〈未央歌〉里的大宴：少年李达海》，载朴月编著：《鹿桥歌未央》，台北：台湾商务印书馆 2006 年版，第 292 页。

④ 高友工：《美典：中国文学研究论集》，北京：生活·读书·新知三联书店 2008 年版，第 83 页。

无关宏旨，却暗含着作家的史诗视野与雄心。鹿桥认为："小说的外表往往只是一个为紫罗兰缠绕的花架子并不是花本身，又像是盛事物的器皿，而不是事物本身。"[①] 言下之意，花朵与事物本身才是最重要的。但是，没有花架与器皿，美物何以获得形式与秩序来呈现自身？就文本史诗与情调的张力关系来讲，这一史诗的视野与雄心可谓情调正面呈现的暗中支撑，不可或缺。

首先，《未央歌》既是作家对大学生活的深情记忆与审美重构，自然绕不过"何为真正的教育"这一重要问题。不同于钱锺书的《围城》、张者的《桃李》等现当代小说中的大学叙事，《未央歌》未从管理、业务等比较容易把控的教育活动进行正面切入，而是选择有其实但难以捕捉其行的校风进行细细演绎。

校风氤氲在新生欢迎会、暑期夏令会、毕业欢送会、后方医院救助以及学生新书讨论会等集体活动中，也漫及蔺家聚会、"米线大王"聚餐、宿舍卧谈会等更随性的日常交游中。将这些散漫无序的表现形态系于一端的是新生保护人制度——不限系别、专业，每名老生都分配一两名新生，在生活、学习上尽心尽责地给予指导。而在具体的实施上，则采取树立典型的方法，"把校风就建筑在几个人身上，让大家崇敬，爱护，又模仿。这个人必要是一个非凡的人。她或他，本身就是同学一本读不完的参考书。这书或许有失误的地方。为了大家对这书的厚爱和惋惜，这一点失误的地方更具有教育性的参考价值"[②]。这个典型即 1938 年西南联大生物系四年级的伍宝笙与外语系新生蔺燕梅结成的对子。伍宝笙端庄贤淑、温婉热情，既认真钻研功课，又会玩耍、有情致，毫无一般女孩子特有的娇气、任性，可谓感性与理性之完美结合。蔺燕梅家庭优越，父亲是航校军官，母亲优雅精致，自小聪慧纯良，备受大人赞颂，因此也有一种不自觉的讨喜性格，容易被外界看法左右。小童和伍宝笙同系，是其小学弟，伍宝笙和心理学系的余孟勤又是同年级，而史宣文和蔺燕梅是舍友，如此等等，大家彼此关联。小说以蔺燕梅的成长为核心，辐射其他人，前文述

---

① 鹿桥：《未央歌》，合肥：黄山书社 2008 年版，第 1 页。
② 鹿桥：《未央歌》，合肥：黄山书社 2008 年版，第 187 页。

及的她的读书选择、曲折情感历程以及与小童的真诚交流等，均展现了其迷惘、挣扎及了悟的心路历程，一个在意他人／群体看法的"我"逐渐成长为懂得决断、明确路向的"自己"，更形象地诠释了何为校风、如何建设校风等问题。

而校风之风的原始语义与情感相联系，"在先秦两汉的文本中，'情'往往可以和'气'混用，《广雅》对'气'的解释就是'风动也'"①。因之，现代教育理念与传统文化精神在文本中的关联自有逻辑，混融一体，而对"自己"身份的体认则是二者相连的枢纽。在五四新文化语境中，"自己"面貌的辨认建立在与"他人""集体""社会"的对照关系基础之上，新文学作家们尤为擅长在复杂的政治文化语境中表现彼此间的对立与冲突。"自己""我""主观"等词汇在《未央歌》中亦反复出现，是师生们在讨论生活、读书、审美乃至人生命运时的关键词。不过，文本更强调"自我"与他人及环境的和谐、共融。小童及范宽湖范宽怡兄妹陪蔺燕梅去宜良天主教堂看望她姨母，小童用手绢勒住蔺燕梅的皮箱背在肩膀上，以节省力气。范宽怡嫌如此作为和周边风景太不调和，小童由此发表了自己的"好看"学说："这个调和的感觉，就有点心的作用了。一个人的作风，思想，说话，只要调和我就说好看。"②小童以自然为衣，追求本真。虽然王尔德、歌德、卢梭、雪莱、夏多布里昂等浪漫主义作家常被他挂在嘴边，但在他身上更凸显出老庄顺其自然的旷达心性。反观蔺燕梅，她觉得自己处处不调和，心总是在漂泊。如何安放内心、如何解决与理性相对的情感问题，是蔺燕梅最烦恼之处。蔺燕梅在余孟勤的引领下曾一度苦读，同学们议论纷纷，认为这扭曲了其热情之天性。两人关于选修语音课还是文学课产生分歧，蔺燕梅只想选修文学课，被余孟勤视为泄气、疲惫。他主张什么都要有理性的头脑，但在蔺燕梅看来，内心的情感是无法用来理性解决的。余孟勤的崇尚理智与求全责备为后来医务服务中的冲突埋

---

① 〔意〕史华罗：《中国历史中的情感文化——对明清文献的跨学科文本研究》，林舒俐、谢琰、孟琢译，北京：商务印书馆 2009 年版，第 145—146 页。

② 鹿桥：《未央歌》，合肥：黄山书社 2008 年版，第 457 页。

下了伏笔。为转移痛苦，蔺燕梅随范宽怡去了呈贡收容所，他们刚才所要讨论的话题正是发生在服务任务结束之后。值得一提的是，在这期间，范宽湖渐渐地喜欢上了蔺燕梅。他们拜访姨母未遇，就决意在火车上过夜。因对蔺燕梅睡梦中情态的误会，范宽湖吻了蔺燕梅，她在感到羞辱之下执意皈依天主教，结果当然不成。在这个意义上，小童之于蔺燕梅是一味解药，教育她要有自己的生活态度，不要总以别人的眼光为标尺，而是要从自身的立场、动机出发来断定自己的所思所行是否合理，是否真的有违人情、道德。

　　进而言之，小童所谓的"调和"实质上是将人置于天地相应的宇宙格局才能达到的境界，非涤除人事是非乃至文化积成不可，这也恰是"天地良心"生发之所。在天主堂不遇姨母之后，他们连夜赶往车站过夜。雨过天晴，满天星斗，蔺燕梅和范宽怡一唱一和地欣赏美景，且将之与民国音乐家黄自所做的《长恨歌》相类比。小童则批评她们太过借重其他艺术形式，不会从实际生活中发现美：

> 乡村小店也有许多美的情景，风尘满面的行路人，往马槽注水的庄稼汉，一盏挑在门外的风灯，一个干瘦老头儿闭着眼的，跟他手里的旱烟袋。可是这个美都是包了纸的糖，不能去掉这层纸的人，吃不到这甜味，又像是才摘下来的毛栗子，想尝，还要费点事呢！①

　　这番论述很接近王国维的《人间词话》中的"隔"与"不隔"之论，若想穿越现实的粗粝、朴拙外表，探求其美的内核，非有一种将自己投身其中的意志不可。而这种意志的培养，首先就要求欣赏者放下自己的精英意识与优越感，以素朴之心立身。说到底，这种审美眼光与姿态的养成有赖于对天地人生持敬畏之心，存感恩之情，如此方能行"调和"之实。培养这般的"自己"，正是学校教育的重责之一。

---

① 鹿桥：《未央歌》，合肥：黄山书社 2008 年版，第 479 页。

由此，传统的人文观念与现代教育实践有机融合，被涵盖在史诗支撑与情调呈现这一总体叙事格局之下。《未央歌》中涉及的情感是传统的人与自然调和关系在人与人之间的逻辑延伸，而情感教育则是现代家国同构格局下的学校教育的重要组成部分。宴取中认为人情贵在合宜、中庸，"过去的事绝不追究，人事已尽的事绝不伤感"。生命的真谛就是"一句老话'人情'！'圣人者'也不过是'人情之至也'"。[1] 儒学伦理构成了《未央歌》传统文化的底色。而朝释道文化向度的拓展，使得小说在更广泛更整体性的意义上表现了传统与现代的彼此激活与有机融合。道家文化之表征，在前文提及小童时已有所论述。而释禅文化更是融在联大师生与寺庙师父的日常交往中，对于战事在学生中间引起的人心浮动，寺庙师父常常谆谆教导，要忠于职责尽好本分。1943年暑期，余孟勤、小童等主要人物都毕业了。履善师父说："这个看起来竟像个起头，不像个结束。不见这些学生渐渐都毕业，分散到社会上去了么？他们今日爱校，明日爱人，今日是尽心为校风，明日协力为国誉。"[2] 个体与集体、当下与未来、热爱与责任甚至入世与出世都相融相洽，端赖于史诗与情调的辩证统一。

三、史诗的宏愿未竟与情调的难以再续

据鹿桥后来讲，当年写《未央歌》时，其实就有写"三部曲"的计划。《未央歌》是第一部，第二部想用近乎韵文的方式把《未央歌》中所有和北平有关系的人物都放在北平去，写其童年时代。第三部则是想表现他们成熟和衰老的境况。《未央歌》之所以写得"只有爱没有恨，只有美没有丑"，是为了将第三部写得淋漓尽致——"美也有、丑也有、痛苦也有、死也有、病也有……然后才得舒畅"[3]，并且认为这未写的第三部才是他"梦想的这一出戏

---

① 鹿桥：《未央歌》，合肥：黄山书社 2008 年版，第 26 页。
② 鹿桥：《未央歌》，合肥：黄山书社 2008 年版，第 643 页。
③ 楚戈：《未央歌未央——鹿桥访问记》，载朴月编著：《鹿桥歌未央》，台北：台湾商务印书馆 2006 年版，第 105 页。

中的大戏"①。这是真正的史诗书写之宏愿。鹿桥 1945 年去国留美直至 2002 年去世，学业、工作、生活都比较平顺，在美国艺术界获得了一定的影响力，并且不断有新的文学创作问世，但这后两部的写作计划却没能实现。是时间不够用、相关的知识积累不充分，还是远离了中国社会语境，对要涉及的历史难以有真实的体察？或许这两个因素兼而有之？这都有可能。但是，核心的、最重要的原因还是隐藏在《未央歌》叙事内部。

　　如前所论，形式与内容兼具的情调生成于传统历史意识对抗战进程的反动、古典文化与现代教育的融合，充满青春的乐观、进取。这一切浸润在青春年代无主题变奏的日常生活中，也支撑起整个文本的叙事构架，与以英雄主义为核心的史诗相对话，抑或称为另外一种史诗。但是，这"长乐未央"的酣畅与沉醉并非文本叙事的全部，与其相对照的还有年华易逝、美好不再的伤感与焦虑。校园里的玫瑰园是师生流连忘返之处，尤其是在玫瑰盛开的季节。常常有同学将蔺燕梅比作玫瑰，而她偏偏又喜唱当时的流行歌曲《玫瑰三愿》。一年级第二学期的第一次月考之后，在毕业典礼上的游艺会中，她都有精彩独唱，惊艳全场。"我愿那妒我的无情风雨莫吹打；//我愿那爱我的多情游客莫攀折；//我愿那红颜常好，不凋谢！——"，最后一句是"好教我留住芳华"。② 游艺会谢幕之后，她和伍宝笙感慨青春散场后的凄凉，沈葭亦为毕业而哭。

　　1932 年 1 月 28 日淞沪会战爆发，日军逼近国民政府首都南京。会战结束之后，上海国立音乐专科学校的教师、民国著名的词学家龙榆生（龙七）看到校园内遍地凋零的玫瑰，感伤无限，信笔作词，音乐家黄自随之将其谱成了曲，是为《玫瑰三愿》。在"三愿"之前还有一句"玫瑰花玫瑰花/烂开在碧栏杆下"，篇幅很短，内容不算丰富。其旖旎动人的原因，除不断重复的旋律外，应与对中国抒情传统的承继有关。留恋红颜、担心芳华不再的伤逝之情，

---

　　① 楚戈：《未央歌未央——鹿桥访问记》，载朴月编著：《鹿桥歌未央》，台北：台湾商务印书馆 2006 年版，第 107 页。

　　② 鹿桥：《未央歌》，合肥：黄山书社 2008 年版，第 163 页。

显然关联着中国的古典诗文精神。孔子对川水"逝者如斯"的慨叹，屈原对美人迟暮与修名不立的惶恐，陆机直接"叹逝"，庾信则以"木犹如此，人何以堪"的典故出之，杜牧发思于从"王谢堂前"到"寻常百姓家"的燕子，杨慎则骋游于"滚滚长江"，这些无不表现出时光流逝之下个体志向难以达成的悲哀与朝代兴废不可逆转的沧桑。如此来看，《玫瑰三愿》显然寄寓了作词、作曲者面对时局的忧愤又无奈之情。何况，黄自本身就是极具爱国情怀的作曲家，由他作词作曲的《抗敌歌》是国内最早以抗日救亡为题材的歌曲。而由蔺燕梅之口说出的《长恨歌》，是一部清唱剧，以此鞭挞国民党消怠抗日之行径。

黄自是一个将西洋作曲方法与传统文化意境、韵律相融合的作曲家。《玫瑰三愿》能在中国现代音乐史上占有一席之地，进入欧美大学音乐教材，和这一创作特色紧密相关。而鹿桥将其镶嵌在新一代青春生命的感伤中，镶嵌在全面抗战进程中，使其获得了更具历史纵深感的意义，在变化了的现实情境中获得了新的生命力。但是，也因为这种更深沉的现实悲剧品质的获得，暗中拆解了青春的昂扬姿态，削弱了对理想追求的表现力。去国经年，且闻山河巨变，想必鹿桥即使有续写之力，恐也无心细究世事沧桑中这些人物的命运了吧。

同是青年作家，同属抗战青春书写，路翎的《财主底儿女们》是对五四新文学启蒙叙事的继承与发展，蒋家三子蒋纯祖的命运充满了志向不断受挫、理想趋于破灭的悲剧意识。但鹿桥的《未央歌》则始终贯穿着热情而积极、明朗且乐观的进取精神，系情调内核之所在。更为特殊的是，日益严峻的抗战进程之表与治乱更替的历史秩序之里扭结在一起，对天下政局、家国命运持抱的深广思虑与看似琐碎的学校日常教育有机融合，形成史诗支撑、情调涵容的叙事格局。《未央歌》虽然完成于1945年，但迟迟未在大陆出版。直至1990年，才被收入明天出版社出版的《中国现代文学补遗书系　小说卷八》（孔范今主编）中，而单行本则于2008年由黄山书社出版。这种出版的严重滞后无疑影响了读者对它的了解接受与深度鉴赏，是一种难以弥补的遗憾。但不管如何，这一叙事格局还是参与了现代小说的流变与发展，并作为一种隐伏的传统闪耀于当代文坛。

第四节　在历史原初回归中汲取力量：冯至《伍子胥》再论

早在 1931 年，现代派诗人林庚就在《夜》中就以充沛的想象力描述了"原始人熊熊的火光／在森林中燃烧起来"之情景，它驱散了"我"的"孤寂"，"我"因之才有力"为祝福而歌"[①]。论者认为，诗中的"原始人""火光"是"林庚对人世中'鲜活'经验的延伸想象——由'鲜'到'新'到'初'的延伸"[②]。"这种追源溯始的意念"反映了"杜庚对'整体'（totality）——无论是并时的（synchronic）'当下'或者异时的（diachronic）'历史'——的关注"，而"诗、文艺可以揭露这个更完整的世界或者完整的历史。"[③] 因之，原初亦成为诗人精神生命与文艺创作的"活力"之源[④]，具有启示与救赎意义。全面抗战年代，作家们对潜隐在原初叙事话语中的"活力"更为关注。沈从文落脚昆明之初，由夜间轰隆的雷雨声联想至抗战这一现实"雷声"，并将其与原始人类在山洞中感知到的自然雷声相比附。湘西辰河流域日常生活的审美化起点则是两千年前楚国逐臣屈原所做的《橘颂》，茂盛的橘林是他创作灵感之源（《长河》）。在《北京人》中，曹禺直接设置了研究北京元谋人的人类学家袁任敢这一人物，带领愫芳、瑞贞从烂熟至腐的士大夫家庭出走，追求光明。左翼启蒙派作家路翎，更是在《饥饿的郭素娥》中呼唤"原始强力"，褒扬生命本能中的抗争意识。这些作家秉性不同、审美各异，但在回归原初的书写方面，都不约而同地将自然风景与人物品性相比附，将历史与现实做跳跃式并置，着意探究人的力量来源。而且，这种叙事倾向从未集"流"成"派"过，只是散落在作家的自觉追求中。因此，退步言之，也许恰是这种"跨文体性""零散性"与"不约而同性"表明，如何在动荡的时局中弥合剧烈变化的现实与超稳定的历史、自然之间的断裂，以及如何在国家、民

[①] 林庚：《林庚诗集》，北京：清华大学出版社 2014 年版，第 6 页。

[②] 陈国球：《情迷家国》，上海：上海书店出版社 2007 年版，第 48 页。

[③] 陈国球：《情迷家国》，上海：上海书店出版社 2007 年版，第 49 页。

[④] 林庚著，葛晓音编选：《林庚文选》，北京：北京大学出版社 2010 年版，第 139 页。

族等宏大话语中探寻人存在的本真要义，始终是现代知识分子努力尝试解决的思想与艺术难题，而冯至在《伍子胥》中的原初叙事不失为一条解决难题的途径。

一、《伍子胥》创作的现实动因与原初叙事的研究价值

据《史记》记载，伍子胥，名员。其父伍奢为楚平王太子（名建）的太傅，其兄伍尚。太子建的少傅费无忌对太子建不忠，恐太子被立后杀掉自己，便不断向楚平王进谗言，离间楚平王与太子的关系。楚平王听信费无忌的谗言，太子建先是被驱离王宫，在边疆城父陈兵，以御外侵。后又被城父司马追杀，亡命于宋。而楚平王对伍奢的忠言相告不仅不信，反而大怒，伍奢因之被囚。又是费无忌出谋划策，伍奢被当做人质、诱饵，要将其两个儿子召来，如此方可免死。实际上，是要将父子三人一并杀死，以防后患。伍尚仁厚，前往，与父亲一同被杀。伍子胥则猜透了楚平王的真意，决心逆使者之命逃亡。伍子胥最终效力于吴王夫差，在吴越争霸中打败了越王勾践，不仅为父兄复了仇，也建立了个人功业。对此，司马迁评价道："伍子胥从奢俱死，何异蝼蚁。弃小义，雪大耻……隐忍就功名，非烈丈夫孰能致此？"[1] 司马迁将伍子胥定位为悲壮而又伟大的英雄形象。1942 年冬至 1943 年春，任教于西南联大外文系、寓居昆明市东郊林场茅屋的诗人冯至，创作了小说《伍子胥》。但是，不同于《史记》中首尾两全的线性叙事，冯至仅择取了伍子胥复仇大业中的一小段为表现对象，即从楚国城父到吴国都城的逃亡历程。在《史记》中，司马迁仅用一个段落就叙述了这一历程，集中表现伍子胥的所见所遇，不涉其心理活动，语言高度简练。但冯至却将这一历程拓展至九个章节，分别是城父、林泽、洧滨、宛丘、昭关、江上、溧水、延陵、吴市。在空间的不断转移中，作家将笔墨着重放在伍子胥层层递进的心理变化上。整体来看，伍子胥逃亡不过是叙事的表层，深层则是他在不断的空间转移中实现的精神蜕变。

---

① ［汉］司马迁：《史记》（七），［宋］裴骃集解，赵生群修订，北京：中华书局 2014 年版，第2654 页。

　　其实，冯至书写伍子胥逃亡的念头由来已久。早在 1928 年，他就受里尔克的散文诗《旗手里尔克的爱与死之歌》所启发，希望以同样体裁演绎伍子胥的逃亡经历，"那时的想像里多少含有一些浪漫的原素，所神往的无非是江上的渔夫、溧水边的浣纱女（即小说中的浣衣女）"，认为伍子胥与其遇合"的确很美"。① 但是，冯至迟迟没有动笔。全面抗战爆发后，"伍子胥在我的意象中渐渐脱去了浪漫的衣裳，而成为一个在现实中真实地被磨练着的人"，故事中也"掺入许多琐事，反映出一些现代人的、尤其是近年来中国人的痛苦"②。显而易见，强烈的现实针对性是《伍子胥》的叙事内核。这一点，也可以从当时的文学批评中得到佐证。小说甫一出版，"反映社会、批判现实"的主题倾向就得到过分关注，伍子胥的"复仇意识"也受到特别推崇。③ 可以说，伍子胥的复仇行动与全国人民同仇敌忾抗击日本侵略是息息相通的。

　　甚至有的批评家过于看重小说的现实意义，而对其叙事手法表示不满，认为其是"一篇能使自我情绪升华的抒情歌诗，文字本身就有一种音乐似的诱力，却不是一首伟大的反映某个特定历史年代的气魄磅礴而宏大的史诗"④。"这样的复仇主题不应该写在这么平坦的平原似的流利的散文里，而应该写在连峦一样严峻的，或海洋一样深沉有力的史诗样的小说里。"⑤ 唐湜将《伍子胥》视为"抒情歌诗"和"散文"，是因为特别注意到作家的叙事重点，即伍子胥不断的精神"蜕变"。以"史诗"衡之，他遵从的也是 20 世纪 40 年代的主流文学批评标准，这完全可以理解。但其言外之意是，这种诗化倾向的叙事没能充分表现出伍子胥波澜起伏的复仇历程，也没有表现出他悲壮而伟大的英雄精神。换言之，没有充分凸显出人物抗击现实的力量。那么，小说的诗化倾向意义何

---

① 冯至著，韩耀成编：《冯至全集》（第三卷），石家庄：河北教育出版社 1999 年版，第 426 页。
② 冯至著，韩耀成编：《冯至全集》（第三卷），石家庄：河北教育出版社 1999 年版，第 427 页。
③ 陈婵：《错位与重构——二十世纪四十年代〈伍子胥〉的接受与阐释》，《中国文学研究》2016 年第 1 期。
④ 唐湜：《冯至的〈伍子胥〉》，载冯姚平编：《冯至与他的世界》，石家庄：河北教育出版社 2001 年版，第 267 页。
⑤ 唐湜：《冯至的〈伍子胥〉》，载冯姚平编：《冯至与他的世界》，石家庄：河北教育出版社 2001 年版，第 271 页。

在？仅仅是一种风格吗？目前，这一诗化特征与西方存在主义哲学相关联，已被学界认识到。[①] 晚近研究中，有青年学者从互文性角度，通过建构文本诗性内容与存在主义哲学的内在关联，挖掘出在民族、国家存亡系于一秋的特定"政治时刻"伍子胥身上潜蕴的知识分子走向民众、唤醒民众的能力。[②] 可见，诗化倾向也是作家介入现实的叙事途径之一种。

不过，这一研究空间还有待开拓。一方面，小说的诗化倾向彰显了人物为实现复仇而不断积蓄力量、最终战胜现实的过程。另一方面，在某种程度上，这一诗化特征还与中国古典话语资源有着密切关联。而这种深厚的古典情怀，也是冯至在动荡时局中能够担当知识分子使命的精神依持。回至文本，这两个方面即小说原初叙事的内涵所在。因此，探究原初叙事在小说中的表现及功能，是研究核心所在。具体言之，它表现为三个层面。一是不断回念幼年时期生活过的故乡。美丽的故乡是伍子胥决意复仇的动力所在，逃亡是为了更好地回来。二是在逃亡过程中，伍子胥不断追思华夏历史开创者的辛劳，为后者充满艰难的开创精神所鼓舞。三是乡野人物渔夫、浣衣女不带任何功利目的地帮伍子胥克服困难，人与人之间朴素、简单的施受关系给予流亡中的伍子胥以温暖。

二、原初叙事之一：在对原乡的思念中不断明确复仇目标

对伍子胥而言，故乡首先是一个地理概念，其次是可以安放漂泊的灵魂、抚慰其精神焦灼的文化场域。正是凭借对故乡的留恋与热爱，他确立了为父兄复仇的长远目标，找到了复仇的价值与意义。在开篇的"城父"一节中，他和兄长伍尚被困于衰败的边陲城市城父，对于太子建的被逼出奔和父亲伍奢的被囚，只能空怀不平，却不知该怎么做，整个生命如同被悬置。这种漂浮状态即生命无法承受之轻，唯能坠住他们以免遁入虚无的是楚地风物，"江边的方

---

① 解志熙：《生命的沉思与存在的决断（下）——论冯至的创作与存在主义的关系》，《外国文学评论》1990 年第 4 期。

② 罗雅琳：《〈伍子胥〉的政治时刻——冯至的西学渊源与 20 世纪 40 年代的"转向"》，《文艺研究》2018 年第 5 期。

言使人怀想起金黄的橙橘、池沼里宁静的花叶、走到山谷里到处生长着的兰蕙芳草"①。回想起在故乡度过的幼年生活，"便觉得自己像是肥沃的原野里的两棵树，如今被移植在一个窄小贫瘠的盆子里，他们若想继续生长，只有希望这个盆子的破裂"②。正是边疆城父与中心郢城、故乡与异乡的对照，激发了他们的仇恨，照见了他们被流放的羞辱，也使他们感到骄傲——因坚持正义而被流放。

因此，当郢城使者将佞臣费无忌的命令传来，二人必须各自面对未知的凶险时，故乡就成为一种鼓动的力量，"在他们眼前，一幕一幕飘过家乡的景色：九百里的云梦泽、昼夜不息的江水，水上有凌波漫步、含睇宜笑的水神；云雾从西方的山岳里飘来，从云师雨师的拥戴中显露出披荷衣、系蕙带、张孔雀蓝、翡翠旗的司命"。对伍子胥来讲，逃亡就是为了回来，"好把那幅已经卷起来的美丽的画图又重新展开"。③因有这般热爱做根基，在昭关，当后有楚兵追杀前有楚兵重重防线时，他一度慌乱的心反而能平静下来。眼前的山涧溪水引他回望单纯素朴的少年时代，巫师为死亡士兵率唱的招魂曲甚至亦将其梦魂引向远远的故乡。故乡之在，是伍子胥永不迷失的根本缘由。

在中国现代小说的故乡叙事中，多数作家都着重表现漂泊在外的知识分子与故乡间陌生、疏离的关系。典型如鲁迅的《故乡》，时隔多年，回到两千余里之外的故乡，不仅与童年伙伴隔着一层"厚障壁"，整个故乡的人与事也都与自己格格不入。青年时期的冯至，不仅喜阅鲁迅小说，还亲耳聆听他的授课，更与其有过实际交往。"从鲁迅那儿得到的教益，一直是冯至思想和艺术进步的一个精神源泉"④，那么，冯至肯定也读过鲁迅的《故乡》。但《伍子胥》中对人与故乡关系的另一种处理，更加凸显了这种向生命之原初——故乡回归的价值与意义。人与故乡间的和谐，构成了伍子胥生命境界不断跃层的基础。

---

① 冯至著，韩耀成编：《冯至全集》（第三卷），石家庄：河北教育出版社 1999 年版，第 369 页。
② 冯至著，韩耀成编：《冯至全集》（第三卷），石家庄：河北教育出版社 1999 年版，第 370 页。
③ 冯至著，韩耀成编：《冯至全集》（第三卷），石家庄：河北教育出版社 1999 年版，第 374 页。
④ 蒋勤国：《冯至评传》，北京：光明日报出版社 2015 年版，第 35 页。

除此之外，作家冯至书写伍子胥回忆故乡时，选择的代表性事物，体现了与中国抒情传统的对话精神。伍子胥的故土回忆自动过滤了楚国污浊的宫廷斗争、每况愈下的世道人心，凸显了故乡的方言俗曲、神话传说、水土风物在心中留下的美好记忆。后者，似乎更能代表故乡的精粹本相。伍子胥对它们一遍又一遍的回味、咂摸熏陶了其性情，锤炼了其品格。复仇因之超越了人事纷争，上升至生命意义寻求与存在价值重勘的层面。橙橘、兰蕙芳草、水神等代表性的楚地自然物象、文化符码与屈原《离骚》所书高度重合，并且伍子胥与屈原的命运、气质还存在一定程度的相似，其不幸都源于佞臣构陷，在逃亡或自我放逐中痛惜世风败坏，呼唤正义，歆慕高洁人格。如此明确的互文关系，足以证明冯至承继并再造了"发愤以抒情"的诗学传统。故乡，更是精神原乡，内在性地决定了伍子胥的情感结构与价值取向。

三、原初叙事之二：在华夏历史的开创起点，从伟人英雄身上汲取力量

如果说对故乡的不断追忆激活了伍子胥替父兄报仇的使命感，提升了其自身的生命境界，那么逃亡中对华夏历史开创起点的频频回顾则在更广阔的社会维度勘定了其复仇的境界。伍子胥在"林泽"遇到隐居于此不问世事的夫妇，备感落寞，如果大家都来做隐士，那谁来解决社会问题呢？在这里遇见曾经的好友申包胥，则更让他感觉到孤独，毕竟申包胥是要效力于楚国的。在"洧滨"一节，他遇见亡命于郑的太子建，太子建此时既无远大理想也无意于报仇雪恨，而是鬼鬼祟祟地要与晋国联合起来灭掉郑国。凡此种种，都为伍子胥所不齿，也因此，他感到孤独与失望。子产辅佐下的郑国，之前安泰祥和，如今却危机四伏。看到郑国子民因为子产的去世而忧伤，他也陷入了迷惘，四处死沉沉的，没有生机。真正让伍子胥从这些负面情绪中走出来、精神发生"蜕变"的，在"宛丘"和"江上"两节。在宛丘，荒野道路尽头小丘上土筑的神坛与石碑，附近矗立着两座石碑"太昊伏羲氏之墟"与"神农氏始尝百草处"，他的内心一下变得开阔起来，不再单单惦念为父兄报仇的家事，而是开始思索远古帝王的创世壮举：

远古的帝王，启发宇宙的秘密，从混沌里分辨出形体和界限，那样神明的人，就会选择这样平凡的山水，作为他们的宇宙的中心吗？也许只有这平凡的山水里才容易体验到蕴藏了几千万年的秘密。……他又思念其一切创始的艰难，和这艰难里所含有的深切的意义。①

闯过昭关之后，伍子胥面对滔滔江水，回想起的是远古洪水时代：

江上刮来微风，水流也变得急骤了。子胥对着这滔滔不断的流水，心头闪了几闪的是远古的洪水时代，治水的大禹……怎样把鱼引向深渊，让人平静地住在陆地上。②

诗人冯至以跳跃性的思维将伍子胥与开创华夏历史的英雄人物相比附，在对历史发展做简化及整体化的处理后，伍子胥找到了自己的人生标杆。一方面，与历史开创者遭遇到的艰难相比，自己的艰难复仇历程也许不算什么；另一方面，通过这种坐标对比，其复仇也超越了私人意义范围，达至意欲开创人类历史新局面的境界。

从以上所引的两段话还可看出，原初历史之所以能点醒伍子胥，与山水自然的催化密不可分。抗战时期，昆明"山水"是冯至的重要灵感来源与主要书写内容。他坦言："我在40年代初期写的诗集《十四行集》、散文集《山水》里个别的篇章，以及历史故事《伍子胥》都或多或少地与林场茅屋的生活有关。换句话说，若是没有那段生活，这三部作品也许会是另一个样子，甚至有一部分写不出来。"③感激之情溢于言表。"昆明附近的山水是那样朴素，坦白，少有历史的负担和人工的点缀，它们没有修饰，无处不呈露出它们本来的

---

① 冯至著，韩耀成编：《冯至全集》（第三卷），石家庄：河北教育出版社1999年版，第390页。

② 冯至著，韩耀成编：《冯至全集》（第三卷），石家庄：河北教育出版社1999年版，第405—406页。

③ 冯至著，韩耀成编：《冯至全集》（第四卷），石家庄：河北教育出版社1999年版，第355页。

面目：这时我认识了自然，自然也教育了我。在抗战期中最苦闷的岁月里，多赖那朴质的原野供给我无限的精神食粮。……我在它们那里领悟了什么是生长，明白了什么是忍耐。"[1] 山水给予人类以精神滋养，是古今中外文人的普遍心理。但冯至如此强调其朴质性，则体现了他相对独特的山水观，即在人类历史发展的原点对其进行观照。在历史重叙时，冯至将其投射到伍子胥的形象塑造中。在林泽遇见的归隐者楚狂夫妇，并不能纾解他的愁烦。目之所及的疏落乔木、明净天空，虽让他心情开阔许多，但仍未使其身心完全放松。山水自然真正平复其躁动，是在历史时间介入之后。荒野中的"神坛""石碑""远古的洪水"，仿似本雅明笔下的"光晕"，召唤伍子胥进入那个早已消逝的原始场景，与英雄伟人灵魂共振。

值得注意的是，伍子胥对原初历史的回眸远不是一种简单而平滑的心理回溯，而是独特历史演变观的具体体现，与中国文化精神相契合。依学者赵汀阳所讲，传统中国向以历史为"精神世界之本"[2]，在"以历史性为限度的有限思想格局"中，通过对"大地中的超越之地"——自然山水的"征用"，获得了"思想世界和精神世界的双重维度，即天道与人道双重合一的性质"，具有"哲学和信仰"的形而上意义，与西方多将灵魂寄于宗教信仰明显不同。而"山水"之所以具有启示性，就在于"山水为自然之自在"，是"历史激荡所不能撼动的存在"，真正超越现世，此谓"真山水"。文人"诗化中的山水"与之不同，具有的是超现实性，而不是"超越性"，只能起到寄托心灵的作用。[3]冯至的"山水"观没有这般严谨，他甚至推崇宋元山水画："我们不应该把些人事掺杂在自然里面；宋、元以来的山水画就很理解这种态度。在人事里，我们尽可以怀念过去；在自然里，我们却愿意万古常新。"[4] 但是，他也强调"那些还没有被人类的历史所点染过的自然"，"带有原始气氛的树林，只有樵夫和猎人所攀登的山坡，船渐渐远离了剩下的一片湖水，这里，自然才在我们面

---

① 冯至著，韩耀成编：《冯至全集》（第三卷），石家庄：河北教育出版社 1999 年版，第 73 页。

② 赵汀阳：《历史为本的精神世界》，《江海学刊》2018 年第 5 期。

③ 赵汀阳：《历史、山水及渔樵》，《哲学研究》2018 年第 1 期。

④ 冯至著，韩耀成编：《冯至全集》（第三卷），石家庄：河北教育出版社 1999 年版，第 72 页。

前矗立起来"。"山水越是无名，给我们的影响也越大。"① 因此，进一步推其语意，他与赵汀阳所言其实属同一层面。在原初历史烛照下的山水原野，周而复始，复而不同，"万古常新"。冯至的循环中有更新、更新中含永恒的时间意识，是对现代求变求新的线性时间观念之反思。

四、 原初叙事之三：在人与人关系的返璞归真中，重蓄继续上路的力量

如前文所引述，冯至之所以创作《伍子胥》，是神往于伍子胥在江边遇见渔夫，在溧水边遇见浣衣女，觉得这样的遇合很美、很浪漫。而真正下笔时，又少了很多浪漫的元素，现实感增强。即便如此，"江上""溧水"仍然是全篇中较有浪漫气息的两章。究其原因，即冯至在建构伍子胥和他们的施受关系时，剔除了阶层、权力、利益等外在影响因素，将人与人之间的关系还原为一方乐于施予、另一方感恩般的接受，和谐、明朗。

据《吴越春秋》记载，渔夫明知渡江的就是伍子胥，才积极协助。渡江之后，为免去伍子胥担心被告密的疑虑，渔夫沉水自尽。② 冯至在《伍子胥》中，完全翻转了这对人物关系的性质，改写了渔夫的心志与结局。渔夫看到许多外乡人来到江边苦于过渡，自觉自愿出手助人。他不认识伍子胥，伍子胥于他并无特别之处。他反复吟唱"与子期乎芦之漪"，但仅是吟唱而已，并无他意。不过，这歌声在伍子胥心里引起极大震动。他受渔夫"日已夕兮予心伤悲，月已驰兮何不渡为？"的歌声感召，身不由己地上了船。渔夫一如知己，所歌所行完全契合他此刻的真实处境与心灵诉求——"这引渡的恩惠有多么博大，尤其是那两首诗，是如何正恰中子胥的运命"③。于是，他仿效"季札挂剑"，将所佩宝剑赠予渔夫，称其为"朋友"，以示感恩与相知。可是渔夫对此感到莫名其妙，根本不知其所云。伍子胥过江之后，渔夫照样唱着歌儿划船而去，说明渔夫根本不认为这是帮助。两者的反差、错位很明显，说明渔夫出自本心的

---

① 冯至著，韩耀成编：《冯至全集》（第三卷），石家庄：河北教育出版社 1999 年版，第 72—73 页。

② 参见崔冶译注：《吴越春秋》，北京：中华书局 2009 年版，第 38 页。

③ 冯至著，韩耀成编：《冯至全集》（第三卷），石家庄：河北教育出版社 1999 年版，第 406 页。

帮助力量之强大。

如果说渔夫与伍子胥之间还是单纯的施与受的关系，浣衣女与伍子胥之间的施受关系更辩证。浣衣女作为施予者同时也是受惠者，而伍子胥作为受惠者，在另一意义上则给予前者以启迪。过江后，伍子胥饥疲至极，恰见有吴国女子在江边浣洗，便求其舍饭。在《吴越春秋》中，她自觉这一帮助违背了男女授受不亲之大诫，投江殒命。① 但在《伍子胥》中，冯至完全摈弃了浓郁的封建伦理内容，屏蔽了两性交往的社会道德维度，单单强调这两个生命间的交流。

伍子胥的出场颇有戏剧感："他空虚的瘦长的身体柔韧得像风里的芦管一般，但是这身体负担着一个沉重的事物，也正如河边的芦苇负担着一片阴云、一场即将来到的暴风雨。他这样感觉时，他的精神又凝集起来，两眼放出炯炯的光芒。"② 这光芒，是伍子胥为完成复仇使命而迸发出的意志体现。这光芒，对浣衣女而言，非常陌生，伍子胥与她见惯了的农夫、渔夫完全不同，因之，她感到"惊愕""惊慌失措"。她因与身边的事物过度熟悉，以至分辨不出物我间的界限，缺乏存在的主体意识。正是陌生的伍子胥的到来，使她开始意识到自我与他者的不同。伍子胥体现出来的精神力量之强大，还令她联想起吴国的第一位君主泰伯。孔子曾叹："泰伯，其可谓至德也已矣！"③ 将伍子胥与泰伯相比附，可见伍子胥身上蕴藏的道义力量之饱满。因此，单从故事层面来讲，浣衣女是施予者，伍子胥是受惠者；但是从精神层面上讲，伍子胥是唤醒者，浣衣女则是受惠者。

而在伍子胥看来，浣衣女的欣然盛饭、跪捧与递送令他想起母亲，"这景象，好像在儿时，母亲还少女样地年轻"④。"母亲"形象的介入，瞬间提升了浣衣女的施舍境界：

---

① 参见崔冶译注：《吴越春秋》，北京：中华书局 2009 年版，第 40 页。

② 冯至著，韩耀成编：《冯至全集》（第三卷），石家庄：河北教育出版社 1999 年版，第 409—410 页。

③ 杨伯峻译注：《论语译注》，北京：中华书局 2006 年版，第 89 页。

④ 冯至著，韩耀成编：《冯至全集》（第三卷），石家庄：河北教育出版社 1999 年版，第 410 页。

　　这是一幅万古常新的画图：在原野的中央，一个女性的身体像是从草绿里生长出来的一般，聚精会神地捧着一钵雪白的米饭，跪在一个生疏的男子的面前。……这钵饭吃入他的身内，正如粒粒的种子种在土地里了，将来会生长成凌空的树木。这画图一转瞬就消逝了，——它却永久留在人类的原野里，成为人类史上重要的一章。[①]

　　母亲是人类生命的孕育者，大地亦是孕育万物。这段话中，将女性与大地联系在一起，既是事实，也是一种修辞，以表现女性在人类繁衍中的重要性。一般情况下，在谈论两性关系时，总是免不了将其与政治制度、文化样态、身份阶层等社会因素相关联。但是，在伍子胥的这段感受中，男性与女性间的关系不再受制于任何外在因素，这是对人类两性关系的还原。这种本原意义上的两性关系也不会随着时代的变化而变化，因之"万古常新"。

　　渔夫、浣衣女均是普通而无名的乡野人物，是为表现伍子胥完成复仇大业的陪衬者。如前所述，《吴越春秋》中，渔夫以死明志，浣衣女羞愧自尽，都一再表明伍子胥是正义化身，英雄魅力强大。但是，在冯至的《伍子胥》中，虽然他们仍是小人物，是伍子胥生命中短暂的"停留"与"休息"，但都有自己自在自为的一面。可以说，冯至在此翻转了五四新文学以来知识分子与平民间的关系。如前文所分析，渔夫助其渡江、伍子胥深受感动而以宝剑相赠凸显了彼此平等的朋友关系，尽管渔夫对此并不自知。浣衣女因施被唤醒，伍子胥由受重获力量，双方彼此给予而没有精神负担——这正是现代知识分子与民众的理想关系。以此为铺垫，伍子胥入吴市以吹箫启蒙民众，民众听而被引，就是水到渠成、顺理成章的。

五、全面抗战语境下，冯至构建原初叙事的意义

　　整个抗战时期，冯至的创作涉及散文、诗歌、小说、杂文等多个文体领

---

　　① 冯至著，韩耀成编：《冯至全集》（第三卷），石家庄：河北教育出版社1999年版，第411页。

域，且它们在题材内容、思想倾向上多有互证。诗集《十四行集》与散文家《山水》中的部分篇章写于 1942 年之前，基本上属同一时期。1942 年冬至 1943 年春完成《伍子胥》后，冯至投入大量精力进行杂文创作。虽然有论者认定《十四行集》中不断移位的"你""我""我们"之间的张力关系表明，"冯至主动疏离时代，在个体内心生活中挖掘对生与死、短暂与无限的思考，而时代主流话语却以集体性、连续性、整一性的话语方式隐蔽地干涉修订了他的个体写作"[①]，但不可否认，他诗歌中的生命之思还是比较独立而纯粹的。相较之下，杂文如《认真》《忘形》《工作而等待》《传统与"颓毁的宫殿"》《现实的教训》等代表性篇章，内容驳杂，涉及战时浮躁的工作态度、以史为镜的功利观、国民党的贪污腐败等，语气不乏激烈，与他一向内敛、持重的创作姿态不符。论及书写缘由，冯至回忆："当时后方的城市里不合理的事成为现实，合理的事成为例外，眼看着成群的士兵不死于战场，而死于长官的贪污，努力工作者日日与疾病和饥寒战斗，而荒淫无耻者却好像支配了一切。"如此来看，《伍子胥》标志着冯至由诗歌、散文而杂文的转型，诗性与现实性兼具。可以说，他恰是以回归原初的方式介入现实。

进一步辨认，文本中的"抒情"与"史诗"并非不相协调、突兀相左。因为"自我情绪升华"中涵容了个体与民众、自我与时代、历史与现实等辩证关系，这一叙事路径或相对隐蔽，但同样毫不逊色地表明了冯至的家国情怀。伍子胥的内心世界最终走向和谐与愉悦，也意味着冯至在动荡的时局中找准了自己的定位，为接下来创作《杜甫传》奠定了良好的心理基础。而 1949 年第一次全国文艺工作者代表大会召开前，他之所以能干脆而真诚地表态，"把自己当做一片木屑，投入火里"，"把自己当做极小的一滴，投入水里"，[②] 就与《伍子胥》中将抒情与史诗协调的努力相关。

当然，凡事都不那么绝对。伍子胥一路前奔中总想着回到朝思暮想的故土，但明知已永无回归之日。感恩于渔夫、浣衣女的雪中送炭，却也清楚他们

---

① 姜涛：《冯至、穆旦四十年代诗歌写作的人称分析》，《中国现代文学研究丛刊》1997 年第 4 期。

② 冯至著，韩耀成编：《冯至全集》（第五卷），石家庄：河北教育出版社 1999 年版，第 342 页。

不过是自己生命历程中的一瞬。亘古常新的宇宙自然令人身心安宁，他的使命却是要走向人群、走入宫廷，跻身争霸大业。在抗战局势变幻难测、文化格局不断重组的时代洪流中，冯至想必亦有身不由己之处。只不过在公共舆论空间中，他一向内敛持重，无图可索。倒是他与友人顾随的交往，微露这心灵痛苦。顾随觉得，"八年以来，每一生病即心烦意燥不能宁处，惟君培能知其苦衷而不笑其火性未退也"[①]，心心相印，可见一斑。冯至曾将他的诗句"三更谯鼓旌旗卷"中的"旌旗卷"改为"星河转"，将"骚人避世争辞苦"中的"争辞苦"改为"甘独醉"。[②] 这一改写体现出的物换星移今是昨非之落寞、不与时代相竞的甘心与坦然，何尝不是自身心境的映照？

如今，全面抗战时代已日渐杳深，战争主导下的文化生态与当下的文化尤其是文学创作境况似乎难以并置讨论，战争催逼下的生命意义之问也不再那么紧迫。但不可否认，战争给社会文化结构、民众精神气质带来的影响还在无限延伸，战争淬炼出的个人命运与国家民族走向之命题还有待与时俱进地给予回应。如何在中国古典诗学传统与五四新文学传统的基础上书写家国历史，以参与当代文化的再造，仍需作家们勤思苦索。如此，冯至在《伍子胥》中原初叙事的审美意义与启示价值恒常如新。

---

① 顾随：《致冯至（君培）·一九四七年二月二十日》，载《顾随全集》（卷九书信二），石家庄：河北教育出版社 2014 年版，第 26 页。

② 顾随：《致冯至（君培）·一九四七年一月五日》，载《顾随全集》（卷九书信二），石家庄：河北教育出版社 2014 年版，第 24—25 页。

第五章

抒发寂寞：叙事抒情化实践的重要向度

第一节　寂寞：抗战大后方普遍的情绪体验

史诗性叙事以作家努力把握时代发展的总体性与社会问题的普遍性为特征，与其相对的抒情性叙事则基于作家个人化的社会观察与感受体验。因之，现代小说叙事的抒情化倾向必然包含寂寞这一典型的个人化情绪内容。在一般语用中，寂寞与孤独相连，甚至同义互换。但孤独更偏向指认主体的精神内核与存在本质，寂寞则是较为显性的情绪状态，是可知可感的情感形式，可看成冷寂与落寞的拼合。顺之，寂寞的彰显更加依赖特定的时间刻度与空间场所，甚至关联着情境化的思想意识与历史化的行动事件。由是，反衬出它与不同语境相黏合的高度灵活性与意义的多元生发性。

在五四新文化运动中，寂寞铭刻着现代主体在被发现及被建构过程中所经历的思想磨砺以及将思想付诸行动而不得的痛苦。与古典诗词中"前不见古人，后不见来者"的怆然、"孤舟蓑笠翁，独钓寒江雪"的清寒以及"拣尽寒枝不肯栖，寂寞沙洲冷"的傲然等相对单面的情绪表现不同，现代意义上的寂寞相对多义，且彼此之间盘结缠绕。处于寂寞中的心灵在不断的磨砺与痛苦中，潜含着变革现实的力量。鲁迅留日时期弃医从文，创办《新生》却得不到响应，"如置身毫无边际的荒原……我于是以我所感到者为寂寞"，"寂寞一天一天的长大起来，如大毒蛇，缠住了我的灵魂了"。[①] 后来加入新文学革命阵营，固

---

① 鲁迅：《呐喊·自序》，载《鲁迅全集》（第一卷），北京：人民文学出版社 2005 年版，第 439 页。

然是因钱玄同的劝说，但更重要的则是"或者也未能忘怀于当日自己的寂寞的悲哀罢，所以有时候仍不免呐喊几声，聊以慰藉那在寂寞里奔驰的猛士，使他不惮于前驱"[①]。寂寞可吞噬主体意志，亦可成其追求新生的推动力，端赖于主体在历史进程中想要扮演的角色以及对愿景实现的渴求程度。被裹挟在历史沉疴中而积极突围的主体，势必自然而然地将个体命运与国家民族的未来有机关联，在这一点上，鲁迅倒真不寂寞。郁达夫《沉沦》中的留日青年是个抑郁症患者，作为集体与社会的"零余"，他由沉溺在极具个体意义的"性苦闷"转向呼吁"祖国快快强大起来"，体现出寂寞的政治维度。而在 1928 年前后的革命文学倡导期，寂寞的驱散则有赖于个体与集体的有机融合，爱情与革命的并肩前行，"革命＋恋爱"叙事模式的生成以及丁玲的左转。而在戴望舒、卞之琳等现代派诗人那里，寂寞则固化为不断被玩味的生命状态。频频出现的镜子、团扇等意象，凸显出抒情主体"一种自我指涉的封闭性审美心态"[②]，这也意味着寂寞所内蕴的变革能力已严重萎缩。

1937 年 7 月全面抗战爆发，尤其是在战争进入相持阶段后，寂寞在国统区作家中是一种普遍的精神体验。战争改变了进步作家们的生存方式，流亡、迁徙成了生活常态，在离乱中如何安顿自身是每一位作家必须直面并解决的问题。这促使了寂寞叙事的开放性之生成，又体现出各自的独特性。既往的人生经历、正在经验的生活、独特的精神气质以及对时势的不同研判等因素，决定了作家必然选择不同的抒发路径。换言之，作家间寂寞的通约性在减弱，且反证出寂寞具有多重表现方式。比如，寓居在昆明的沈从文在为抽象的抒情发疯，巴金在回信中却说："我不相信一提笔就会叫人想疯。写小说不是一件再平常没有的事么？……你是极适宜于做这种工作的。那么你为什么要长久搁笔呢？"[③]巴金其时正为写"小人小事"得不到主流批评的承认而苦恼，唯寂寞以自处，却对沈从文的精神危机与创作焦虑不能感同身受。基于平民立场与个

---

① 鲁迅：《呐喊·自序》，载《鲁迅全集》（第一卷），北京：人民文学出版社 2005 年版，第 441 页。
② 吴晓东：《文本的内外：现代主体与审美形式》，北京：商务印书馆 2021 年版，第 96 页。
③ 巴金：《致沈从文》，载《巴金全集》（第 24 卷），北京：人民文学出版社 1993 年版，第 93 页。

人感性经验的现实主义叙事与以时代宏观性、历史总体性为追求的叙事有着难以弥合的裂隙，前者势必在以战场英雄为范本的对照下感受到无所依傍的寂寞。

除此之外，在 20 世纪 40 年代的叙事抒情化倾向中，有两样寂寞值得注意。一是以萧红的创作为代表。现代知识分子多来自传统的乡土社会，在异域漂泊，被寂寞所累，却又因寂寞而写作，生发出独特的审美魅力。女性知识分子萧红是来自东北乡土世界的一员，个体解放、女性解放与民族解放等时代命题在同一文本中叠合共生，"呈现出了变动中的乡土中国新的美学特征"[①]。更有意味的是，萧红在表现这些多重主题时，常以抒情风格出之。散文化的笔触、片段性的情节连缀、徘徊不已的慨叹等诗意形式与沉重的思想启蒙、艰难的性别觉醒、迫切的民族解放等历史议题之间存在着紧致的艺术张力。较之《生死场》，更能表现萧红抒情艺术之调遣能力，更能凸显作为话语的抒情与时代要务之互动与背离、融合与龃龉之关系的，当属她在 1940 年年底完成的中篇小说《呼兰河传》。重新梳理、解读《呼兰河传》的抒情表现并反思其限度，可进一步凸显萧红在抗战情境下的坚执追求，亦可反思中国现代小说抒情化在时代要求面前能达到的审美高度。另一寂寞表现样态则以废名为代表。全面抗战爆发之后，废名因为在北京大学只是个讲师，没有资格随校方内迁，就挈妇将子回到故乡黄梅，做国文教师。抗战胜利后，他复员回到北大继续任教，并将这一时期的经历写成小说《莫须有先生坐飞机以后》。研究者们已注意到其叙事的杂语性质，小说、传记或散文之一种，实在难以定于一尊，按理归类。莫须有先生的"寂寞"情绪也深植其中，正是寂寞情绪的不断强化，使得废名此时的文学创作仍保持早期的抒情风格，也更真实地表现出知识分子返乡后重新思考国家民族出路时的文化心态。但是，学界对杂于其间的寂寞之书写关注得还不够，有待进一步探究。

---

① 张丽军：《新世纪乡土中国现代性蜕变的痛苦灵魂———论梁鸿的〈中国在梁庄〉和〈出梁庄记〉》，《文学评论》2016 年第 3 期。

第二节　流亡中的寂寞回旋：萧红《呼兰河传》再论

1942 年，萧红病逝于香港，丁玲写作了《风雨中忆萧红》，认为萧红是一位"能够耐苦的，不依赖于别的力量，有才智、有气节而从事于写作的女友"[①]，然而这样的女友何其寥寥，丁玲因之感到难以名状的寂寞。萧红与多数选择去延安的左翼青年不同，她孤身南下，远居香港。丁玲对此感到不可理解，认为"延安虽不够作为一个写作的百年长计之处，然在抗战中，的确可以使一个人少顾虑于日常琐碎，而策划于较远大的。并且这里有一种朝气，或者会使她能更健康些。但萧红却南去了"[②]。南下香港的萧红却感到难以挥却的寂寞。她曾给同为东北作家的好友白朗写信：

> 不知为什么，莉，我的心情永久是如此抑郁，这里的一切是多么恬静和幽美，有田，有漫山遍野的野花和婉转的鸟语，更有澎湃泛白的海潮，面对着碧澄的海水，常会使人神醉的，这一切不都正是我以往所梦想的佳境吗？然而呵，如今我却只感到寂寞！在这里我没有交往，因为没有推心置腹的朋友。[③]

寂寞，并不是此时才有的感受。事实上，它是萧红生命状态与创作状态的核心情绪之一，自其走上文学创作之路，就显露出来，在《呼兰河传》中达到顶点，构成其抒情的核心内容。

对《呼兰河传》抒情风格及与内容关系的分析，新时期以来学界多将前者

---

① 丁玲：《风雨中忆萧红》，载丁玲著，张炯主编：《丁玲全集》（5），石家庄：河北人民出版社2001 年版，第 136—137 页。

② 丁玲：《风雨中忆萧红》，载丁玲著，张炯主编：《丁玲全集》（5），石家庄：河北人民出版社2001 年版，第 136 页。

③ 萧红：《致白朗》，载林贤治编注：《萧红十年集》（下），北京：人民文学出版社 2009 年版，第 816 页。

作为后者的外在表现来解读，认为小说创作是作家通过"主观体验""情绪感受""反射或折射社会现实的面貌"①。近年来，则较注重在特定的历史情境中探究其抒情形式本身蕴涵的美学及社会学意义。有学者指出，在《呼兰河传》叙事中，存在着光明与黑暗、温暖与荒凉等二元对立、相互否定的张力关系，暗中回应的是抗战时期的民族生存主题。②从萧红写作《呼兰河传》时的个人与民族之遭际来看，的确如此。抗战情境下流亡的生存状态是探究《呼兰河传》抒情特征时必须考虑的历史要素。但是，若认为这一贯穿文本、不断重现的叙事对立结构亦是萧红自我完成的重要标识，让萧红"成为了萧红自己"③，则不免失当。笔者认为，《呼兰河传》叙事抒情化中的回旋形式及其荒凉色调，恰恰证明萧红在抗战流离中经历了深重的精神危机，寂寞如梦魇在心头盘绕难解，表现出她遭遇的写作与生命之双重困境。

萧红起意创作《呼兰河传》是在1938年9月。从1937年9月逃离上海到达武汉后，萧红同萧军及其他友人还曾辗转于临汾、西安，其间还经历了与萧军的决裂，终又回到武汉，与端木蕻良仓促成婚。但武汉很快沦陷，需继续逃难。她先是同冯乃超夫人做伴离开汉口，打算赶往重庆。但行至宜昌时，冯乃超夫人因身体有恙而留在宜昌，此时有孕在身的萧红只好孤身前行。匆忙赶路中，在天色还未晓亮的码头，她被船上的绳索羁绊在地。当时端木蕻良并未尽到为人夫的责任，武汉沦陷时，他一人入川。萧红被撇弃在汉口，其孤寒心境可想而知。正如友人推断，此时，"在她关闭着的内心，这时候，未尝不是说明对于人间的荒凉的感觉，以及人与人之间真挚的爱的幻灭"④。所以，理所当然地，她的内心回溯到她曾经执意逃离的故乡，回归到天真烂漫的童年，再度艺术化地整理自己的人生，并回应悲惨的现实处境。但是，追忆本身并不能提供直面现实甚至想象未来的力量，虽然从心理机制上讲，回忆的视域"指向于

---

① 张国祯：《民族忧痛和乡土人生的抒情交响诗——评〈呼兰河传〉》，《中国现代文学研究丛刊》1982年第4期。

② 段从学：《〈呼兰河传〉的"写法"与"主题"》，《中国现代文学研究丛刊》2014年第7期。

③ 段从学：《〈呼兰河传〉的"写法"与"主题"》，《中国现代文学研究丛刊》2014年第7期。

④ 骆宾基：《萧红小传》，哈尔滨：黑龙江人民出版社1981年版，第86页。

未来"，"随着回忆过程的发展，这一视域不断地向新的领域扩展，变得越来越丰富，越来越生动"①。若要真正产生介入现实、修复创伤的力量，在回忆背后还需要一种哲学的或历史的观念做支撑。如此而言，《呼兰河传》一方面呈现了萧红内心涌动不已的思乡（童年）之情；另一方面，又显示出在现实中失语的窘境。体现在抒情形式上，即回旋性叙事之生成。

与《生死场》相同，萧红在《呼兰河传》中依然执着地表现故土乡民的生与死，通过呈现他们生老病死的日常生活来触摸其波澜无兴的生命质感。小说共七章，关涉小镇的位置布局、街道店铺、乡风民俗，亦重点皴染"我"和祖父生活的欢悦、长工有二伯的行状及街坊小团圆媳妇的不幸遭际。但无论是哪部分内容，每个板块都在生与死（病）两个极端缠绕，难有进展。与《生死场》不同，《呼兰河传》在书写这些生死状况时，又往往以叙述者的慨叹结尾，如是反复，构成叙述语态中的重音。比如东二道街上有个泥坑，一到雨天就闹出不少乱子，路人、牲口多半掉进去，严重者会丢了性命。如果雨后猪肉便宜了，那一定是来自泥坑的被淹死的瘟猪。就瘟猪肉是否可以吃以及吃了之后该怎么给别人讲的问题，叙述者总结道："若没有这泥坑子，可怎么吃瘟猪肉呢？吃是可以吃的，但是可怎么说法呢？真正说是吃的瘟猪肉，岂不太不讲卫生了吗？"②以上表现出萧红对于呼兰河人的无奈之情。乡人生病常求大神医治，大神跳时，常常屋里屋外挤满了人，至于是否真能医治则在话外。由此，叙述者从这热闹场景中感受到的是死寂，以致追问："满天星光，满屋月亮，人生何似，为什么这么悲凉？"③每年七月十五的"鬼节"，呼兰河人习惯"放河灯"，以追思远人。人们看到河灯从上游流向自己时，满心欢喜，待到流过时却又感到莫名的"空虚"。"空虚"一词显然是作为知识分子的萧红之用语，

---

① 〔德〕埃德蒙特·胡塞尔：《内在时间意识现象学》，杨富斌译，北京：华夏出版社2000年版，第54页。

② 萧红：《呼兰河传》，载萧红著，章海宁主编：《萧红全集》（小说卷Ⅱ），北京：燕山出版社2014年版，第81页。

③ 萧红：《呼兰河传》，载萧红著，章海宁主编：《萧红全集》（小说卷Ⅱ），北京：燕山出版社2014年版，第101页。

不过是将其推论到乡民身上而已。生之热闹往往伴随着死（病）之冷寂，在生死为邻的辩证思考中，叙述者哀叹不已。即便童年时代和祖父在一起的生活充满欢愉，却也很难持久地延宕于字里行间，每每叙述完"我"家后花园的热闹时，作家总要气不能尽般地慨叹一声："我家是荒凉的。"如是反复回荡，已然构成萧红童年记忆中的主色调。可以说，《呼兰河传》的叙事固然不是情节的逻辑展开，却也不是情绪的递增推进，而是同一种情绪色调的反复渲染，它附着于呼兰河一切的人、事、物上。如此理解，小说在尾声处写道，"呼兰河这小城里边，以前住着我的祖父，现在埋着我的祖父"[①]，亦是顺理成章。而并非巧合的是，这种回旋性叙事与萧红对社会的感知如出一辙："在我们这块国土上，过了多么悲苦的日子。一切在绕着圈子，好像鬼打墙，东走走，西走走，而究竟是一步没有向前进。"[②] 在这一意义上，抒情也成了她的社会意见之体现。

叙事的回旋性常给读者带来一种阅读的阻抑，而渗透其间的"荒凉"悲叹则赋予这回旋以社会学意义。对故乡进行回忆性叙事是五四以来乡土小说叙事的共同特征，其中，鲁迅堪称是开创者。但与鲁迅在《故乡》中注重从思想的角度刻绘故乡之"萧索"不同，萧红始终将乡民吃喝拉撒的具体生存状态作为叙述根基，以呼兰河人具体而微的生存处境为出发点及最终归宿。后花园的热闹亦源于蔬菜的自由、茂盛生长与作家童年游戏其中而产生的想象力。但也因此，成年之后的流徙人生更见落魄与荒芜。其实，早在她的第一本散文《商市街》中，萧红的"荒凉"感就已经很浓郁了。家徒四壁的贫困与难以忍受的饥饿常常让她感觉"家"就像是一片荒凉的广漠，置身其间却无处安顿。全面抗战时期，上海作家张爱玲创作的《金锁记》《倾城之恋》等小说也氤氲着一种与"凉"相关的氛围：苍凉。"荒凉"与"苍凉"虽一字之差，但侧重点明显不同。此外，它亦区别于学界一直强调的，现代文学，尤其是

---

① 萧红：《呼兰河传》，载萧红著，章海宁主编：《萧红全集》（小说卷Ⅱ），北京：燕山出版社2014年版，第249页。

② 萧红：《骨架与灵魂》，载林贤治编注：《萧红十年集（1932—1942）》（下），北京：人民文学出版社2009年版，第815页。

乡土小说的总体色调是"悲凉"。① "苍凉"是一种饱蘸精神体验的带有形而上色彩的审美感受，植入了作家特定的历史感与哲学观。"悲凉"则强调作为知识分子的现代作家之主体感受。而"荒凉"更多的是与大地相连，是生存时刻面临威胁甚至朝不保夕的生活经验。依据当代社会学理论，将"个人经验结构化的重要维度"是"空间"②，它是一种"社会建构"，接受并再生产出各种"社会关系"③。空间中的抒情化叙事因此也常常成为各种意义光谱交织的场所，甚至所谓的私密空间也不再具有私密性，而是与广大的社会历史构成微妙而复杂的"互文"关系。《呼兰河传》中，街道、河流、戏台、庭院、花园、街坊等空间交织出一幅萧红童年活动地图，也显示出成年之后的她精神震荡的广度与幅度。呼兰河的贫困与乡间生活的愚昧、单调仍然是她在战争中一路流亡的内在动力，驱使她在屡次幻灭中寻找新的生活可能性，成为抗战情境下继续出走的"娜拉"。

但需注意的是，这种"荒凉"体验与"家"而非"旷野"相连，这就使作为左翼青年的萧红与一般的左翼作家区别开来。丁玲的《水》、叶紫的《丰收》、路翎的《财主底儿女们》中，无论是写农民还是知识分子，无论是写于革命还是战争年代，小说都有一种明确的"反动"指向，一种面向未来的开创与探索意识。但是，萧红的创作极其缺乏这一点，在《生死场》中，她过度渲染故土人们的被动生死而淡化了他们面对侵略者的自发反抗。《呼兰河传》同样如此，在生老病死的回旋性叙事中，一切都如四季轮回，重复、封闭、沉滞。也就是说，萧红在回忆中拒绝隐性地提供一种面对现实与未来的想象性远景，舍弃了鲁迅在《故乡》结尾继续寻找道路的自我鼓励。起止同点的圆形叙事，一方面呼应了呼兰河人的生活状态，另一方面显示了萧红在抗战中的乏力

---

① 张丽军：《新世纪乡土中国现代性蜕变的痛苦灵魂——论梁鸿的〈中国在梁庄〉和〈出梁庄记〉》，《文学评论》2016年第3期。

② 〔英〕德雷克·格利高里、约翰·厄里编：《社会关系与空间结构》，谢礼圣、吕增奎等译，北京：北京师范大学出版社2011年版，第30页。

③ 〔英〕德雷克·格利高里、约翰·厄里编：《社会关系与空间结构》，谢礼圣、吕增奎等译，北京：北京师范大学出版社2011年版，第11页。

与失语，这足以表明萧红无可皈依的精神困境。

因此，回旋性叙事及渗透其中的荒凉感透露出萧红此时的心灵是游离的，因而也是寂寞的。不过，切不可在一般的人际关系之意义上来理解萧红的寂寞，它关乎更宏观的个体与时代之关系。在民族危亡需要每个中国人都积极投身这民族解放事业的年代里，知识分子只能在与时代的拥抱中才能扩展自己的生命，重获精神与创作的生机。《呼兰河传》虽然写于抗战，但没有一句指涉抗战。萧红在流徙中最终去了相对安定的香港，而没有随聂绀弩、丁玲等去往延安。无论是在现实中还是在心理上，萧红都不是一个在历史现场的知识分子，对充满个性主义的自由之追求压倒了她对抗战事业的进一步思考。这并非不值得尊重与理解，但需承认，寂寞是此种逻辑的必然结果，也是作品叙事产生罅隙的重要原因。

对应人与现实关系的脱节，《呼兰河传》中的叙述视点一直处在游移中，在对呼兰河风俗人情的呈现中会不时有作家的慨叹跳入，在婉转的抒情中掺入批判的杂音。所以，"与其说它是一部抒情的自传性作品，不如说是一部讽刺性的乡土传奇"[1]的观点并非没有道理。因为讽刺是抒情的反面，内含着浓重的否定意识，以及对事物的理性辨析。相对应的，叙事者与叙述对象之间的距离有较为明显的间隔，仿佛外在于故事情境与气氛，如此抒情的空气就偏于淡薄。在《呼兰河传》中，萧红回忆性的叙述语态、对人生的慨叹以及风俗画般的文字描绘共同织就的抒情图景往往在她理性的审视中戛然而止。小团圆媳妇活泼开朗的生命诗意因受家婆毒打而被摧残，凸显的是乡间惯常的性别歧视及对生命的漠视，风俗画般的诗意抵不过乡人对疾病的无知。可以说，《呼兰河传》的抒情，一方面是一种政治意见的表达，是民族解放年代对自我个性的坚持，另一方面却也有被拆解的危险。

从更大的意义上讲，这意味着萧红的生命可能存在一个更大的、难以弥补的缺口，无法自圆其说。在理智上，她是认同现代价值观的，然而在经验上她却对故乡充满了留恋，所以在对故乡的书写中灌注了饱满的生命体验，这些来

---

① 艾晓明主编：《20 世纪文学与中国妇女》，天津：天津人民出版社 2008 年版，第 19 页。

自真实生命深处的经历经由作家的艺术点化，尤其是经由这么多年逃亡经验的浸透，那些温暖的童年记忆就像被淋湿了，着上了荒凉的色彩，且无法再度离析。这些翻新的记忆是萧红为当下寻找的垫脚石，是在歪歪斜斜的情感世界中重新矗立的生命支柱。然而，这种内在的分裂性却无不提醒着萧红，这块垫脚石、这根支柱是不安稳的。也就是说，在战争情境下，萧红的生命难以自洽。这恰恰和鲁迅不同，鲁迅对启蒙悲剧以及反传统中的困境是有着清醒的认知的，他的小说固然存在着循环与线性展开的相对立的二元叙事结构，但最终是以进化取胜，显示了依赖强大的意志力走出困顿的勇气。而于萧红而言，这种内在的分裂却最终是以一种咏叹结束的。作为一场精神返乡之旅，萧红在书写中获得了清醒的自我认知，完成了对来路的认真梳理。在这个意义上，《呼兰河传》确实意味着萧红的"自我完成"。然而，这更是一场"开始"。她或者需要在更强悍的意志锤炼中将自身与时代有效链接，甚至在激烈的痛苦搏斗中突破自我与时代加于她的箍制，如此，情感方能一抒到底。

　　但是，并不能由此否定萧红的抒情实验。事实上，作为现代作家中经历极为特殊的一员，萧红的人生道路及选择本身就附带了政治的、思想的及社会的多重议题。萧红想就这些多重议题在叙事中抒情进行综合表现，对于小说之做法，她实在有着自己独到的认知。况且她也并非没有走向人民、走向集体的历史冲动，在香港病逝之前，她曾有言："我将与蓝天碧水永处，留得那半部《红楼》给别人写了。"创作之遗憾及不甘溢于言表。据骆宾基讲，这"《红楼》"是指她意在抗战胜利后"会同丁玲、绀弩、萧军诸先生遍访红军过去之根据地及雪山、大渡河而拟续写的一部作品"[①]，显然，这将是一部史诗题材的小说。如此，茅盾的困惑或可得到澄清。茅盾一方面欣赏萧红的才华，一方面却又极为不解其寂寞，"在1940年前后这样的大时代中，像萧红这样对于人生有理想，对于黑暗势力作过斗争的人，而会悄然'蛰居'多少有点不可解"[②]。

---

　　① 骆宾基：《萧红小传》，哈尔滨：黑龙江人民出版社1981年版，第102页。
　　② 茅盾：《萧红的小说———〈呼兰河传〉》，载钱理群等编：《20世纪中国小说理论资料（第四卷）1937—1949》，北京：北京大学出版社1997年版，第404页。

作为主张以科学的客观的理性"扫描"社会的理论家与作家，茅盾的不理解只能说明萧红的独特性，她是要在一种独特的写法中打开重新理解生命及思考民族之未来的通道。尽管结果并不如人意，但她对待艺术的真诚与执着却成为最为动人的历史风景，吸引、召唤着一代代读者重读她的作品。

因此，《呼兰河传》可以看成萧红抗战时期内在生命的间接映照。通过理解这一回旋叙事中的荒凉与寂寞，我们不仅可以更清晰地辨析出萧红小说的抒情特质，而且能够深度思考作家与时代、文学与社会到底该建立起怎样的张力关系，才能彼此助益。

第三节　乡居时的寂寞弥散：废名《莫须有先生坐飞机以后》重释

与萧红身心处于双重流亡中将寂寞进行力透纸背的抒发不同，废名小说中的寂寞是在作家相对安稳的返乡定居中生成的，且在《莫须有先生坐飞机以后》（以下简称《坐飞机以后》）中表现为四向弥散的状态。《坐飞机以后》写于1947—1948年，作为后设叙事，本书一网打尽般地书写了莫须有先生在抗战时期挈妇将子避居故乡黄梅，在五祖寺先后担任小学国文教师、中学英文教师之事。其间，他深受族人相助，也借此更加了解乡民生活、乡间伦理、乡风民情。在对乡土社会持基本肯定态度的同时，也流露出难以被乡民真正接受与理解的寂寞——一种五四以来精英知识分子确证自我存在的独特情绪。寂寞的弥散开来，取决于文本具体的以"关系"立足的叙事结构，更关联着彼时作家对乡俗文化、儒教正道及国家民族战争等重大问题的思考，发散性的自由联想将寂寞推至浓郁但不黏滞、感伤却又洒脱的表现境界，为理解战时知识分子的精神世界提供了独特标本。但也要承认，叙事的杂语性质往往湮没了人物的寂寞情绪，后者常常不意出现而又迅疾消失，在一定程度上削平了人物的心灵深度，阻碍了文本走向更幽远、高古的表现境界，与废名前期的小说形成鲜明对照。

《坐飞机以后》常被视为《莫须有先生传》（1930—1932）的续篇。若将其视为废名的自我镜像，两者的确存在着先后承续的关系。1927年，还在北京大学读书的废名因不满于奉系军阀张作霖要将北京大学、北京师范大学等9所院校合并为"京师大学校"，愤而休学。之后，他卜居西山，有过长期寄居贫寒庭户的经历，尤其是在冬天。夏天则住进城内，方便办事。如此境况持续了5年之久，对其创作"长篇小说《莫须有先生传》影响很大"[①]。而正如前所述，1937年抗战全面爆发之后，废名也的确携家带口返居湖北黄梅故乡，靠教书糊口。若从文本内部的叙事演变来看，两者情节展开的基点高度一致，即对社会进化论的反思与批判。但是，两者的叙事形式与性质却大相径庭。

周作人在《莫须有先生传》的"序"中，以非常感性的方式描述了其散文化倾向：

> 《莫须有先生传》的文章的好处，似乎可以旧式批评语评之曰：情生文，文生情。这好像是一道流水，大约总是向东去朝宗于海。它流过的地方，凡有什么汊港湾曲总得灌注潆洄一番，有什么岩石水草，总得被拂弄一下子，才再往前去，这都不是它的行程的主题，但除去这些也就别无行程了……[②]

情文互生的随意与洒脱系于心灵自由表现之一端，事件、场景与人物不过是精神意念外化的载体，受情之牵引。对此，周作人进一步阐释：

> 能做好文章的人他也爱惜所有的意思，文字，声音，典故，他不肯草率地使用他们，他随时随处加以爱抚，好像是水遇见可飘荡的水草要使他飘荡几下，风遇见能号的窍穴要使他叫号几声，可是他仍然若无其事地流过去吹过去，继续向着海以及空气稀薄处去的行程。这样，所以是文生情。也因为这样所以这文生情异于做古文

---

① 陈建军：《说不尽的废名》，北京：商务印书馆2022年版，第6页。

② 周作人：《莫须有先生传·序》，载陈建军编订：《废名长篇小说（二）》，武汉：华中科技大学出版社2022年版，第5页。

者之做古文，而是从新的散文中间变化出来的一种新格式。①

今人编选时，之所以将其归为小说，在于数章之间有着基本的连贯性，可谓之散文化小说。但这又与萧红的《生死场》、沈从文的《边城》的散文化不同，后者虽然在结构上有片段化、抒情化的倾向，却仍以事件的不断推进为主线，人物间存在矛盾冲突。《莫须有先生传》则通篇都是对话，以莫须有先生与房东太太交谈居多，辅以他们和邻里街坊的闲聊。对话起于日常，如房租、饮食以及邻居请他帮忙写信等，落脚点则是莫须有先生对生命本身的沉思。因此，与其说莫须有先生在以传记方式记录自己一个阶段的生活，不如说为了展现自身的心意观念而特设了生活环境与谈话对象。这更类于学者对《桥》的评价，谓之"心象小说"②。对话的跳跃性与莫须有先生思考、回答的玄虚性为小说增添了诸多诗意。事实上，莫须有先生就是一个"理想派"诗人，一般意义上的虚实区分，对其毫无意义。

> 我真不晓得，我的世界，是诗人的世界，还是你们各色人等的世界！维摩诘室，有一天女，或者就是狐狸的变化也好，只要她忽然一现身，我也并不以为幻。何物老妪，中寿汝墓之木拱矣，发短心长，我倒不以为真。③

对人类与鬼兽、生存与死亡之界限的反常判断，体现了作为诗人的莫须有先生更遵从"我"的体验与感受，是以自己的心灵直觉来区分虚幻与真实的。这番直言亦可看成废名的夫子自道，是隐于小说诗化倾向背后的哲学观与生命观。

---

① 周作人：《莫须有先生传·序》，载陈建军编订：《废名长篇小说（二）》，武汉：华中科技大学出版社 2022 年版，第 6 页。

② 吴晓东：《意念与心象——废名小说〈桥〉的诗学研读》，《文学评论》2001 年第 2 期。

③ 废名：《莫须有先生传》，载陈建军编订：《废名长篇小说（二）》，武汉：华中科技大学出版社 2022 年版，第 63 页。

但是，1937 年抗战全面爆发之后，废名的社会现实关怀日趋浓郁。他视《莫须有先生传》为"一场梦"，坦承"名字"与"事实"都是"假的"。称得上"事实"的是《坐飞机以后》，"其中五伦俱全，莫须有先生不是过着孤独生活了。它可以说是历史，它简直还是一部哲学"①。莫须有先生孤独生活的祛除，在于与外界基于生存层面的交往成为叙事主线。小处言之，个体与小家庭成员、宗亲家族、同事学生乃至地方长官都有着频密互动，在某种意义上讲，莫须有先生正是在对方的态度、意见及做派的批判性对照中来确认自身的。大而言之，抗战胁迫下居于乡间的莫须有先生，其思维已扩张至现代社会与儒家文化传统、民族当下劫难与漫长历史、民间伦理与读书人生存之道等纵深横阔的重要议题。生活不再离群索居，思考不再玄虚，孤独甚至亦不复存在。但是，寂寞依然盘桓、缠绕在莫须有先生心间。在一定程度上，正是对以上诸种关系的描述凸显了寂寞的存在，寂寞甚至成为关系图谱的底色，提醒莫须有先生这是地方中的独特存在。

返乡避难，首先激活的是莫须有先生现代知识分子的身份认知。他在携家带口赴金家寨小学做教师的路上，忆起女儿名字的由来。他给女儿起名"止慈"，是因为喜欢《大学》里的"为人父，止于慈"这句话，内含如何做父亲的自我警醒。他很得意于自己起的这个名字，但在得意之余，却感到了寂寞。因为这些乡邻亲友不讲究做文章，"至于讲究做父亲与否"更是"不得而知"。②对父亲角色的自觉体认易使人联想到鲁迅的《今天我们如何做父亲》一文，鲁迅对作为"历史中间物"的父亲之角色定位体现的是反叛专制历史的思想革新精神，废名未必同意其观点，莫须有先生更可能无此认知。但正是这份体认使他区别于乡人，两者在社会身份、知识结构与价值取向上实在是区隔鲜明。难以沟通的区隔决定了作为"乡贤"的莫须有先生在具体的事件处理上会碰壁，甚至为乡人所不屑。家族中有人遭遇征兵，找他帮忙。他则认为征

---

① 废名：《莫须有先生坐飞机以后》，载陈建军编订：《废名长篇小说（二）》，武汉：华中科技大学出版社 2022 年版，第 146 页。

② 废名：《莫须有先生坐飞机以后》，载陈建军编订：《废名长篇小说（二）》，武汉：华中科技大学出版社 2022 年版，第 152 页。

兵制是合理的，甚至认为家族间的感情妨碍了国家的征兵制度。但民众畏之如虎，因为征兵之政行得不公平。最后，莫须有先生坚持按事理来。乡人遵循自身的判断逻辑，反而逃脱服役之苦。莫须有先生试图教训他们一番，却受之冷脸，更因之感到无以言说的寂寞。但莫须有先生不同于鲁迅《祝福》《故乡》中的"我"，也有别于《孤独者》中的魏连殳，并不是一个单认乡人为思想启蒙对象的知识精英。乡人的朴素与热情令莫须有先生认识到自己太过自以为是。莫须有太太向邻居凤借舀水工具——瓢，凤家里没有，她就觉得凤太懒，居然不种葫芦。但凤非常热情地直接用水桶给他们挑了一缸水，这反而让太太过意不去，在对凤感谢不尽的同时，她感觉"心里非常之寂寞"。乡人的真诚质朴让太太惭愧自己的"小"，自诩的道德高位与实际作为不相称，失掉了做事的"美趣"。要说明的是，此处虽然述及的是莫须有太太的寂寞，但是因为叙述者是莫须有先生，是他对太太心理的肯定性揣测。因之，在一定程度上可视为莫须有先生的心理投射。

除在乡民伦理关系中时常有寂寞之感，莫须有先生的这一心绪还连及更为广阔的文化问题。作为新文学家，莫须有先生对八股化的古文教育深恶痛绝。中国人的语言已脱离生活与心灵，开口便是官话，甚至给孩子起名为"抗日"，讲究形式上的"对"，实际上真做起事来，却又因循苟且。因此，"他觉得自己在乡下孤独了"。若连及他给儿女起名的得意，此处的"孤独"该与"寂寞"同义。且以自己的寂寞去理解鲁迅，认为他写作《秋夜》时"很寂寞"，文章是这种情绪的"自然流露"。因之，他满足于学生的过于写实，认为真正的散文"注重事实，注重生活，不求安排布置，只求写得有趣，读之可以兴观，可以群，能够多识于鸟兽草木之名更好……于人情风俗方面有所记录乃多有教育的意义。最要紧的是写得自然，不在乎结构，此莫须有先生之所以喜欢散文"①。

很显然，莫须有先生将散文的审美功能比之于孔子的文艺观："诗，可

---

① 废名：《莫须有先生坐飞机以后》，载陈建军编订：《废名长篇小说（二）》，武汉：华中科技大学出版社 2022 年版，第 249—250 页。

以兴，可以观，可以群，可以怨。迩之事父，远之事君；多识于鸟兽草木之名。"① 由是见出，诗与散文、文言与白话在莫须有先生那里并无严格区分。《诗经》是优秀国语，完全像外国语法，却无欧化痕迹。他最喜欢的南北朝诗人庾信亦属新文学家，以辞藻典故构筑意境，借以表现自我，这与侧重故事表现生活并进而凸显自己的莎士比亚有相通之处，都是"诗人"。在新文化变革及其趋势之序列中，莫须有先生的寂寞独特是难以被理解的。抗战全面爆发后，周作人拒绝南下，附逆日伪政府，遭到进步文人的挞伐。这也令莫须有先生感到寂寞。但他对此有不同见解，认为恰是周作人太爱国而选择与日伪周旋，表面冷静内心却愤恨如火。就废名而言，无论是审美趣味还是私人交往，显然更趋近周作人，而不是鲁迅。周作人对文化传统的认识、对现代散文的另向开拓深刻影响了废名，这更增强了废名对新文学发展之复线、回旋特征的认识，远非进化论所能概括。对这种文化关系中的寂寞，莫须有先生泰然处之。在五祖山上教英文，他自比"有时真有点屈原行吟泽畔颜色枯槁的情形"，但并不因之消极，借为中学招考出题之机，教学生学国文、写文章，有隐逸之姿。对于隐逸，莫须有先生的理解是"中国的隐逸都不是消极，是积极，是读书人当中的少数"，但"大多数的农人是经验派，故又最是崇拜势力，瞧不起这般不得志的隐逸"。② 可见，莫须有先生在伦理关系即农人与知识分子的对照中感到的寂寞，镶嵌于文化关系中，体现出寂寞的深刻意义。

当然，莫须有先生的寂寞所属的更大嵌套背景是抗战现实。物价飞涨，粮食匮乏，一家人去停前驿逛庙会，莫须有先生感到"非常之寂寞"。相对乡民生活的困苦与辗转流离的难民，莫须有先生的生活还是平稳、富足的，但也因之感到愧疚与落寞，不能积极介入抗战事业，与时代主潮共振。另一方面，他深刻体会到现代思想界对民众的误解。受五四精神启蒙的影响，青年学生都痛恨民众没出息，但莫须有先生认为读书人才没出息。民众不爱国有其缘由，他

---

① 杨伯峻译注：《论语译注》，北京：中华书局 2006 年版，第 208 页。
② 废名：《莫须有先生坐飞机以后》，载陈建军编订：《废名长篇小说（二）》，武汉：华中科技大学出版社 2022 年版，第 384 页。

们从未在国中享受到快乐，反受战乱侵扰。民众做的是生存的奴隶，凸显的是强劲的求生能力。反倒是读书人为求做官向上攀附，且没承担起救国之要责，是真正的奴隶。这种对中国社会问题的认知，不乏灼见，但在 40 年代是很难被主流知识界所接受的，甚至因为他困于乡居而无以传播。寂寞中，凸显的是改变现状的无力感。

抗战语境下寂寞之浓郁，甚至使莫须有先生以之体会、揣摩家人的心情。停前驿庙会的热闹与居于北平时的热闹对比鲜明，令太太感到"人生如梦"，更让儿子纯感到寂寞。莫须有先生也因他们的寂寞而更寂寞，"但不知用怎样一个现实的方法把人生的寂寞驱除殆尽"。这种对照性的寂寞是一种提醒，虽然他们返乡定居，比流离四海的人多了不少安定，但到底还是战争难民，难以真正融入乡间生活。更重要的是，乡间生活也因战争的破坏而发生了实质性变化。莫须有先生做小孩子时，在县城里看放猖，看戏，看会，看龙灯，"艺术与宗教合而为一，与小孩子的心理十分调和"①。但在乱世，这一切都没有了。除此，莫须有先生少年时代，家庭经济丰裕，但他的孩子慈和纯随着父母在贫苦的佃农之家避难。他担心这种贫困会导致他们没有博大的感情。贫困也让自己教育孩子的教训、道理减弱了力量，他由孔融让梨讲到人的贪欲，讲着讲着，就感到了寂寞。虽然叙述者辩解："并不是心情的寂寞，乃是地方的寂寞。莫须有先生的心情是做父亲的心情，是教育家的心情，无所谓寂寞了。"② 但说到底，地方的寂寞也是莫须有先生的寂寞，"地方"的呈现是因了莫须有先生的感受。

最后，莫须有先生还将这种处在诸种关系中的寂寞上升至哲学与文化层面。1940 年春节，莫须有一家准备正月初二请前来拜年的亲戚邻里吃饭。年前腊月二十九一大早，莫须有先生就去赶集，购置年货。走在铺满大雪的乡野小道，"莫须有先生本来是一空依傍独往独来的人，走在这个平野上倒觉得孤

---

① 废名：《莫须有先生坐飞机以后》，载陈建军编订：《废名长篇小说（二）》，武汉：华中科技大学出版社 2022 年版，第 276 页。

② 废名：《莫须有先生坐飞机以后》，载陈建军编订：《废名长篇小说（二）》，武汉：华中科技大学出版社 2022 年版，第 304 页。

独了，水不知怎的不如山可以做行路的伴侣了，山倒好像使得自己没有离群似的，水的汩汩之音使人更行更远更孤寂"[1]。自然的纯粹与静默让他意识到人类之贪，这自然和他一贯修习的佛道相龃龉。因之，他更佩服陶渊明不肯为五斗米折腰，且"一面劝农，自己居于农人地位，一面敦族"，是真正的儒家。有研究认为，废名借助儒学、佛学等古代思想资源，实现对五四现代性困境的超克，进而重建古典理性启蒙。[2] 而这种实现的路径及表现方式，在某种意义上可以说正是莫须有先生的寂寞。

论述至此，即可明了，《坐飞机以后》包含浓郁的抒情因子，甚至不脱早期的抒情化倾向。但是，这种镶嵌于时政与伦理、社会与文化间的寂寞情绪，或澄澈如山间溪水却难似汤汤江河，只能闪烁于他教学、交往与思考的间隙，难以凝定为稳固的生活姿态，这实在是乱世之殇。废名在叙事中屡次提及南北朝诗人庾信，非常推崇其文章。这看似仅是个人审美趣味之征兆，实则已镶嵌了家国丧失之痛。在国家四分五裂的动荡时期，庾信以诗寄情，以情证史，寄予颇深。有学者甚至认为，以庾信为代表的诗歌其实成就了中国的抒情传统，"在他的诗歌里开始看到一种可谓之'广抒情性'（*expanded lyricism*）的新视点，其中两种主要的因素——'个人的'和'政治历史的'——很自然地合而为一了"[3]。但是，事实证明，作为审美的抒情传统显然不敌历史暴力。莫须有先生在时政议论、文化设计及思想咀嚼中表现出的寂寞一叹，其局限也就可想而知了。

---

① 废名：废名：《莫须有先生坐飞机以后》，载陈建军编订：《废名长篇小说（二）》，武汉：华中科技大学出版社 2022 年版，第 363 页。
② 段从学：《走向古典理性的启蒙——〈莫须有先生坐飞机以后〉新解》，《中国现代文学研究丛刊》2015 年第 5 期。
③ 孙康宜：《千年家国何处是：从庾信到陈子龙》，桂林：广西师范大学出版社 2022 年版，第197—198 页。

第六章

时代的"注脚与补充"：叙事抒情化的另类实践

第一节　"注脚与补充"释义

在 1937—1949 年小说叙事的不断流变、转化中，能够构成系统性深入与全面性铺展的，是讽刺性小说。从 1938 年张天翼《华威先生》的发表引起关于"要不要暴露、要不要批判"的争论，叙事的讽刺化倾向就逐渐漫溢文坛，以至有研究者声称"40 年代是我国现代讽刺文学的黄金时代"[①]。从表达的形式与内容来看，抒情是讽刺的背面。后者倾向于揭露与否定，前者则侧重于展示与肯定。在整个创作呈史诗化倾向的 40 年代，如果说讽刺性叙事正面表征作家对时代总体性的把握，抒情化叙事则是从侧翼介入时代，充分展现作家对战争钳制下诸种社会样貌的感受、体验，以情感的探测器洞察精神深处的岩层错动与新生命形态的生发。但是，在抒情化叙事内部，这种侧翼进军的力量也不是均衡的。在前几章的论述之外，还存在一些比较零星化的作家创作，如卞之琳的《山山水水》、李广田的《引力》、萧红的《山下》以及汪曾祺的小说等。这些作家在进行抒情化叙事时，并不像老舍、巴金、沈从文、孙犁等作家，有着鲜明而主动的时代介入意识，也不像冯至创作《伍子胥》，有着内在的转型冲动与重新确立自我主体性的明确目标，甚至也与鹿桥创作《未央歌》有意留下青春生活的印痕不同。小说创作之于他们，或是一时兴发的叙事试验，或是生活经验外溢进而生成表达之需要，或是初入文坛的叙事路径探索。主观上，

---

① 陆衡：《40 年代讽刺文学研究》，华东师范大学博士学位论文，2007 年，第 4 页。

他们对史诗与抒情之间的辩证关系缺乏系统而明确的思考，但客观上却构成了史诗叙事的"注脚"，是不可或缺的"补充"。

比如李广田的长篇小说《引力》，是作家以自己太太的经历为原型，叙述梦华带着孩子从沦陷区济南走出，跟随已经外出参加抗战事业的丈夫周孟坚的故事。相较故事，小说着重刻画梦华是如何一步步走出沦陷区的。梦华之所以一开始并不愿意出去找丈夫，甚至一再写信请求丈夫回来，根本原因就是梦华的梦想就是拥有稳固甜蜜的小家庭，有一处安静的宅院，过着闲适的生活。丈夫周孟坚出走之后，她带着孩子和自己的母亲、弟弟租住在一家宅院里，孟坚的弟弟曾经来看望她，尤其是向她表达了出走的愿望。如果梦华出走的话，想让她带着自己走，但是梦华此时并没有这个意愿。弟弟有些失望，变得心不在焉。梦华在一所中学女校教书，这所中学当然也有日本势力把守，但是，为了安抚学生以及自己在学生当中的声望，梦华做了学生的副班主任。她是一名称职的、甚至令人尊敬的老师，深得学生爱戴。梦华不敢告诉丈夫自己在这所学校里教书，这是丈夫不能容许的，那无疑意味着投降。而促使梦华一步步出走的，既有日本士兵无厘头的搜查，也有以往梦想的落空，还包括亲眼看到日本军队在济南市区的抢掠，等等。最重要的是，丈夫在来信中一次次给予她以启蒙与鼓励。最终，之所以能够出走，是因为学生出手相助，才找到了行车、车票。学生们很理解她的出走。出走，其实是合乎时代精神的命运抉择。丈夫正面的牵引与所处情境的刺激最后促使梦华带着孩子出走，心理一步步发生转变之后，她已蜕变成一名坚强的、更识民族大义的战斗女性。

《引力》因为侧重表现人物的心理与体验，而具有抒情化倾向。在《引力》后记中，李广田表明了创建《引力》结构的原则，"一是场面的转换……另一则是空气的转换"①。这说明他比较注重环境及其转换对人物命运产生的具体影响，这种影响不是说明式的，而是以营造氛围的方式为读者所感知。虽然他对自己的创作并不满意，"不过是画了一段历史的侧面，而且又只画得一个简单

---

① 李广田：《李广田全集》（第三卷）《小说》，昆明：云南人民出版社2010年版，第312页。

的轮廓"①，但恰是这种"侧面"与"轮廓"，构成了对战争年代小说中人物命运表现的补充，是特殊人群的成长记录与心灵吟唱。此外，这也是对战争年代一种具象化、审美化的阐释，这种阐释虽不具有史诗或类史诗的宏大性，但让我们看到了时代的某个侧面、某个细节。

再如汪曾祺有关抗战生活的书写，多是取材于小人小事，思想主题看似无关时代主旨，却是战争之下普通人生活状态与灵魂状态的重要记录。《落魄》先是叙述者介绍自己来昆明是顺应潮流，因为要读书，就必须跟着学校走。然后以这一限制性视角介绍一个在学校附近开小吃食铺子的扬州人。叙述者对于他为什么要来昆明并不清楚，看样子并不是个厉害的、雷厉风行的角色。生意扩张之后，他请了个南京师傅做包子。南京人很能干，从称呼上看，绿杨饭店已经被称为"南京人的"。原本穿着、做菜都很讲究的扬州人变得落魄，精神不济。"我"从乡下休养回来之后，看到他的邋遢，"恨他"。在某种意义上，这个扬州人代表了一种诗意的毁灭、意志的颓败。尽管抗战已经胜利，但扬州人并没有振作起来，反而每况愈下。由此，小人物在大时代中的命运沉浮可见一斑。精神状态的变化，是汪曾祺表现的焦点，这也促成了小说抒情性的生成。其他如《最响的炮仗》《醒来》《牙疼》等小说，也具有这般叙事倾向。在《牙疼》中，叙述者甚至质问：战争到底什么时间结束？他认为，战争如海，渺远无边，波涛凶险，难以让人看到希望。这显然是战争年代一种普遍心绪的流露，可以让读者管中窥豹地理解战争对微末个体的威胁。

因之，"注脚"之意，一是表明这些创作的分量比较有限，不够丰厚，既没有老舍的《四世同堂》中对之前创作的集大成，也缺乏沈从文湘西叙事的连续性；二是表明这些创作同样能够从另一方面表现战争年代人们精神世界的多样化与叙事形态的多样化，能够进一步注明、解释时代特质。而所谓"补充"，则指出这些作品的碎片化状态，彼此之间缺乏对话性。但是，在整体的抒情化叙事建构中，它们又有着不可替代的意义。在此，以卞之琳的《山山水水》、萧红的《山下》为例进一步论述。

---

① 李广田：《李广田全集》（第三卷）《小说》，昆明：云南人民出版社 2010 年版，第 312 页。

第二节　以抒情连缀人生经历：卞之琳《山山水水》

　　卞之琳的长篇小说《山山水水》（小说片段）创作于 1941 年至 1943 年，共四卷。第一卷《春回即景》，故事发生在 1938 年早春的武汉。第二卷《山水·人物·艺术》的叙事空间转移至成都，时间是 1938 年春夏。时隔一年之后，人物已迁徙至革命圣地延安（第三卷《海与泡沫》），而叙事的终了则是在 1940 年夏末至 1941 年年初的昆明（第四卷《雁字：人》）。值得一提的是，这些篇章结构的逻辑性并不强，用作家自己的原话就是，"这些松散的片段原是长篇小说缜密结构的一些部件"①。片段化的连缀方式，在某种程度上为叙事的抒情化提供了条件。另外，整个叙事的时间跨度要明显小于空间转换幅度，也为叙事的抒情化倾向奠定了基础。但作家在 1982 年添写的卷头赘语中则弱化了这一叙事特征："我也曾想叫它《水远山长》，带点抒情气息"，从深层上讲，"含有山水相隔和相接的矛盾统一意味"。②而事实上，"《山山水水》只是名字而已，书中主要人物是写男男女女，人、抗日战争初期的邦国、社会。人物颇不少，只是以其中一对青年男女的悲欢离合作为曲折演变的主线配合另一些男女哀乐交错的花式，穿织起战争开始到'皖南事变'约近三年的各阶层知识分子的复杂反应与深浅卷入以及思想感情的回环往复"③。不过若真相信作家所言，则不免被其误导，不仅会偏离文本的实际内容，也难以深入理解文本的意义，进而体会小说的文学史价值。

　　《山山水水》当然是以作为知识分子的青年男女林未匀与梅纶年的相知相随、离别重逢为叙事主线的，但是，真正正面表现双方交谈的，仅在第四卷。

---

　　① 卞之琳：《山山水水·卷头赘语》，载卞之琳著，江弱水、青乔编：《卞之琳文集》（上卷），合肥：安徽教育出版社 2002 年版，第 272 页。

　　② 卞之琳：《山山水水·卷头赘语》，载卞之琳著，江弱水、青乔编：《卞之琳文集》（上卷），合肥：安徽教育出版社 2002 年版，第 264 页。

　　③ 卞之琳：《山山水水·卷头赘语》，载卞之琳著，江弱水、青乔编：《卞之琳文集》（上卷），合肥：安徽教育出版社 2002 年版，第 264 页。

在第一卷中，刚从沦陷区北平流徙至成都的林未匀与好友立文去赴洪叔远先生的饭局，街上邂逅廖虚舟先生。廖虚舟修禅学道，在北大教一两个小时的课。正是在谈话中，梅纶年与林未匀的恋人关系被挑明，且梅纶年此时已到达成都。接下来，文本以林未匀为叙事焦点，细描午宴及她下午随记者立文去野外寻找日机残骸等事宜。收录在《卞之琳全集》中的第二卷，仅是原文中其中一章的三个片段。这三个片段均注目于林未匀赶往成都的途中，与同行者戴天关于沿途风景的讨论。到了第三卷，男主人公梅纶年才正式出场，然而重点也是在书写他与友人关于空白艺术的谈话以及在垦荒中漫无边际的思考。第四卷，林未匀和梅纶年在昆明重逢，围绕戏曲艺术深入讨论。因此，"悲欢离合"之言已算为过，而"各阶层知识分子的复杂反应与深浅卷入"远不及之。如果以40年代路翎的《财主底儿女们》，巴金的《憩园》《寒夜》，以及茅盾的《腐蚀》等小说视之，《山山水水》更像是人物立足自身境况而发表的感慨，隐含着动荡时代下的"小确幸"心理，民族抗战、皖南事变、延安整风等重大事件是叙事远景，固然制约着人物的思想感情，但也因为是远景，人物自身并非对其有自觉的思考、关注，反而更在意此刻的个人感受与见解。时移势迁，经历过各类政治运动的卞之琳，在80年代初，无论如何是不会承认这一点的。更何况，刨除政治因素影响，人的心境本来就会随着年龄与世事而变，作家对自己作品的理解与文本实际有不一致之处，也算正常。因之，回归卞之琳最初的"抒情"意愿，并在历史时空错动的张力中理解其意义，是探测时代多棱性的重要切口。

抒情首先体现为空间在情节连缀中所起的重要作用。正如开首所言，作家是以空间的不断转换来组织叙事的。在每一大空间内部，还布置了细微空间，如街道、商店、餐馆、野外、汽车、窑洞、桃林、田地等，充塞空间的是并没有什么大事发生的日常场景与偏于玄思的人物谈话以及其引发的联想沉湎。与沈从文的《长河》中老水手逢人便问"新生活运动"、滕顺与商会会长总是谈论《申报》的消息不同，《山山水水》中，人物谈论更多的是情感与艺术，唯在第三卷，梅纶年在垦荒中的思考涉及个体与集体之关系的尖锐对立，算是触及了时代的敏感神经。因此，这成就了通常意义上的小说诗性叙事特征，即基于个体主观感受而生成的抒情风格。文本之所以呈现如此风格，与卞之琳的文体观密不可分。谈及现代社会语境下小说与诗之关系，他认为："诗的形式再也装不进小说所能包括的内容，而小说，不一定要花花草草，却能装得进诗。"① 可以说，《山山水水》就是一个致力于现代主义诗歌写作的诗人在小说中装进诗的尝试。

顺之，抒情在叙事中的另一重要体现是，人物对诗歌及其艺术手法的谈论贯穿小说始终。林未匀和廖虚舟在商店邂逅时，廖虚舟正在陈列儿童玩具的玻璃柜面前站着，林未匀并没有直接和他打招呼，而是用手指轻轻地敲了敲玻璃柜面。廖虚舟回过头来和未匀打招呼，林未匀以为廖先生不认识自己了，怎么能通过手来认识自己呢，廖先生回答："我倒是先从你的手上认识了你。"这自然是玩笑话，但是，按照廖先生接来下的解释，这玩笑话里却蕴藏着大道理——"一个人全由关系造成"。② "关系"是理解卞之琳诗作的关键词，《断章》《距离的组织》等名篇无不表达了关系及其错动所引发的生命感知。以诗人之眼观世道，日军入侵北平，颇有兴发意味。在饭桌上，洪叔远描述北平陷落前夜，城里很欢腾。但第二天醒来，是怪诞而令人紧张的寂静。"叽光这一句外来的打击，中国历史上第一次真正严重的打击，一下子给打成了一片了"，甚至将这战争的爆发溯源为"不知道哪来的好运气"。③ ——这种论调颇接近闻一多在《死水》中的逻辑推论，即满目疮痍的中国需要一场彻底的革新，而彻底的革新源自彻底的破坏，让死水变得更死。在廖虚舟看来，《诗经》里还潜蕴着特殊的进步观，"每一分钟的努力之内都有永恒的刹那——一个结晶的境界进向次一个结晶的境界，这就是道。进步也就该如此"。"即使'溯洄从

---

① 卞之琳：《山山水水·卷头赘语》，载卞之琳著，江弱水、青乔编：《卞之琳文集》（上卷），合肥：安徽教育出版社 2002 年版，第 267 页。

② 卞之琳：《山山水水·卷头赘语》，载卞之琳著，江弱水、青乔编：《卞之琳文集》（上卷），合肥：安徽教育出版社 2002 年版，第 274 页。

③ 卞之琳：《山山水水·卷头赘语》，载卞之琳著，江弱水、青乔编：《卞之琳文集》（上卷），合肥：安徽教育出版社 2002 年版，第 280 页。

之'，仍然是'宛在水中央'。"① 这种进步观显然不是线性的，而是由一个中心点外散且同时向更高远处升华的，是立足个体生命成长层面而言的，而非指向社会历史发展。

因此，人物行动、思想虽然受制于抗战的总体环境，但是谈话却相当个人性，充满了难以被外人理解的诗意，也充满了诗歌特有的跳跃感。警报解除，大家从饭馆出来彼此告别。廖虚舟忽然和林未匀提及去年夏天他打算给在江南的梅纶年写一封信，但不知从何写起。犹豫间，"我从窗口瞥见了光光的小院子里的那一棵小枣树，洒得一片疏朗的影子，俨然为我写了一封信"②。林未匀猜透了他的心思，说现在他想写出来。廖虚舟说正是，而且这是一个写诗的好机会。"那天我倒真写了一首，说信是已经让那棵寂寞的小树写了，我现在只奇怪我首先就分不开两片叶子，尽管我想写一首诗，写得犹如日，犹如月，犹如星，一泻地犹如'无边落木萧萧下'。"③ 这完全寄于象征与感受的话语显然尽显作家卞之琳的诗人品格。而林未匀由此联想起"不尽长江滚滚来"，莫名一阵哀愁。显然，这样诗意的交流只有相似心境的人才能听懂。换言之，谈话并非作家表现的重点，只不过是借谈话表现人物乃至作家自身的况味。因之，小说虽然以场景与谈话作为重要叙事内容，但这种谈话并不像鲁迅的《酒楼上》《孤独者》中的那样，负载有回溯情节来路，并推进其发展的功能。

不过，《山山水诗》的写作毕竟因抗战而起，卞之琳也并非躲进小楼成一统。事实上，他前往延安后，在延安的所历所见也触发了他对社会、政治的思考。如果说其生命的进步观中内含着抒情的因子，那么就社会历史发展而言，其进步观中则充满了进步与后退的辩证。早在第二卷，林未匀和戴天坐船过三峡，山形水势引起了她的慨叹，而水花则由现代的蒸汽轮船引起。古今既是并

---

① 卞之琳：《山山水水·卷头赘语》，载卞之琳著，江弱水、青乔编：《卞之琳文集》（上卷），合肥：安徽教育出版社 2002 年版，第 276 页。
② 卞之琳：《山山水水·卷头赘语》，载卞之琳著，江弱水、青乔编：《卞之琳文集》（上卷），合肥：安徽教育出版社 2002 年版，第 291 页。
③ 卞之琳：《山山水水·卷头赘语》，载卞之琳著，江弱水、青乔编：《卞之琳文集》（上卷），合肥：安徽教育出版社 2002 年版，第 291—292 页。

存，今的进步也需后退两步才能跃得更高。这种辩证性思考在第三卷达到了高峰。在写于 1942 年 4 月 5 日至 7 日的第一章《桃林：几何画》中，亘青、纶年、立文、若冰主要讨论"空白"问题。桃林既是存在的事实也是个象征，立文说："本来这个桃园也只有我们知识分子，改不了旧习惯，才这样来利用，这样的看重。"桃树原本也就是树而已，"就因为在这个环境里，它才有它历史的意义，它在艰苦里象征了希望"。① 如是来看，《山山水水》也可视为卞之琳的"桃园"，是主流历史书写中的"空白"所在。亘青认为"空白"是无用之用，纶年则将空白与西方戏剧中的 suspense 相对应。Suspense 在戏曲中的意思是悬念，内含着对即将发生的事的担心、焦虑或兴奋。因之，在他们最终的结论中，空白与紧张、无聊乃至磨炼相关，最后立文紧跟一句："所以也有空白的力量。"② 但是这并不意味着他们不具有共同体意识，垦荒中的海与泡沫之喻着重探讨的是个体与集体之间的辩证关系。

写于 1942 年 6 月 5 日至 14 日的《海与泡沫》，叙述的是延安根据地的开荒事件。虽然以此为表现内容，但显然这个章节并不具有解放区文学的审美品质。"从高处望去，四边是一片灰蒙蒙的阴海。无数的山头从阴影里站起来，像群岛。山头是热闹的，这群人却像一支孤军，佝偻着上坡，踩着像终古长存的一层灰暗的荒草。"③ 这段话描写用锄头松土的过程，作家将其比喻成了海。草和荆棘的根交织在一起，仿佛是网，而被翻起的黄土块就像跳脱出网的鱼。"正如鱼跳出了网就不见了，隐入了水中，每一块黄土一翻身也就混入了黄土的波浪里。这一片松土正是波浪起伏的海啊！而海又向陆地卷去，一块一块地吞噬者海岸。"④ 显然，"海"在这里是一种更庞大的具有吞噬性的力量，个体

---

① 卞之琳：《山山水水·卷头赘语》，载卞之琳著，江弱水、青乔编：《卞之琳文集》（上卷），合肥：安徽教育出版社 2002 年版，第 318 页。

② 卞之琳：《山山水水·卷头赘语》，载卞之琳著，江弱水、青乔编：《卞之琳文集》（上卷），合肥：安徽教育出版社 2002 年版，第 322 页。

③ 卞之琳：《山山水水·卷头赘语》，载卞之琳著，江弱水、青乔编：《卞之琳文集》（上卷），合肥：安徽教育出版社 2002 年版，第 336 页。

④ 卞之琳：《山山水水·卷头赘语》，载卞之琳著，江弱水、青乔编：《卞之琳文集》（上卷），合肥：安徽教育出版社 2002 年版，第 338 页。

或如黄土块，要被翻卷融入其中。开荒终于完成，老任开荒时还带着一本《家族、国家和私有财产的起源》，把它放在土地上。矮总务说："谁的《私有财产的起源》？我把它捣了！""那本《家族、国家和私有财产的起源》原是像一只羊在那一片草原的中心，现在竟然在那一片海的边缘上，而且到了像从海里涉水而来的渔人的手里。它向老任的方向迎飞了过来，像一只白鹭。"[①] 这个描写与譬喻并非凭空出现，在文本中具有结构性意义。公私之争显然是革命的重要组成部分，前面的开荒表面上是为公而争，事实上，正如纶年所讲，是私欲使然。

老任的袜子里进了土块，纶年顺手提起袜子的尖头，倒空出来是土末和土块，纶年说话的口气好像非常失望："我以为从海里捞起来总该是些珊瑚啊，光润的贝壳啊，甚至于珍珠……可是不，那些东西长不起壳子，土才是宝贝。不错，不错。"[②] 显然，纶年的话有着言外之意。从"总该是""可是""才是"等关联词语的运用中，可以看出语义转折间梅纶年思想的变化，而这变化反而透露出在其潜意识中海应该出产普遍认知的宝贵的东西，比如珍珠。而在现代文明的序列链条中，乡土恰恰是要摆脱的东西。又回到昨晚的生活检讨会，他们在讨论星期六、星期日哪一个重要以及老任提出的乒乓球是否应该让大家尤其是会里的人打的问题，老任被木刻研究会的丁果批评，说他私有观念很重。所以，《山山水水》虽然看似都是闲谈，但无一处闲笔，作家试图让我们从人物的闲言碎语中捕捉到时代的整个貌相，犹如廖虚舟从一根手指认出林未匀这个人。

经历了这个开荒的过程，"纶年才捉摸到了海是什么，像海岸会捉摸到海，像面见于两条线，线见于四边的空白，像书法里有所谓的'烘云托月'。可见比喻，不错，也只有靠比喻才形容得出那一片没有字的劳动，那片海。对

---

① 卞之琳：《山山水水·卷头赘语》，载卞之琳著，江弱水、青乔编：《卞之琳文集》（上卷），合肥：安徽教育出版社 2002 年版，第 342 页。

② 卞之琳：《山山水水·卷头赘语》，载卞之琳著，江弱水、青乔编：《卞之琳文集》（上卷），合肥：安徽教育出版社 2002 年版，第 343 页。

了，是海的本体，而不是上面的浪花。浪花是字，是的，他忽然了悟了圣经里的'泰初有字'。这是建筑的本身，不是门楣上标的名称，甚至于号数。最艰巨是它，最基本是它，也是它最平凡，最没有颜色。至文无文，他想，他这些思想，这些意象，可不就是漂浮在海面上的浪花吗？不，他不要这些，不要这些……"① 显然，这种思想是危险的，甚至连浪花都不是。"这些话，不管有无意义，也就是浪花，也就是泡沫。可是还不就是以浪花，以泡沫表现吗？或者以几点帆影，像在未匀画的山水里——不，不，他抑住了新的一个快乐的跳跃，收去了那几点帆影的一现，而代之以眼前的东西：表现蓝天的白云。"② 这里讲到浪花和大海的互相依存关系，以及纶年在联想到未匀时的隐秘喜悦。《山山水水》其实在表意上体现了不同艺术之间的跨越与互为参证。浪花是文字，显然是卞之琳在指向文学。"浪花还是消失于海。言还是消失于行。……这正是文化人拿锄头开荒的意义：从行里出来的言又淹没在行里，从不自觉里起来的自觉淹没在不自觉里，而哨子又起来给时间画下了一条界线。"③ 林未匀和梅纶年在昆明重逢，除了聊起故人，如廖虚舟，两人重新谈起绘画及与空白有关的话题。林未匀画了《秋江图》，中国画的特点，尤其是山水画，不着痕迹地表现人，用自然美来表现人格美，但是人物品藻中往往没有女人的位置。由此，谈到女性解放问题。接下来谈到了舞姿中"姿"的问题，涉及古典传统与现代精神的辩证关系。其实，他们所谈的问题及观点在今天看来并无新鲜奇特之处，但是将其置于和延安"说书"之文坛现状中，就显得非常知识分子化了。可以说，最后一卷，是卞之琳文艺观的最后回归。

虽然《山山水水》是残篇断简，但研究者并不在少数，尤其是与同为"汉园三诗人"之一的李广田同时期创作的《引力》相比。在某种意义上，这也

---

① 卞之琳：《山山水水·卷头赘语》，载卞之琳著，江弱水、青乔编：《卞之琳文集》（上卷），合肥：安徽教育出版社 2002 年版，第 345 页。

② 卞之琳：《山山水水·卷头赘语》，载卞之琳著，江弱水、青乔编：《卞之琳文集》（上卷），合肥：安徽教育出版社 2002 年版，第 345—346 页。

③ 卞之琳：《山山水水·卷头赘语》，载卞之琳著，江弱水、青乔编：《卞之琳文集》（上卷），合肥：安徽教育出版社 2002 年版，第 346 页。

可以说恰是"残篇断简"之空白引起了研究者的兴趣。空白并非没有，空白恰是凸显了此显现之物与彼显现之物之间的紧张关系。在更大范围内，《山山水水》与所处时代、世界的关系其实也是一个由空白所隔开的物与物之间的紧张关系。即便《山山水水》是完整文本，也可推测出它也绝不是以连贯故事取胜，甚至不在于塑造鲜明立体的人物形象，话题之间、篇章之间的跳跃仍然是小说重要的结构方式。这种结构方式对应着作家在时代剧变之下个体不成系统、不入主流的思考与感受，同时对应着他们对在时代中自身位置的认定。战争导致知识分子不断迁徙，纶年认为"我们都是像皮球，打得重，跳得高，给战争打到了内地就蹦到了北方"①，从北平、天津到江南、武汉，而后四川、河北以致延安。立文认为应该感谢这次战争，"这么大的土地一个人到了一个角落，合起来就是我们到了每一个角落"②。"蹦"的跳跃性与"角落"的注脚式存在形态既体现了一个时代的共同体意识，更凸显了个体性的价值意义。从这个意义上讲，《山山水水》的抒情倾向的确是作家与时代相处的形式表征。

因之，《山山水水》的确是象征性文本，但由此推出小说的抒情化叙事在表现抗战方面具有难以突破的局限性③，则未免有些严苛。毋宁说，作家着意表现的是抗战语境下心灵世界之一隅，对于历史的后来者要更深地理解抗战到底如何改变了中国人的精神世界，其心灵岩层到底呈现怎样的挤压、扭结，知识分子又是如何寻找到自处之道的，在时代的"空白"处如何寻找到并保持一种"姿"的，《山山水水》是必不可少的参照文本。在中国现代文学史上，卞之琳虽然被誉为"上承'新月'，中出'现代'，下启'九叶'"④的现代派诗人，位置非常重要，但是，其创作主要是集中在 30 年代前几年，其诗歌被研

---

① 卞之琳：《山山水水·卷头赘语》，载卞之琳著，江弱水、青乔编：《卞之琳文集》（上卷），合肥：安徽教育出版社 2002 年版，第 324 页。

② 卞之琳：《山山水水·卷头赘语》，载卞之琳著，江弱水、青乔编：《卞之琳文集》（上卷），合肥：安徽教育出版社 2002 年版，第 324 页。

③ 吴晓东：《〈山山水水〉中的政治、战争与诗意》，《文学评论》2014 年第 4 期。

④ 袁可嘉：《略论卞之琳对新诗艺术的贡献》，《文艺研究》1990 年第 1 期。

究者着意点评的似也不过几首，如《断章》《距离的组织》《圆宝盒》等。其中成就其诗坛声誉的当属《断章》，它原本是计划中一首长诗的一个小小章节，但诗人写出这四句来反而不知该如何写下去了，遂命名为《断章》。这与其说体现了诗人结构全篇的能力局限，不如说就是诗人组织素材、结构全篇的特点。以之为参照，《山山水水》可谓小说文体中的"断章"，体现的是战争中的刹那凝思与体悟，凸显了叙事与抒情、文学与政治、个人与家国之间的张力，而并非总是"裂隙"①。

第三节 现代化想象下的伤感表达：萧红《山下》

抗战时期，萧红像大多数青年知识分子一样，从经济发达、文化繁荣、左翼知识分子云集的上海到武汉、临汾、西安、重庆等一路寻找落脚点，甚至其间不断折返。书写这一流亡历程的所见所闻所感是萧红新的叙事领域，体现了她浓郁的民族情怀，以及将自身的生命再次楔入广大土地的生命姿态。这种书写与回忆之作《呼兰河传》构成了有益的互补与对照。《呼兰河传》一向被认为是对五四思想启蒙主题的承续，尤其是街坊小团圆媳妇活活被夫家折磨而死的故事，体现了底层思想意识的蒙昧及女性地位的低下，这与鲁迅的《祝福》、萧红的《生死场》等在思想主题上有着内在的一致性。而表现现实生活的《山下》，同样体现了作家对民众目光短浅、不明事理的嘲讽。

《山下》是萧红关于抗战生活的在场性叙事。救亡要任与思想启蒙责任在作家心中相互纠结，表现在文本中，就是"下江人"带来的现代价值观念与在地性的生活观念之间充满冲突。更重要的是，汽船所代表的现代化事物以及远方在少女心中可能扩张出的理想世界，是支撑林姑娘行动的力量。而对新生活方式及远方美好想象的破灭，则表明了她命运的悲剧性，充满感伤。从文体风格上讲，正是这种想象构成了小说内在的抒情性。《山下》代表了萧红现实主

---

① 吴晓东：《〈山山水水〉中的政治、战争与诗意》，《文学评论》2014 年第 4 期。

义创作的新趋势，正视战争语境下知识分子或曰现代文明给人们带来的改变，这种改变首要地体现为激起"他们复杂而单纯的想象"①。这种改变不同于蒋少祖要通过教育启蒙民众，而是跟随社会环境的变化自然而然发生的。萧红用全知全能的视角，尽可能地还原了这种改变发生的状态及过程，是在以抒情的方式写实。

读小说开头，会想起沈从文的《边城》。嘉陵江边凉爽的晨风与似乎带有甜气的朝阳覆盖着江边的小镇。林姑娘是妈妈眼中的娇娇女，哥哥是养子，父亲不在身边，她似乎独享了母爱。单纯和谐的亲子关系似乎也令人想到翠翠和祖父，一派怡然自得的景象。但是，整体的故事架构却迥然不同于《边城》。翠翠和祖父俨然生活在世外桃源中，虽然边城是重要的渡口、码头，是对外贸易重要的中转地，但沈从文显然无意让翠翠瞩目于外边的世界，而林姑娘的眼光一开始就是向外的。能引起翠翠兴趣的是虎耳草，是茶峒一年一度的端午节，但是在《山下》一开头，吸引林姑娘的则是五颜六色的从重庆来的汽船，"好像一只大的花花绿绿的饱满的包裹"②。汽船（洋船）之所以鼓鼓囊囊、花花绿绿，并不是一种正常的商业贸易，而是由战争导致的，重庆的大轰炸迫使大量都市中人转移到乡下来。所以，小说首先将故事镶嵌在抗战局势当中，其来乡下的频率之高，使得林姑娘已经司空见惯、见怪不怪了。但是，如果说汽船还是一种在视野范围内不会触及其日常生活的外来事物的话，那么来此地居住的"先生"却的的确确在小镇居民中掀起了波澜，映照出乡土与都市、内陆与沿海、物质欲求与等价交换等观念之间的冲突，这冲突甚至改变了林姑娘的内心世界。接下来，小说情节的展开就是在以林姑娘为核心的小镇居民与外来寄住在此地的"先生"人物关系中展开的，充满对照性。

在叙述视点上，小说首先立足于本镇乡民。他们将东部沿海来的人称为"下江人"，从距离上显示出对方与自身之不同。当然，更引起他们兴趣的是

---

① 郭淑梅：《一篇尚未引起重视的小说精品——读萧红〈山下〉》，《名作欣赏》2014 年第 28 期。
② 萧红：《山下》，载林贤治编注：《萧红十年集》（下册），北京：人民文学出版社 2009 年版，第 630 页。

"下江人"的富裕与讲究。他们对居住环境讲究，比如墙壁非得刷白才能入住，要雇佣用人，本地人尤其关注"下江人"对用人的大方。林姑娘恰恰就是做了"先生"的用人，但是小说在叙述完毕本镇居民中流传的这些关于"下江人"的闲话之后，并没有进入对林姑娘帮佣生活的书写，而是笔锋回转，叙写林姑娘一贯的日常生活。

江边就是渡口，清早时分，洋船少，过渡的人也少。稀稀拉拉的船客在等待过河的板船开船，因为非等到乘客积攒到一定的程度才会开船。林姑娘在这清冷的早晨来到河边，不是来担水就是来洗衣裳。洗衣裳在她看来似乎就是一种玩耍与游戏，悠闲地摆来摆去，甚至将衣服摁到河底，沾满沙子后再冲刷干净。由此，我们看到林姑娘就是一个孩子，在她并无艰困生活导致的人格扭曲，也不存在因被重男轻女而被虐待的精神压迫。因此，在家庭结构设置上，这篇小说并不符合五四启蒙小说惯常的家庭关系。她也有自己的小伙伴，隔壁的王丫头，比她大两三岁，两人经常结伴去河边看人过河，或者捡圆石子抛到河心。她和母亲的生活安闲、平静、简单。但是，战争改变了这一切。战争导致物价不断上涨，他们因之更显贫困。居住环境很差，房子不仅漏雨，还有老鼠，更不要提家具摆设，连水缸都没有，卫生条件也很差。

但是，"下江人"的到来改变了这一切。"现在"林姑娘和母亲已经过上了好日子，吃的是"繁华的饭"，白米饭，有菜有肉，一天三顿均如此丰盛。林姑娘的母亲都不用开炉灶做饭了，甚至可以将吃不完的饭分给邻舍，刘二妹、王丫头、王太婆均享受到了这种好处。尤其是王太婆，边品尝边翻白眼，刘二妹的母亲还要在林姑娘的稀饭碗里搅腾几下，看看米里是否有沙子。不得不说，萧红的观察力相当强，相当了解底层人物的复杂性格。当周围人开始和自己不一样、比自己过得好的时候，对方近乎恩赐的方式并不必然地会得到信任和感激。他们会用一贯以来的视野来框定这种行为的性质，甚至揣测其动机是否真诚。因此，林姑娘的悲剧其实一开始就埋伏下了。除此之外，林姑娘每月还有四块钱的收入，这使得林姑娘在小伙伴中间显得有些骄傲了。相应的，也受到大家的忌妒。

但很不幸的是，林姑娘患了疟疾，不能下河担水，想找王丫头帮个忙，王丫头却无论如何都不肯，这就是小女孩儿们之间很微妙的心思了。王丫头并不念及曾经吃过林姑娘家的饭，也并不顾及今后是否还能吃上饭，只要此时能有一点小小的报复机会，让自己快意一把，那是无论如何都不会错过的。因此，这并不能称得上是什么人性之恶，当然也不是人性之善的表示。我们通常讲"人之常情"，"推己及人"，或者换位思考，其实这些伦理常识都是有其边际的。更多的时候，能否理解以及做到这些，和彼此之间是否同属一个道德水准是联系在一起的。除此，也要承认观念是有其层级性的，小镇乡民和"下江人"最重要也最内在的区别就在这里。

林姑娘的疟疾非常缠磨人，一病五六天，不见好转。即便躺在病床上，林姑娘还是惦记做用人的事情，一再让母亲到先生家里去看看，"是不是喊我"。可见，这种帮佣生活已经深嵌在她的意识中了。那么，这种生活对其吸引力到底何在？对小孩子而言，物质生活的改善当然比较重要，但最重要的还是这种从未享受到的生活体验，它来自在同伴中间的优越感，还连及对一种生活方式的适应与再想象。其实，林姑娘在"下江人"家里并不做什么体力活，多是跑个腿，代"下江人"去店铺里买买日用品。但这样的生活已经不同于乡村要靠劳力维持生存的生活了，代表了商品经济的一个面向。购买的过程中，在店铺中看到的商品肯定能唤起林姑娘对生活的某种想象。因此，虽然小说中并没有关于这部分的描写，但这想象的部分对其冲击还是非常内在而强大的。这也是后来她无法再去"下江人"那里做用人后为何如此失落，乃至对汽船也失去兴趣的重要原因。

除了物质维度，在情感方面，"下江人"也提供了一种新型的情感关系。林姑娘患病之后，高烧不退，一直不好。"下江人"非常关心林姑娘，这种关心在林姑娘就比较陌生，做母亲的也很难理解到这一层。她除了担心女儿的生命健康，也非常担心"下江人"辞退林姑娘。因此，面对"下江人"的病情询问，她很是矛盾。不知道是否该将病情之严重告知对方——吞吞吐吐之下，当"下江人"知道林姑娘的病情之后，并不是要辞退林姑娘，而是去帮她找药。因此，林姑娘母亲内心的矛盾、纠结及其与"下江人"想法的错位，体现了双方因经济收入不同而导致的情感结构之不同。在林姑娘一家看来，每月四块钱的收入已算优厚，帮佣生活简直是她生命中的高光时刻，带来了生活水平、生活方式、在邻里中的地位等方面的改变。但对"下江人"而言，四块钱仅是生活余裕的象征。然而，富裕并不意味着就没有同情心。换句话来讲，萧红在此无意于讲述、构建一个阶级或阶层对立的左翼故事，也并不是一个简单的封闭与开放、愚昧与文明二元对立的启蒙叙事，而是立足于生活，根源于真实的情感体验。

林姑娘的病延续十多天后，终于痊愈。此时，世界在她眼中仿佛全是新鲜的，小说用非常抒情化的语言来描述林姑娘眼中的自然：

> 竹林里的竹子，山上的野草，还有包谷林里那刚刚冒缨的包谷。那缨穗有的淡黄色，有的微红，一大撮粗亮的丝线似的，一个个独立地卷卷着。林姑娘用手指尖去摸一摸它，用嘴向着它吹一口气。她看见了她的小朋友，她就甜蜜蜜的微笑。好像她心里头有不知多少的快乐，这快乐是秘密的，并不说出来，只有在嘴角的微笑里可以体会得到。[①]

这种新鲜关系显然是审美的、游戏的，而不是以前的劳作关系，植物生命的蓬勃生机与林姑娘病愈后的生机焕发相对应。从某种意义上讲，这也是林姑娘在脱离了生产劳作之后才可能有的一种新的与自然之关系。和人与自然关系重新调整相匹配的是，林姑娘与先生家的关系更密切了。"下江人"的女主人给她买了一顶大草帽，林姑娘平时都不舍得戴，女主人还打算再给她买一件麻布衣料。林姑娘还是那个伙伴们嫉妒的形象，地位不可动摇，小孩子们竟也很快接受了这个事实，而且，王丫头甚至会主动帮忙。受"下江人"的影响，林姑娘有着非常明显的卫生意识，甚至学会了下江话，邻居们对她都慢慢地尊敬起来，把她看成所有孩子中的模范。母亲也很迁就她，她甚至自作主张地将自

---

　① 萧红：《山下》，载林贤治编注：《萧红十年集（1932—1942）》（下册），北京：人民文学出版社2009年版，第639页。

家的灯碗拿给先生用，俨然家里的小主人。由此也可看出，乡村社会的处世法则很简单，就是经济能力占主导地位。卫生意识其实就是现代社会的重要标志之一，而语言则意味着身份的认同与情感的靠拢。因此，我们也看到了战争语境下的迁移是多么具体而微地改变了人们的生活。

而从整个叙事来看，这番抒情就是林姑娘生命状态、情感情绪的顶点。"下江人"在家聘请了厨师，不需要再去饭馆包饭，自然也不需要林姑娘再去镇上取饭。因此，林姑娘每月的工钱由四元减到了两元。这显然遵循多劳多得、少劳少得的现代经济法则，但是，林姑娘的母亲、周围的邻居却无法接受这一事实。她们的道理是，"下江人"不缺钱，多给几个钱算什么。何况，祖祖辈辈，战争的事情可不是年年都有，这对她们自己来说，是千载难逢的挣钱的好机会，怎么能说减就减、说不给就不给呢？！在邻居们的撺掇下，林姑娘的母亲有点不甘心，觉得"下江人"很容易欺侮，得去争取。林姑娘当然也不高兴，也没心思看汽船了，但是伤心的程度不及母亲。先生送给林姑娘一件白麻布的长衫，让她剪短穿。这本是一种人间温情，但母亲却觉得"下江人"真是拿东西不当东西，拿钱不当钱。在这种观念的作祟下，她到底是找"下江人"理论去，要求恢复原来的四元钱。和先生讨工钱的过程，萧红写得极为精彩。

首先，她觉得自己有理亏之处，女儿本就干不了什么，还吃白饭。因此，先拐弯抹角地说自己想借两块钱，"下江人"很爽快地答应了。然后，她提及自己的腿脚不好，"下江人"到乡下避难，导致房租上涨，等等。说到这里时，"下江人"就给她涨了五角钱。叙述者的立场比较明显，"她说了这番话，当时先生就给她添了五角，算做替她出了房钱"[①]。"当时""就""替她"等词汇，可见叙述者比较认同"下江人"的行为逻辑，对其人品有赞许之处。但是，林姑娘的妈妈似乎不知足，不明白见好就收的道理，接着说林姑娘年纪小去河边担水洗衣裳很辛苦等。这导致先生真的给她算起这本劳工账目来，其实"下江人"并不是拿钱不当钱，对于林姑娘做了多少、能做多少，心里很明白。因

---

① 萧红：《山下》，载林贤治编注：《萧红十年集（1932—1942）》（下册），北京：人民文学出版社 2009 年版，第 645 页。

此，绝不让步地从下个月起付两块钱半的工钱。但此时林姑娘的妈妈仍坚持帮不来，帮不来就算了，"下江人"就辞退了林姑娘，林姑娘就失掉了工作。

没有了挣钱的渠道，重回原来的生活，然而一切都发生改变了。柴堆里生了虫子，泥罐里的麦子已经发芽，甚至锅边上的红锈已经有了厚厚的一层。这并不是一个由俭入奢易、由奢入俭难的道德批判故事，尽管这个故事和人的欲望扩张以及难回到原初的状态有一定的关联。这是林姑娘及其母亲必须正视的寥落冷清的现实，必须收拾的残局。如此来看，在"下江人"家帮工的生活无疑更像是一场梦，而此时，林姑娘已十一岁了。

故事到这里似乎就该结束了，但是，为凸显叙事的悲剧意味，或者说强化林姑娘的母亲这种不自觉的过失带来的非常令人遗憾的结局，接下来便是对林姑娘优良品质的铺陈。从七岁开始，她就担水、打柴，给三里外做窑工的哥哥送饭。她脑子里还装满了从哥哥的朋友那里听来的各种故事，识得山上的各种昆虫、植物，还有关于嘉陵江涨水的很多神话。她对生活向来都是满意的，也很听妈妈的话。被辞退后，她在山上打柴，然而汽船哨子一响，她还记得到了为先生买鸡蛋做点心的时间，然而，快跑到平地时，才想起来已经不在先生家做帮工了。紧接着就是打摆子生病，一个多月后，林姑娘病愈，但脸色仍是苍白、凄清，郁郁不乐。担水时总是寂寞来去，对河边的石沙、洋船再也提不起兴致，先前从先生那里拿来的布衫改好后，也不穿了，也不跟着王丫头去先生家看花了。这种失落与怅惘，不仅仅关乎是否能在先生家帮工，更与远方想象的失落与新生活方式的中断有关。

综前所述，叙事过程中的抒情既是林姑娘生命状态不断变化的体现，也受制于她与"下江人"之间的关系。而从根本上讲，则是战争语境下"下江人"生命认知、情感结构重建的外在表征，关涉内陆乡民在遭遇现代文明冲击时主体觉醒这一重要命题。抒情的限度体现在以林姑娘母亲为代表的乡民与以"先生"为代表的现代文明人之间的认知错位，要突破这一限度，还有赖于战争结束后社会秩序的重建。

抒发情感是人类古老而又不断更生的表意方式，也是作家们永不歇息的创作动力。20世纪40年代战火纷飞，战争局势的瞬息万变将人们带向难以蠡测的未来，茫然与希望并存。生命深渊前的如履薄冰与攀向高峰的雄心壮志，不仅并存于同一时代，甚至同存于一个人的内心。如果将40年代不同区域、不同审美理念的进步作家集聚在一起，他们会谈论什么呢？或许，唯有战争是可以不致冷场的话题。这也充分证明了战争的影响无远弗届，深刻细致地重塑了一个时代的社会意识与心理。

讨论20世纪40年代中国现代小说叙事抒情化的关键在于，是将这一时期抒情化的表现特征与二三十年代抒情化特征进行区分，在阅读文本的基础上，辨认出这一新形态是来自战争的影响。其次，战争是一个统纳性极强的表述，在战争这一总体语境的主导下，必须深入分析到底有哪些因素关联着作家具体的叙事实践。事实上，的确每个个案都不相同，很难建立起较为统一的论述模式或研究路径。另外，这一时期的叙事抒情化是一种创作现象，却不是有主流有支脉的文学思潮，更不是发端于有特定目的的文学运动。因之，研究的难度在于建构论述的逻辑。在划分每一个章节主题时，只能以作家作品主要的内容偏向给予定位。例如，沈从文的抒情姿态与思考方式当然体现了保守主义的文化立场，是古典传统在战争语境下的实践。但是，占用沈从文叙事心力的更多是湘西的变动及未来命运，因之，沈从文在地方书写中更能探测到其审美理想与社会现实之间的应和、背离。老舍的《四世同堂》无疑是对传统文化的反思，但其中诗意的蜕变引领了这种反思的向度与高度。这一诗意是被裹卷在史诗叙事的亚类型——平民叙事当中的。在接下来的研究中，应该更为深入地辨析每一抒情化类型的特殊性，并进一步挖掘其普遍性价值。

　　此外，谈论40年代文学必须将其扩展至当代文学领域。站在21世纪20年代的现实时刻，回望战争年代的情感抒发，看似研究对象非常茫远，但恰是这种情感抒发铭刻着中华民族的沉重命运，记录着作家在特定历史情境中的左冲右突，是一本知识分子的精神变化册。它以婉曲的方式进入社会主义建设时期，并在时机成熟的时候以作家的主动继承、大众的阅读选择、评论家的再发掘等各种方式重新进入当代文坛，且在新的发展时期，不断被激活、被创造。21世纪以来，当代小说中的历史书写出现了一种新的叙事方式。贾平凹的《古炉》，格非的"江南三部曲"，葛亮的《朱雀》《北鸢》，黄永玉的《无愁河的浪荡汉子》等长篇小说，以限制性视角、宏大历史的日常化表现、舒缓的节奏等叙事方式，整体性地表现出一种抒情精神。它们与波澜壮阔的史诗化叙事相对照，与本书所涉及的作家作品遥相呼应，并潜在承接。当然，对这种承接关系的指认，并非全都有显明的论据支撑。但是传统的强大就在于其影响的弥漫性与浸透性，以及被影响对象的无意识接受性。厘定这些创作在当前文化建设中的价值、意义，甚至对其做出相应的叙事反思，亦是接下来的研究任务。

主要参考文献

一、作家作品

1.《废名长篇小说》，陈建军编订，武汉：华中科技大学出版社 2019 年版。

2.《汪曾祺小说全编》，北京：人民文学出版社 2019 年版。

3. 老舍：《四世同堂》，上海：东方出版中心 2017 年版。

4. 陈渠珍著，韩敬山校注：《艽野尘梦》，广州：广东旅游出版社 2016 年版。

5.《孙犁全集》，北京：人民文学出版社 2016 年版。

6.《巴金选集》，成都：四川文艺出版社 2014 年版。

7.《顾随全集》，石家庄：河北教育出版社 2014 年版。

8.《林庚诗集》，北京：清华大学出版社 2014 年版。

9.《萧红全集》，章海宁主编，北京：燕山出版社 2014 年版。

10.《周作人自选集》，北京：北京十月文艺出版社 2011 年版。

11.《李广田全集》，昆明：云南人民出版社 2010 年版。

12.《林庚文选》，葛晓音编选，北京：北京大学出版社 2010 年版。

13.《废名集》，王风主编，北京：北京大学出版社 2009 年版。

14.《沈从文全集》，太原：北岳文艺出版社 2009 年版。

15.《萧红十年集（1932—1942）》，林贤治编注，北京：人民文学出版社 2009 年版。

16.《老舍全集》，北京：人民文学出版社 2008 年版。

17. 鹿桥：《未央歌》，合肥：黄山书社 2008 年版。

18.《鲁迅全集》，北京：人民文学出版社 2005 年版。

19.《卞之琳文集》，合肥：安徽教育出版社 2002 年版。

20.《丁玲全集》，石家庄：河北人民出版社 2001 年版。

21.《冯至全集》，石家庄：河北教育出版社 1999 年版。

22. 钱理群主编：《中国沦陷区文学大系·新文艺小说卷》（上下），南宁：广西教育出版社 1998 年版。

23.《路翎文集》，合肥：安徽教育出版社 1995 年版。

24. 舒济编：《老舍书信集》，天津：百花文艺出版社 1992 年版。

25.《巴金全集》，北京：人民文学出版社 1989 年版。

二、研究史料、论文集及专著

1. 段华编：《孙犁年谱》，北京：人民出版社 2022 年版。

2. 陈建军：《说不尽的废名》，北京：商务印书馆 2022 年版。

3. 李国华：《黄金和诗意：茅盾长篇小说研究四题》，上海：华东师范大学出版社 2022 年版。

4. 孙康宜：《千年家国何处是：从庾信到陈子龙》，桂林：广西师范大学出版社 2022 年版。

5. 张春田、姜文涛编：《情感何为：情感研究的历史、理论与视野》，北京：北京大学出版社 2022 年版。

6. 陈国球：《中国抒情传统源流》，上海：东方出版中心 2021 年版。

7. 陈思广：《中国现代长篇小说编年史（1922—1949）》（下册），武汉：武汉出版社 2021 年版。

8. 贺桂梅：《时间的叠印：作为思想者的现当代作家》，北京：生活·读书·新知三联书店 2021 年版。

9. 吴晓东：《文本的内外：现代主体与审美形式》，北京：商务印书馆 2021 年版。

10. 许子东：《重读 20 世纪中国小说Ⅰ》，上海：上海三联书店 2021 年版。

11.〔英〕威廉·雷迪：《感情研究指南：情感史的框架》，周娜译，上海：华东师范大学出版社 2020 年版。

12. 杨义：《中国叙事学（增订本）》，北京：商务印书馆 2019 年版。

13. 李存光：《巴金传》，北京：团结出版社 2018 年版。

14.〔德〕汉斯·约阿斯、沃尔夫冈·克内布尔：《战争与社会思想：霍布斯以降》，张志超译，李钧鹏校，上海：华东师范大学出版社 2017 年版。

15.〔美〕戴维·赫尔曼、詹姆斯·费伦等：《叙事理论：核心概念与批评性辨析》，谭君强等译，北京：北京师范大学出版社 2016 年版。

16.〔美〕哈罗德·布鲁姆：《史诗》，翁海贞译，南京：译林出版社 2016 年版。

17. 李松睿：《书写"我乡我土"：地方性与 20 世纪 40 年代中国小说》，上海：上海人民出版社 2016 年版。

18.〔美〕沙培德：《战争与革命交织的近代中国（1895—1949）》，高波译，北京：中国人民大学出版社 2016 年版。

19. 冯姚平：《给我狭窄的心一个大的宇宙——冯至画传》，南昌：百花洲文艺出版社 2015 年版。

20. 傅修延：《中国叙事学》，北京：北京大学出版社 2015 年版。

21.〔美〕罗伯特·斯科尔斯、詹姆斯·费伦、罗伯特·凯洛格：《叙事的本质》，于雷译，南京：南京大学出版社 2015 年版。

22. 陈国球、王德威编：《抒情之现代性："抒情传统"论述与中国文学研究》，北京：生活·读书·新知三联书店 2014 年版。

23.〔美〕胡素珊：《中国的内战：1945—1949 年的政治斗争》，启蒙编译所译，北京：当代中国出版社 2014 年版。

24. 裴春芳：《经典的诞生：叙事话语、文本发现及田野调查》，北京：社会科学文献出版社 2014 年版。

25. 王晓平：《追寻中国的"现代"："多元变革的时代"中国小说研究 1937—1949》，北京：中国社会科学出版社 2015 年版。

26. 吴晓东：《文学性的命运》，广州：广东人民出版社 2014 年版。

27.〔英〕弗吉尼亚·吴尔夫：《普通读者》，马爱新译，北京：人民文学出版社 2013 年版。

28.〔美〕杰拉德·普林斯：《叙事学：叙事的形式与功能》，徐强译，北京：中国人民大学出版社 2013 年版。

29. 蔡英俊主编：《中国文学的情感世界》，合肥：黄山书社 2012 年版。

30. 房福贤：《中国抗战文学新论》，北京：中国社会科学出版社 2012 年版。

31. 张松建：《抒情主义与中国现代诗学》，北京：北京大学出版社 2012 年版。

32.〔美〕安敏成：《现实主义的限制：革命时代的中国小说》，姜涛译，南京：江苏人民出版社 2011 年版。

33.〔英〕德雷克·格利高里、约翰·厄里编：《社会关系与空间结构》，谢礼圣、吕增奎译，北京：北京师范大学出版社 2011 年版。

34.〔美〕杰拉德·普林斯：《叙述学词典（修订版）》，乔国强、李孝弟译，上海：上海译文出版社 2011 年版。

35. 王德威：《写实主义小说的虚构：茅盾、老舍、沈从文》，上海：复旦大学出版社 2011 年版。

36.〔美〕汉乐逸：《发现卞之琳：一位西方学者的探索之旅》，李永毅译，北京：外语教学与研究出版社 2010 年版。

37.〔美〕舒允中：《内线号手：七月派的战时文学活动》，上海：上海三联书店 2010 年版。

38. 王德威：《抒情传统与中国现代性》，北京：生活·读书·新知三联书店 2010 年版。

39.〔捷克〕亚罗斯拉夫·普实克：《抒情与史诗——中国现代文学论集》，李欧梵编，郭建玲译，上海：上海三联书店 2010 年版。

40. 杨奎松：《失去的机会？：抗战前后国共谈判实录》，北京：三星出版社 2010 年版。

41. 柯庆明、萧驰主编：《中国抒情传统的再发现》（上下册），台北：台湾大学出版社 2009 年版。

42. 艾晓明主编：《20 世纪文学与中国妇女》，天津：天津人民出版社 2008 年版。

43. 高友工：《美典：中国文学研究论集》，北京：生活·读书·新知三联书店 2008 年版。

44.〔德〕顾彬：《二十世纪中国文学史》，范劲等译，上海：华东师范大学出版社 2008 年版。

45. 刘增杰、关爱和主编：《中国近现代文学思潮史》（上卷），上海：上海文艺出版社 2008 年版。

46. 杨奎松：《国民党的"联共"与"反共"》，北京：社会科学文献出版社 2008 年版。

47. 温儒敏：《新文学现实主义的流变》，北京：北京大学出版社 2007 年版。

48.〔日〕柄谷行人：《日本现代文学的起源》，赵京华译，北京：生活·读书·新知三联书店 2006 年版。

49. 朴月编著：《鹿桥歌未央》，台北：台湾商务印书馆 2006 年版。

50. 吴世勇编：《沈从文年谱（1902—1988）》，天津：天津人民出版社 2006 年版。

51.〔美〕李欧梵：《中国现代作家的浪漫一代》，王宏志等译，北京：新星出版社 2005 年版。

52. 张辉：《冯至：未完成的自我》，北京：文津出版社 2005 年版。

53. 陈平原：《中国小说叙事模式的转变》，北京：北京大学出版社 2003 年版。

54. 杨联芬：《晚清至五四：中国文学现代性的发生》，北京：北京大学出版社 2003 年版。

55. 朱寿桐等：《中国现代浪漫主义文学史论》，北京：文化艺术出版社 2002 年版。

56. 范智红：《世变缘常：四十年代小说论》，北京：人民文学出版社 2002 年版。

57. 冯姚平编：《冯至与他的世界》，石家庄：河北教育出版社 2001 年版。

58.〔德〕埃德蒙特·胡塞尔：《内在时间意识现象学》，杨富斌译，北京：华夏出版社 2000 年版。

59.〔美〕弗雷德里克·詹姆逊：《政治无意识》，王逢振、陈永国译，北京：中国社会科学出版社 1999 年版。

60. 钱理群：《对话与漫游：四十年代小说研读》，上海：上海文艺出版社 1999 年版。

61. 钱理群、温儒敏、吴福辉：《中国现代文学三十年（修订本）》，北京：北京大学出版社 1998 年版。

62. 陈平原、夏晓虹编：《二十世纪中国小说理论资料（第一卷）1897—1916》，北京：北京大学出版社 1997 年版。

63. 钱理群编：《二十世纪中国小说理论资料（第四卷）1937—1949》，北京：北京大学出版社 1997 年版。

64. 张京媛：《新历史主义与文学批评》，北京：北京大学出版社 1993 年版。

65.《中国新文学大系（1937—1949）》第二集《文学理论卷二》，上海：上海文艺出版社 1990 年版。

66. 赵园：《论小说十家》，杭州：浙江文艺出版社 1987 年版。

67. 骆宾基：《萧红小传》，哈尔滨：黑龙江人民出版社 1981 年版。

三、期刊论文

1. 吴晓东：《小说经典重释的方法——〈北大小说课堂讲录——四十年代十家新读〉导读》，《文艺争鸣》2022 年第 7 期。

2. 罗雅琳：《"诗意"意味着什么？——重读冯至的〈伍子胥〉》，《文艺争鸣》2022 年第 7 期。

3. 陈联记：《论孙犁抗日小说的情感叙事》，《河北学刊》2022 年第 4 期。

4. 闫立飞：《孙犁的"摇摆"：抗战书写的现实与现实主义》，《中国语言文学研究》2022 年第 2 期。

5. 赵锐：《"讲故事的人"的显与隐：论沈从文的叙事》，《民族文学研究》2022 年第 1 期。

6. 陈晓明：《建构中国文学的伟大传统》，《文史哲》2021 年第 5 期。

7. 张莉：《重读〈荷花淀〉：革命抒情美学风格的诞生》，《小说评论》

2021 年第 5 期。

    8. 段从学：《〈边城〉：古代性的"人生形式"与现代性的错位阐释》，《福建论坛》（人文社会科学版）2021 年第 3 期。

    9. 李东芳：《〈四世同堂〉中"恶"的价值反思》，《中国文化研究》2021 年第 1 期。

    10. 贺仲明：《孙犁：中国乡村人道主义作家》，《暨南学报》（哲学社会科学版）2020 年第 10 期。

    11. 季进：《抒情·史诗·意识形态——普实克的史诗论述》，《文艺争鸣》2019 年第 7 期。

    12. 康宇辰：《战时返乡的传道者——20 世纪 40 年代废名的思想状况与乡土实践》，《现代中国文化与文学》2019 年第 3 期。

    13. 王植：《思想与创作的转折——论沈从文对〈长河〉的修改》，《民族文学研究》2019 年第 3 期。

    14. 周立民：《从〈寒夜〉初版本后记的修改谈一场文坛论争》，《现代中文学刊》2019 年第 3 期。

    15. 肖太云、阳惠芳：《论沈从文土改书写中的"动"与"静"》，《中国文学研究》2019 年第 2 期。

    16. 熊权：《"革命人"孙犁："优美"的历史与意识形态》，《文艺研究》2019 年第 2 期。

    17. 赵学勇：《1940 年代：沈从文的思想与创作》，《兰州大学学报》（社会科学版）2019 年第 1 期。

    18. 罗雅琳：《〈伍子胥〉的政治时刻——冯至的西学渊源与 20 世纪 40 年代的"转向"》，《文艺研究》2018 年第 5 期。

    19. 赵汀阳：《历史为本的精神世界》，《江海学刊》2018 年第 5 期。

    20. 赵汀阳：《历史、山水及渔樵》，《哲学研究》2018 年第 1 期。

    21. 姜涛：《"重写湘西"与沈从文 40 年代的文学困境——以〈芸庐纪事〉为中心的讨论》，《文学评论》2018 年第 4 期。

    22. 谢昭新：《论老舍〈四世同堂〉的战争叙事与战争反思》，《民族文学研

究 》2018 年第 3 期。

23.〔美〕王德威:《梦与蛇:何其芳、冯至与"重生的抒情"》,《中国现代文学研究丛刊》2017 年第 12 期。

24. 林培源:《从"世俗风物"到"死亡意识"——重读老舍〈四世同堂〉的叙事时空及"现实主义"问题》,《中国图书评论》2017 年第 11 期。

25. 赵武平:《〈四世同堂〉英译全稿的发现和〈饥荒〉的回译》,《现代中文学刊》2017 年第 8 期。

26. 郭晓平:《孙犁小说的革命风景及其书写机制》,《齐鲁学刊》2017 年第 1 期。

27. 贾振勇:《沈从文:创伤的执著·性灵的诗人·未熟的天才》,《文史哲》2017 年第 1 期。

28. 江腊生:《〈四世同堂〉中的生活形态解读》,《中国现代文学研究丛刊》2016 年第 12 期。

29. 李钧:《塑造"地道的中国人"——论〈四世同堂〉人物形象及老舍的小说美学》,《山东师范大学学报》(人文社会科学版)2016 年第 3 期。

30. 张丽军:《新世纪乡土中国现代性蜕变的痛苦灵魂———论梁鸿的〈中国在梁庄〉和〈出梁庄记〉》,《文学评论》2016 年第 3 期。

31. 陈婵:《错位与重构——二十世纪四十年代〈伍子胥〉的接受与阐释》,《中国文学研究》2016 年第 1 期。

32. 张柠:《废名的小说及其观念世界》,《文艺争鸣》2015 年第 7 期。

33. 段从学:《走向古典理性的启蒙——〈莫须有先生坐飞机以后〉新解》,《中国现代文学研究丛刊》2015 年第 5 期。

34. 季剑青:《老舍小说中的北京民俗与历史 ——以〈骆驼祥子〉〈四世同堂〉为中心》,《民族文学研究》2015 年第 1 期。

35. 段从学:《〈呼兰河传〉的"写法"与"主题"》,《中国现代文学研究丛刊》2014 年第 7 期。

36. 耿传明、吕彦霖:《抗战语境下民族心灵的别样书写——论李广田的〈引力〉》,《天津师范大学学报》(社会科学版)2014 年第 5 期。

37. 吴晓东：《〈山山水水〉中的政治、战争与诗意》，《文学评论》2014 年第 4 期。

38. 夏小雨：《之与止的足音——卞之琳〈山山水水〉的抒情辩证法》，《汉语言文学研究》2014 年第 2 期。

39. 叶君：《论作为间性主体的孙犁》，《天津师范大学学报》（社会科学版）2013 年第 2 期。

40. 陈思广：《新时期以来的〈寒夜〉接受研究》，《中国现代文学研究丛刊》2012 年第 7 期。

41. 李松睿：《政治意识与小说形式——论卞之琳的〈山山水水〉》，《中国现代文学研究丛刊》2012 年第 4 期。

42. 卢临节：《抒情与反讽的变奏与交响——析萧红小说中的矛盾叙事》，《长江学术》2012 年第 2 期。

43. 郭冰茹：《萧红小说话语方式的悖论性与超越性——以〈生死场〉和〈马伯乐〉为例》，《中国现代文学研究丛刊》2011 年第 6 期。

44. 王玉春：《诠释与自我诠释——序跋文：解读巴金的重要向度》，《宁夏社会科学》2011 年第 2 期。

45. 吴晓东：《史无前例的另类书写——废名的〈莫须有先生坐飞机以后〉》，《名作欣赏》2010 年第 12 期。

46. 邵宁宁：《战时生活经验与现代国民意识的凝成——以〈四世同堂〉为中心》，《甘肃社会科学》2010 年第 6 期。

47. 邵宁宁：《最后的古典家园梦想及其破灭——论李广田的〈引力〉》，《文艺争鸣》2009 年第 5 期。

48. 季进：《抒情传统与中国现代性——王德威教授访谈录》，《书城》2008 年第 6 期。

49. 聂国心：《〈随想录〉：巴金晚年的真诚忏悔与回旋性徘徊》，《东岳论丛》2008 年第 2 期。

50. 钱少武：《传统艺术精神的现代演进——试析沈从文批评中"静"的标尺》，《民族文学研究》2008 年第 2 期。

51. 陕庆：《从"抒情"到"抽象的抒情"——对作为小说家的沈从文的再研究》，《中国现代文学研究丛刊》2008 年第 1 期。

52. 刘涵之：《抽象的抒情——论沈从文的文学理想》，《湖南大学学报》（社会科学版）2007 年第 6 期。

53. 谢锡文：《民间社会的集体抒情——论废名小说民俗观》，《民俗研究》2007 年第 4 期。

54. 解志熙：《"情调"风格与"传奇"形态——20 世纪 40 年代国统区小说的浪漫叙事片论》，《新乡师范高等专科学校学报》2006 年第 3 期。

55. 陈平原：《文学史视野中的"大学叙事"》，《北京大学学报》（哲学社会科学版）2006 年第 2 期。

56. 姜飞：《经验的往复——历史进程中的巴金文学真实观》，《西南民族大学学报》（人文社会科学版）2006 年第 2 期。

57. 陈国恩：《文本的裂隙与风格的成熟——论巴金的〈寒夜〉》，《西南民族大学学报》（人文社会科学版）2005 年第 5 期。

58. 刘东玲：《不可超越的抒情——沈从文后期文学创作发展论》，《社会科学辑刊》2005 年第 4 期。

59. 王科：《"寂寞"论：不该再继续的"经典"误读——以萧红〈呼兰河传〉为个案》，《文学评论》2004 年第 4 期。

60. 王金城：《诗学阐释：文体风格与叙述策略——〈呼兰河传〉新论》，《复旦学报》（社会科学版）2002 年第 6 期。

61. 艾晓明：《戏剧性讽刺——论萧红小说文体的独特素质》，《中国现代文学研究丛刊》2002 年第 3 期。

62. 向成国：《论"抽象的抒情"》，《南京大学学报》（哲学·人文科学·社会科学版）2002 年第 2 期。

63. 张新颖：《从"抽象的抒情"到"呓语狂言"——沈从文的四十年代》，《当代作家评论》2001 年第 5 期。

64. 陈建军：《〈莫须有先生坐飞机以后〉：漫漶的"水"》，《黄冈师范学院学报》2001 年第 4 期。

65. 范智红：《"向虚空凝眸"：19 世纪 40 年代沈从文的小说 》，《吉首大学学报》（社会科学版）2001 年第 2 期。（此处应为"20 世纪"，但原文献是"19 世纪"——本书作者注）

66. 吴晓东：《意念与心象——废名小说〈桥〉的诗学研读》，《文学评论》2001 年第 2 期。

67. 杨联芬：《孙犁：革命中的"多余人"》，《中国现代文学研究丛刊》1998 年第 4 期。

68. 姜涛：《冯至、穆旦四十年代诗歌写作的人称分析》，《中国现代文学研究丛刊》1997 年第 4 期。

69. 祝振强：《"情调"小说：鹿桥的〈未央歌〉》，《中国现代文学研究丛刊》1992 年第 1 期。

70. 谭洛非、谭兴国：《视角·结构·语调——论巴金小说的文体美》，《当代文坛》1991 年第 5 期。

71. 解志熙：《生命的沉思与存在的决断（下）——论冯至的创作与存在主义的关系》，《外国文学评论》1990 年第 4 期。

72. 绍武、会林：《论长篇小说〈四世同堂〉》，《北京师范大学学报》（社会科学版）1986 年第 3 期。

73. 张国祯：《民族忧痛和乡土人生的抒情交响诗———评〈呼兰河传〉》，《中国现代文学研究丛刊》1982 年第 4 期。

74. 赵园：《老舍——北京市民社会的表现者和批判者》，《文学评论》1982 年第 2 期。

75. 吴小美：《一部优秀的现实主义的作品——评老舍的〈四世同堂〉》，《文学评论》1981 年第 6 期。

四、博士学位论文

1. 张引：《彷徨于诗与真之间："说理"困境与老舍的小说创作》，山东师范大学，2021 年。

2. 杨绍军：《西南联大的文学书写研究》，云南大学，2019 年。

3. 杨艳:《中国现代小说的回旋叙事与审美现代性追求》，浙江大学，2019年。

4. 李璐:《论废名的创作特征》，南京大学，2012年。

5. 陆衡:《40年代讽刺文学研究》，华东师范大学，2007年。

6. 刘勇:《论中国现代文学史诗意识的建构》，武汉大学，2005年。

7. 吴世勇:《论影响沈从文创作的六个因素》，华东师范大学，2005年。

8. 王义军:《审美现代性的追求——论中国现代写意性小说与小说中的写意性》，暨南大学，2002年。

后 记

　　终于到了可以给拙著写后记的时刻。这个时刻曾是我非常向往的，因为这意味着一个研究阶段的顺利结束，意味着一项研究任务的圆满完成。但是，真是至此，却好像并不全是这么回事儿，反而觉得某处论述才刚刚开启，需要更坚实的追溯与更缜密的探索。而且，我发现，在绵延的时间之流中，非要厘定一个时刻乃至赋之以要义，不免有点刻板与一厢情愿。任何一个时刻的到来，都携带着无数过往，都集束着无限向前的力量。

　　拙著能够问世，要特别感谢我的博士生导师杨扬教授。早在十余年前，我在华东师范大学中文系读博士时，就以全面抗战时期国统区小说叙事抒情的可能与限度为研究对象了。在选题的确定、论述的展开以及探索的走向等环节，老师都提出了诸多宝贵的意见与建议，这为我后来研究的开展奠定了良好的基础。此外，老师对学生学术训练上的格外严厉与学术进步时的不吝鼓励，毫不违和地浸润在我的读博生涯中，且熔铸在我此后的教职中。毕业多年，每次师生相聚，他都会细细叮嘱我们，要多读书、多写文章啊！这对身处山东的我来说，有着特别的意义。谢谢老师！惟愿自己能够不断进步，以对得起命运给予的这番美意。也非常感谢老师为拙著作序！在肯定之余，亦为我的后续研究提出了宝贵建议。

　　我硕士就读于南京师范大学文学院，其所在的随园被誉为"东方最美丽的校园"，也是我学术启航的第一站。而我的学术启蒙老师，就是硕士生导师王文胜教授。彼时的老师，刚过而立之年，有着身为人师的严肃，也有着身为"姐姐"的细腻。跟老师聊起读书时，她总会追问一句，那你觉得这会给你带来哪些精神滋养呢？读书以滋养生命为原旨，是老师不变的教育理念，这也构成了我在阅读老舍、沈从文、萧红、冯至等作家创作时不断省思的标尺。初心难得，初心也让我受益至今。谢谢老师！

一路遇良师，真是人生之幸！一本书的生成看似是几个章节的线性连缀，实是深层的问题提出与立体的内容架构，集聚着更多的学养传统。求学其间，我同样领受过王铁仙、朱晓进、殷国明、杨洪承、贺仲明等诸位教授的教导，受益良多。尤其是贺仲明教授，我博士毕业回山东时，他还在山东大学做特聘教授。贺老师非常关心我的学术进展，他提携后进的真诚令我感动。借此机会，特别感谢贺老师！

2025 年农历新年刚过，山东人民出版社第五编辑室主任马洁编辑便着手审定我的书稿，她的认真、严谨、耐心与高效，都让我深深体会到编辑工作的辛苦，在此表示感谢。此外，也感谢济宁学院科研处宋文路处长和金超老师，为了此书的顺利出版，他们做了必要的铺垫工作。

最后，且以此书致谢家人，谢谢父母，谢谢先生和女儿。

2025 年 3 月 10 日